주무르면 다 고침! 8

강준현 현대 판타지 소설

초판 1쇄 찍은 날 § 2019년 6월 5일
초판 1쇄 펴낸 날 § 2019년 6월 12일

지은이 § 강준현
펴낸이 § 서경석

총괄팀장 § 노종아
편집책임 § 김대용
디자인 § 고성희

펴낸곳 § 도서출판 청어람
등록번호 § 제387-1999-000006호
등록일자 § 1999. 5. 31
어람번호 § 제1-3027호

주소 § 경기도 부천시 부일로 483번길 40 서경B/D 3F (우) 14640
전화 § 032-656-4452 팩스 § 032-656-4453
http://www.chungeoram.com
E-mail § chungeorambook@daum.net

ISBN 979-11-04-92010-3 04810
ISBN 979-11-04-91881-0 (세트)

MODERN FANTASTIC STORY

강준현 현대 판타지 소설

청어람
도서출판

8

주무르면 다고침!

목차

54. 오리엔테이션

작년에 생긴 한강대학교 한방센터의 분위기는 타 대학 한방병원과는 분위기 조금 달랐다.

　병원 사람들이 대학교 직속 선후배 관계가 아니라서 태움도 많지 않았고, 온화한 센터장 덕분에 과장들은 어떨지 모르지만 일반 의사와 수련의들 간에 사이가 무척 좋았다.

　그래서 휴식 시간이 되면 젊은 전문의들과 수련의들은 2층에 위치한 수련의 휴게실에 주로 모였다.

　류현수는 겨울이라 빙판길이나 매끄러운 바닥에 미끄러져 다친 환자들을 치료하느라 늦은 점심을 먹고 휴게실에 잠시 들렀다.

　비교 수급 전문의 중에 가장 나이가 많은 우종혁과 수련의 몇 명이 쉬고 있었다.

"종혁이 형, 밥 먹었어요?"

"좀 전에. 넌?"

"저도 방금 먹었어요."

"그런 거 같더라. 아까 도움이 필요해서 갔는데 너무 바빠 보여서 그냥 왔다."

"그랬어요? 에이~ 그냥 말하지 그 김에 땡땡이 좀 치는 건데."

"그래 놓고 또 임 선생한테 혼났다고 징징거리려고?"

"제가 언제 징징거렸어요? 투덜댔지. 그건 그렇고 무슨 일인데요?"

"안마과에 가서 해결했어."

"거기는 우리보다 더 바쁠 텐데요?"

"마침 한 선생이 잠깐 쉬고 있더라."

"두삼이 형이요?"

"응. 근데 충남에서 무슨 일이 있었냐? 사람이 완전 달라 보이더라."

"그래요? 제가 볼 땐 딱히 변한 게 없던데. 교수됐다고 어깨에 힘이 들어갔나?"

두삼이 서울에 온 후 두 번이나 만나 술을 마셨다. 한데 변했다는 느낌은 없었다.

"친해서 그런 거냐? 사람 보는 눈이 없는 거냐? 어째 애들도 느끼는 걸 못 느껴?"

"남자한테 느끼긴 뭘 느껴요. 형이 보기엔 뭐가 그렇게 달라졌는데요?"

"과장님들처럼 여유와 연륜이 묻어난달까. 우리 면접 볼 때도 대단하다고 생각했는데 이젠 그 정도가 아냐. 알은척하는데 반말이 선뜻 안 나오더라."

"난 또 뭐라고. 자리가 사람을 만드나 보죠. 근데 지난번에 두삼이 형은 교수인데 형은 조교수라고 섭섭해하지 않았어요?"

"…술 취해서 한 말은 이제 잊어줘라. 오늘 보니까 충분히 이해가 되더라. 또 네가 그랬잖아, 고생 많이 해서 충분히 받을 자격 있다고."

"그랬었죠. 근데 이젠 아니에요."

"엥? 무슨 사건 때문에 돈 잃고, 한의학계와 학교에서 거의 퇴출되다시피 하고, 여자한테 버림받아서 잘돼야 한다며?"

"제가 언제 그렇게 말했어요. 가난해지고, 갈 곳 없고, 이별했다고 했죠. 두삼이 형이 들으면 큰일 날 소리하고 있어요."

"…그렇게 얘기했거든! 아무튼 왜 갑자기 마음이 변한 건데?"

"지난번에 애인이 있다고 해서 쌍쌍으로 만났거든요. 근데 그 형 애인이… 와! 대박! 초울트라 미인이더라고요. 은수가 못생겼다는 생각을 단 한 번도 안 해봤는데 그날은 오징어더라고요."

"진짜? 도대체 얼마나 예쁘기에… 근데 배부른 소리하지 마라. 은수가 어디 가서 빠지는 얼굴이 아니잖아."

"형수 앞에선 많이 빠지더라고요. 아주 많이."

"하하… 은수가 우리 병원 탑이라고 네가 그랬잖아."

"제가 언제 그랬……."

오종혁의 눈빛이 흘깃흘깃 뒤를 보는 것이 느낌이 싸했다. 그래서 얼른 말을 바꾸려 했지만 늦었다.

뒤에서 싸늘한 은수의 목소리가 들렸다.

"…오징어라 미안해. 오징어 같은 내 얼굴 보기도 싫을 텐데 왜 결혼하자고 했을까?"

"…으, 은수야!"

"이런 인간이 남자 친구라고 먹을 걸 사온 내가 진짜 해산물이지."

이은수는 들고 있던 봉지를 테이블에 신경질적으로 던진 후 나가 버렸다. 그 모습을 보고도 류현수는 망연자실했지만 쫓아가진 않았다.

"싫은 소리 한 마디 안 하던 은수가 화를 내다니… 안 쫓아가냐?"

"…지금 쫓아가면 큰 싸움밖에 안 나요. 한 번 화나면 서너 시간 혼자 내버려 둬야 해요. 그다음 손이 발이 되도록 빌면 돼요."

"쩝! 어지간히 자주 화나게 했나 보네."

"왔으면 바로 인사를 해야지, 다 형 때문이잖아요."

"인사를 하기도 전에 네가 말을 뱉어버렸거든."

"아무튼 이거나 먹어요. 애들아, 이은수 선생이 먹을 거 사왔으니까 먹어라."

자는 애들을 제외하곤 네 명의 수련의들이 테이블로 다가왔는데 그중에 인턴인 양태일이 있었다.

인턴 중에 가장 탐나는 애로 침구과에 데리고 오기 위해 애쓰고 있었다.

이제 며칠 후면 결정을 할 시간이기에 꾈 시간도 얼마 남지 않았다.

"양태일, 넌 어디 과 지원할 생각이냐?"

"전에도 말씀드렸듯이 안마과에 지원할 생각입니다."

"하아~ 그 자식 참 고집 세네. 전문의 시험에 안마과는 없어. 나중에 전문의 따고 가도 늦지 않으니 우리 과로 와. 형이 잘해 줄게."

"말씀은 감사합니다만 전문의 시험 공부는 따로 하면 됩니다. 그리고 한 선생님이 절 기다리고 있습니다."

"내가 형한테 물어봤는데 인턴 아무나 와도 상관없다던데."

"…상관없습니다. 전 꼭 갈 겁니다."

'확! 이 자식 먹지 말라고 할까 보다. 아냐! 저 녀석이 들어오면 엄청 편할 거야.'

단호박처럼 구니 속은 부글부글 끓었지만 꾹 참고 말했다.

"근데 내가 알아보니 거긴 레지던트는 딱 3명만 쓴대. 그럼 경쟁률이 꽤 셀 것 같던데 될 수 있겠어? 2지망으로 우리 과 쓰면 될 거라는 생각은 버려. 우리 과도 인기 많아."

"그래도 일단은… 안마과를 쓸 겁니다."

살짝 흔들리는 게 보였다. 그래도 2지망으론 침구과를 생각하고 있나 보다.

"내가 이런 말까진 안 하려고 했는데 보기보다 두삼이 형 성격 더러워. 인턴 때야 당연히 모르겠지. 하지만 레지던트 돼봐라 들들 볶을 거다. 예전에 있었던 일인데 말이야."

류현수는 두삼에 대해 한참 동안 썰을 풀어냈다.

*   *   *

"왜 이렇게 귀가 간지러워. 누가 날 욕하나?"

"면봉 드려요?"

환자가 나가자마자 손가락으로 귀를 후비자 환자 대기 상황을 태블릿으로 확인하던 천 간호사가 물었다.

"괜찮아요. 손님은요?"

"예약 손님 안 오셨네요. 아무래도 이분은 이제 안 오실 건가 봐요. 벌써 세 번 연속 빠졌어요."

빼는 것보다 관리하는 것이 더 어렵다고 누차 말함에도 불구하고 어느 정도 살이 빠지고 나면 오지 않는 이들이 여전히 많았다.

"3번째면 계약대로 빼세요. 할 일 없으면 전 잠깐 책 좀 쓸게요."

작년 12월 20일 개인적인 일이 정리된 배수진과 함께 서울로 올라왔다.

그녀의 척추 신경이 일부 연결되며 감각을 되찾았기에 기쁜 마음으로 올라왔는데 그런 두삼을 기다리고 있는 건 따뜻한 환영이 아니라 올해부터 시작하는 교양 수업 준비였다.

게다가 어떤 수업을 할지 정해야 했고, 정하고 나자 허접하게나마 교재를 만들어야 하는 상황.

그나마 다행인 건 민규식 원장이 환자를 데리고 오지 않았다는 정도일 것이다.

"아직도 많이 남았나 봐요?"

"죽도록 했는데 3분의 1도 못 했어요. 생각은 머릿속에 있는데 막상 옮기려고 하니 무지 힘드네요."

"대필 작가를 구해보는 건 어떠세요?"

"대필 작가요?"

"네. 자료를 주거나 선생님이 불러주면 알아서 정리해서 글을 쓰는 이들이요. 유명한 의사들 중 책 낸 분들 중 상당수는 대필 작가를 이용했을걸요."

"그래요?"

솔깃한 얘기다.

솔직히 3분의 1을 쓴 부분도 생각을 적는데 집중하다 보니 문맥이나 글의 흐름이 엉망진창이었다.

'바쁜 이방익 선생님도 직접 쓰진 않았을 테니 물어봐야겠어. 아! 맞다. 루시라면 가능하지 않을까?'

한번 생각의 물꼬가 트이자 대필 작가 구하는 방법은 금세 떠올랐다. 그리고 루시 역시.

"천 간호사, 잠깐 통화 좀 할게요."

"호호! 애인분에게 전화하시려고요? 손님 오시면 노크할게요."

애인이 만든 인공지능과 통화한다고 하면 뭐랄까? 천 간호사가 나가자 루시에게 전화를 걸었다.

"루시, 혹시 내가 주는 자료와 불러주는 말을 책으로 만들어 줄 수 있어?"

—어떤 종류의 책인데요?

"대학 수업 교재로 쓸 거야. 안마와 한의학이라는 책을 쓸 생각이거든."

—자료를 정리하는 거라면 충분히 가능해요.

"그래? 그럼 부탁해도 될까?"

ㅡ언제든지요.

일단 루시에게 맡겨보고 이상하면 대필 작가를 구하면 될 것 같았다. 한 달이 넘게 자신을 괴롭히던 일이 해결될 기미가 보이자 기분이 좋아졌다.

그러나 좋았던 기분도 그리 오래가지 않았다. 퇴근 시간 전과 회의에서 마땅치 않은 소식을 접했다.

"신입생 오리엔테이션에 참여하라고요? 그것도 주말에요?"

"용식이는……."

"엘튼이용! 삼촌은 제가 방구라고 부르면 좋겠어요?"

"휴우~ 이걸 죽일 수도 없고. 아무튼 과마다 한 명씩 보내야 하는데 엘튼, 이 자식은 사고 칠까 보낼 수 없으니까 네가 고생해야겠다."

"오리엔테이션 갈 나이가 아닌데……."

"그럼 내가 가리?"

"…아닙니다."

"일은 다른 과 학생들이 아르바이트하기로 했으니까 안 해도 돼."

일하는 것 때문에 싫어하는 게 아니라 주말을 희생하는 게 싫었다.

"근데 오티는 주로 평일에 가지 않나요?"

"평일엔 일해야지, 어딜 가."

"쩝! 알겠습니다. 토요일 날 저녁에 오티 장소로 가면 된다는 거죠?"

"아니 아침 일찍. 인솔해야지. 물론 학생들과 버스는 같이 안 타도 괜찮아."

"헐! 원장님이 학생들의 선배가 되어주라고 해서 그만큼 도와 주라는 의미라 생각했는데 진짜 선배처럼 하라는 걸 줄이야."

"내가 할 수는 없잖아?"

"……."

이방익이 이제 갓 스무 살이 된 신입생들에게 선배처럼 구는 모습을 상상하곤 이해했다.

"자, 이제 그만 퇴근들 하자고. 한 선생은 일 있나?"

"아뇨. 없습니다."

오전에 뇌전증 환자를 보고 오후에 안마과 업무를 보고 나면 더 이상 볼 환자가 없었다. 민규식 원장이 소개하는 환자도 가급적 업무 시간 내에 치료를 했다.

"그럼 저녁이나 같이할까? 괜찮은 맛집을 찾았거든."

우우웅~ 우우웅~ 호주머니 속 스마트폰이 울었다.

"다음으로 미뤄야겠다."

"…그래야겠네요."

다만 이상윤이 지금처럼 퇴근 시간만 되면 가끔, 아니, 자주 불렀다.

—40대 여성. 말기 위암. 십이지장, 간, 소장, 대장까지 전이됐어. 30분 후에 시작하자.

서울에 올라온 그는 응급센터에서 암센터로 자리를 옮겼다. 암센터를 세계적으로 키우려는 센터장이 노대우의 어머니 수술을 보곤 스카우트한 것이다.

문제는 이 빌어먹을 놈이 정말 아슬아슬한 수술만 한다는 것이다.

"…이제 인사도 안 하냐?"

—인사가 중요해? 환자가 인사불성인데?

"그딴 조크 던지지 마라."

—할 거야, 말 거야. 안 한다면 나도 포기. 잘하면 한 달쯤 살겠네.

"협박하는 방법도 참 일관성이 있구나."

—통하지 않으면 바꾸겠지만, 통하는데 바꿀 이유가 없지. 준비해 둘 테니까 좀 이따 봐. 지난번엔 내가 이긴 거 알고 있지?

이상윤의 말이 맞다. 마지막 희망을 갖고 수술에 임하는 환자 앞에선 한없이 약해질 수밖에 없었다.

"지고 이기고의 판단은 너한테 달린 거냐?"

—난 언제나 객관적이야. 2—3호다. 나보다 먼저 들어가서 준비해 놓도록.

"눼에~눼에~"

투덜대 봐야 어차피 갈 일. 서둘러 암센터로 향했다. 그리고 탈의실에서 수술복으로 갈아입고 수술실로 들어가자 레지던트와 인턴, 간호사들이 환자를 데려다 놓고 수술 준비 중이었다.

"선생님, 오셨습니까."

"고생들 많아요. 오늘은 김 선생이 왔네? 잘 부탁해."

일일이 눈을 맞추고 인사를 한 후 마지막으로 마취통증의학과에서 나온 김진에게 인사했다.

충남에 다녀온 이후론 더 이상 마취를 할 때 전문의들이 들어오지 않았다. 처음엔 꽤 부담스러웠는데 이젠 그러려니 했다.

"쉬러 왔습니다. 하하!"

"겸손은. 잘 부탁해."

"저도 잘 부탁드립니다."

인사를 마치고 긴장한 듯한 환자에게 다가갔다.

"너무 걱정 마세요. 오늘 수술의는 실력만큼은 최고라고 할 만한 선생입니다."

"…안 좋은 것도 있나요?"

"네?"

보통의 경우 고개를 끄덕이거나 수술에 관련된 질문을 하는데 40대 여성 환자는 뜬금없는 말을 했다.

"실력만큼은, 이라고 하셨잖아요?"

"아하~ 성격이 좀 나쁩니다, 아니, 많이 나쁩니다. 그래도 실력이 나쁜 것보단 낫죠?"

"풋! 그러네요."

"긴장하지 않으신 것 같아 좋아 보입니다."

"…사실 반쯤 포기한 상태였거든요."

"절대 그런 생각하시면 안 됩니다! 반드시 살겠다는 의지를 가지세요."

"…잘될까요?"

예전이었다면 잘못됐을 때를 대비해 두루뭉술하게 말했을 것이다. 하지만 의지의 차이가 얼마나 크게 영향을 미치는지 서훈과 하종윤을 치료하면서 느꼈기에 힘주어 말했다.

"잘될 겁니다! 성격은 나쁘지만, 의사의 좋은 실력을 믿자고요."

"후후, 네."

"자, 이제 전신마취를 시킬게요."

마취를 시킨 후 그녀의 머리에 손을 올리자 곧 잠이 들었다. 그리고 그때 이상윤이 들어왔다.

수술용 장갑을 끼며 인사를 나눈 그는 환자의 상태를 살핀 후 자신을 쳐다봤다.

준비됐느냐는 뜻.

두삼은 살짝 고개를 끄덕이는 걸로 인사를 대신했다.

"환자의 상태가 좋지 못해서 신속하게 진행할 테니 잘 따라와."

"내 걱정 말고 시작이나 하셔."

"그럼 시작하겠습니다. 메스!"

복부를 절개하는 것으로 수술은 시작됐다.

*   *   *

한강대학교는 한강대학병원에서 한 블록 떨어진 곳에 위치해 있는 곳으로, 우리나라에서 손꼽히는 명문 중 하나였다.

교수가 되기로 마음을 먹은 후 사전 답사로 캠퍼스를 한 바퀴 돌아봤음에도 오리엔테이션 대기 장소를 찾는 덴 한참 걸렸다.

"이런 곳에 있을 줄이야."

의학대학 한쪽 구석진 곳에 한의학과 건물 두 동이 자리하고 있었다. 물론 찾기가 힘들 뿐이지 새 건물에 주변이 정원처럼 되어 있어서 상당히 좋았다.

두 대의 버스가 서 있는 곳은 학생들로 북적였기에 멀찍이 주차를 한 후 학생들이 있는 곳으로 갔다.

"형! 왔어요?"

"선배, 어서 와요."

전문의들이 모여 있는 곳에 있던 류현수와 이은수가 반갑게 인사했다.

대부분 젊은 조교수들 위주로 와 있었다.

"어, 좋은 아침. 안녕하세요, 종혁이 형. 안녕."

다들 안면이 있는 이들이었기에 반갑게 인사를 한 후에 그룹에 합류했다.

"커피 마셔요, 형."

"고마워. 도와줄 건 없어?"

"없어요. 이것저것 생각하기 귀찮았는지 아예 행사 진행 업체를 고용했더라고요."

"잘했네. 교재 준비는 끝냈냐?"

"…끝내긴 했는데 검증 과정에서 떨어졌어요. 과장님 도와서 강의나 해야 할 팔자죠."

병원에선 이미 자신의 책을 출간한 교수를 제외하곤 모든 교수와 조교수에게 교재를 쓰게 했다. 그리고 검증을 통해 수업이 가능하다고 판단되는 책들만 통과가 됐다.

그래서 교수와 조교수 중 이번 학기에 강의를 하지 못하는 이들이 절반 가까이 됐다.

"형은요?"

"겨우 통과."

"대박! 고작 두 달 만에 책을 쓰고 통과가 됐어요? 인간이 아니네. 혹시 검증하는 선생님들을 구워삶은 거 아니에요?"

"선생님들이 생선이냐? 구워삶게. 겨우 마감 시간 맞춰서 냈다."

책을 쓴 건 인간이 아니긴 했다.

각종 자료와 책의 목차를 건네주자 루시는 단 하루 만에 책을 만들어냈다. 며칠에 걸쳐 그걸 읽고 첨삭할 부분을 알려주면 루시는 다시 몇 시간 만에 뚝딱. 그렇게 10여 일 반복한 끝에 책을 완성했다.

"다음엔 형한테 도움을 받아야겠네요."

"각자도생하자."

"선배 좋다는 게 뭡니까. 다음 학기에 강의라도 해야 실적을 쌓고 교수가 되고 우리 은수도 교수 와이프 시켜줄 거 아닙니까."

"내가 보기엔 네가 교수 남편이 되는 게 빠른 것 같다. 은수는 통과했지?"

"…아무튼 제가 교수 못 되면 다 형 탓이에요."

"똥을 싸세요."

"싸고 왔거든요. 근데 형, 이러고 있으니 예전에 연합 MT 갈 때 생각나지 않아요?"

캠퍼스에서 젊은 친구들이 재잘거리는 모습을 보는 것만으로 캠퍼스의 일원이 되는 느낌이다. 그리고 그러한 상쾌함이 하란과 데이트하지 못해 좋지 않던 기분을 희석시켰다.

"근데 요즘 애들은 참 예쁘네요. 보통 2, 3학년 돼야 얼굴이 피는데."

"그건 네가 늙어간다는 얘기야."

"헐~ 나보다 더 노인네가 할 소린 아닌데요?"

"옆에 애인을 두고 할 소리도 아닌 거 같지 않아?"

"그냥 풋풋하다는… 하하… 그냥 애들을 보니 옛 생각이 난다는 거야, 은수야. 처음 입학했을 때 네 모습과 비교하면 어림도 없지. 어? 근데 왜 저기 저 학생은 우리를 왜 노려보는 거지? 어! 온다."

화제 돌리기에 성공을 했다.

류현수가 말한 쩔뚝거리면서 천천히 걸어오는 여학생은 배수진이었다.

그녀가 한강대학교에 면접을 본다는 건 알았지만 진짜로 입학을 생각했는지는 몰랐다.

"안녕하세요, 선생님."

"어, 안녕. 매번 보는 사인데 찾아와서 인사를 하냐?"

"이곳에서 인사를 하고 싶었어요."

"새삼스레. 여기 있는 이들은 전공과 교양 과목 담당할 선생님들. 온 김에 인사드려. 배수진이라고 내가 담당했던 환자."

서로 인사를 시켜준 후 궁금했던 바를 물었다.

"지금이라면 수업받는 데 어려움도 없을 텐데 의사는 포기한 거냐?"

"한의사를 선택한 거죠."

"확고하다면 다행이고. 빨리 낫겠다고 무리하는 건 아니지?"

"무리 안 해요. 선생님 말만 들으면 다 나을 텐데 왜 그러겠어요?"

"동기들이랑 재미있게 보내고 저녁 먹고 잠깐 보자."

"그럴게요."

배수진이 인사를 하고 동기들에게 가자 류현수가 어깨로 툭하고 친다.

"뭐?"

"저녁에 봐서 뭐 하려고요?"

"진맥하려고 그런다. 근데 그 표정은 뭐냐?"

"막 주무르고… 킥!"

두삼의 그의 목을 손날로 가볍게 치며 말했다.

"듣자듣자 하니까 아무래도 이 자식 도가 지나치고 정신을 놨나 보네. 푸닥거리 한번 하자."

"선배. 제 몫까지 부탁해요."

"알았다."

"혀, 형. 노, 농담이에요. 악!"

"저기 있는 애들 태반이 미성년잔데 농담이라도 그런 말이 나오냐?"

푸닥거리를 하느라 시끄러웠지만 다른 선생들이나 신입생은 잠깐 관심을 보였을 뿐 신경 쓰지 않았다.

"아~ 사람을 진짜 때리는 게 어디 있어요?"

"가짜로 때리면 말은 듣고? 이제 너도 슬슬 말 좀 가려서 해. 말 잘못하면 성희롱으로 인생 종친다."

"형 앞에서나 그러지 딴 곳에선 안 그래요."

"잘도 그러겠다. 근데 저기 있는 사람들은 뭐야?"

"누구요?"

"건물 앞에 서 있는 두 사람. 우리 쪽을 계속 쳐다보는 것 같아서."

"아~ 저 사람들. 형은 잘 모르겠구나. 교수로 임용되면서 병원에 새로 온 사람들이에요. 남자 분은 한방 비뇨기과, 여자는 융합의과 교수."

융합의학은 의학과 다른 학문을 융합시켜 의학의 발전을 도모하는 학문으로 정확하게 규정짓기가 애매모호한 하이브리드 의학이다.

가령 의학과 인문학을 접목하거나, 한의학과 양의학을 접목하거나, 의학과 과학기술과 접목할 수도 있다.

"그나저나 융합의과 교수님 정말 핫하지… 흠! 인사는 했는데 아직 서먹해서 따로 떨어져 있는 거예요."

"인사를 드려야겠네."

"어차피 오리엔테이션 도착하자마자 인사할 시간 있어요. 형 행사 진행표 안 받았어요?"

"그런 것도 있었냐?"

"헐~ 형네 팀원이 있다는 것도 모르겠네?"

"……"

"이 형 놀러 왔네. 선배도 없는 애들 그냥 놔두려고 했어요? 가만히 있어 봐요."

류현수는 스마트폰을 이용해 진행표를 보내줬다.

확인해 보니 일주일 전 수술 들어가기 전에 봤던 표였다. 다만 뒤쪽을 확인하지 않았을 뿐이다.

뒤를 보니 확실히 조원 다섯 명의 이름과 자신의 이름이 같은 줄에 써져 있다. 남자 셋에 여자 둘. 여자 두 명 중 한 명은 배수진이었다.

"큰 실수할 뻔했네. 고맙다."

"고마움은 나중에 맛있는 걸로 보답하세요. 이제 출발하나 봐요. 차는 가져왔어요?"

"응. 저쪽에 세워뒀어."

"설마 목적지까지 모르는 건 아니죠?"

"…그 정도로 바보는 아니거든. 한 번 더 맞을래?"

"하하… 사양할게요. 그럼 리조트에서 봐요."

후다닥 도망가는 류현수.

학생들은 버스에 올랐고 전문의들은 일부는 버스에, 일부는 차에 올랐다. 두삼도 출발하기 위해 자신의 차로 향했다.

부릉! 철컥!

차에 가까이 가자 루시가 차에 시동을 걸고 문을 열어준다.

자율 주행 프로그램을 팔고 난 하란은 최근엔 차량 튜닝에 재미를 붙였는지 연신 고치고 있었다.

"자동문이라니 신기하네요."

타려는데 뒤에서 누군가가 물었다.

돌아보니 융합의과 교수라는 여자였다.

그녀는 추운 겨울임에도 무릎 위 한 뼘은 올라간 원피스에 줄무늬 스타킹을 신고 있었는데 류현수가 왜 핫하다고 했는지 단번에 알 수 있었다.

옷차림은 물론 눈빛, 서 있는 자세, 말할 때의 행동 모든 것이
퇴폐적인 느낌이 들게 했다.

'하란이처럼 타고난 음기가 강해. 다른 점은 하란은 요가를
통해 안으로 갈무리하고 이 여자는 기운을 밖으로 내뿜으며 이
용하고.'

"아, 네. 애인이 이런 쪽으로 관심이 많아서요. 이렇게 고쳐줬
네요."

"어머! 혹시 동성애자예요?"

여자가 튜닝을 한다곤 생각 못 하나 보다.

"…아뇨. 안녕하세요. 안마과의 한두삼입니다. 융합의과 교수
님이시죠?"

"다행이네요. 안녕하세요. 옥지혜예요."

"먼저 인사를 갔어야 했는데 미안합니다. 리조트에 가서 인사
하려 했는데……."

"그렇게 말하면 저도 미안하죠. 인사를 하러 온 게 아니라 차
좀 얻어 탈까 해서 왔거든요."

"…일행분이 계시지 않았나요?"

"같이 있다고 해서 일행은 아니죠. 물론 처음엔 그분의 차를
탈까 했는데 비뇨기과라 그런지 말이 상당히… 무슨 말인지 알
겠죠?"

짐작은 간다. 하지만 그것과 별도로 차에 태우는 건 조금 꺼
려졌다.

'이거야 원, 애인이 만든 인공지능이 지켜보고 있다고 말할 수
도 없고.'

그렇다고 안 태우자니 같이 일하게 될 동료로서 각박하게 느껴질 터. 별수가 없었다.

"…타세요."

"고마워요."

두삼이 타는 스포츠카는 겉모습은 멋지지만 편안함과는 거리가 있다. 특히 차체가 낮아 치마를 입는 경우 매끈한 다리가 고스란히 드러나는 구조다.

짧은 원피스를 입은 옥지혜의 경우는 엉덩이라인까지 보였다.

"앞에 서랍에 무릎담요 준비되어 있어요."

"제가 몸에 열이 많아서 답답해요. 그래서 추운데도 이렇게 다니는 거예요. 조심할게요."

"…아, 네."

본인이 싫다는데 어쩌겠는가. 그리고 차 안이라 민망할 뿐 딱히 그런 모습에 눈이 가거나 마음이 흔들리지 않았다. 연예인은 물론, 예쁘다는 여자들의 몸을 매일처럼 주무르지 않는가.

주말이라 여행을 가는 이들이 많은지 이른 시간임에도 차가 조금 막혔다.

두삼이 아무 말도 하지 않자 어색했을까, 그녀가 먼저 입을 열었다.

"차가 참 조용하네요. 보통 스포츠카를 사면 일부러라도 소리를 크게 하지 않나요?"

"젊었다면 그랬겠죠. 하지만 요즘은 그냥 조용한 게 좋네요."

"얼굴은 동안인데 속은 노안이네요."

"적절한 표현이네요."

"올해 몇이에요?"

"서른다섯입니다."

"진짜 동안이네요. 난 서른일곱이에요."

"선생님도 동안이시네요."

"그럼 동안끼리 친구할래요? 말도 편하게 하고."

이미 편하게 하셨거든요!

"…하하. 족보 꼬입니다. 제가 누나라고 부를 테니 편하게 말하세요."

한두 살 차이로 말을 트기 시작하면 민규식 원장과도 말을 놓을지도 모르겠다. 물론 사회에서 만난 사이라면 그럴 수도 있다. 하지만 소속된 곳에서는 확실하게 하는 게 좋았다.

"그럼 그러든가. 언제든 말 트고 싶으면 말 놔."

"그럴게요."

"친해졌으니까 한 가지 물어봐도 돼?"

그새 친해진 건가?

그래도 일일이 동의를 구하는 그녀의 넉살에 피식 웃으며 고개를 끄덕였다.

"우연찮게 한 선생에 대해 들었어. 응급실에서 환자를 봤다면서?"

"어쩌다 보니 그렇게 됐어요."

"위급한 환자들이 오가는 곳을 어쩌다 갈 수 있을까. 환자에 대해서만큼은 깐깐하기로 유명한 한강대학병원에서? 내가 보기엔 둘 중 하나야. 실력이 좋거나 누군가에게 찍혀서 병원을 그만두게 할 속셈이었거나. 하지만 한 선생 나이에 교수가 될 정도면 후자는 아니라고 봐야지."

"자연스럽게 실력자가 되는 건가요? 하하!"

대수롭지 않게 말을 받았다. 알 만한 사람들은 아는 내용인데 굳이 어색하게 시치미를 뗄 이유가 없었다.

"원장님의 숨겨진 아들이거나."

"네?! 헐! 그런 소문도 있어요?"

"꽤 넓게 퍼진 것 같던데. 민규식 원장님이랑 친하고 자주 원장실을 드나든다며?"

"제가 존경하는 분이죠. 그리고 일이 있어서… 이거 변명이 되어버리네요. 아무튼 아닙니다."

"알았어. 어차피 사실이든 아니든 부탁할 일과는 상관없으니까."

질문에서 부탁으로 은근슬쩍 넘어가는 거냐?

"어떤 부탁인지 은근 걱정이 되네요."

"나랑 같이 연구를 해줬으면 해."

"…어떤 연구를 하기에 제가 필요한 겁니까?"

"한의학과 양의학의 융합. 다른 건 아니고 한 선생이 치료한 케이스를 정리해 줬으면 해."

두삼이 이성보단 감정적으로 행동하고 남들에게 이끌려 사는 듯 보여도 실제로는 계산이라는 걸 했다.

철저하게 1:1의 비율로 주고받는 것은 아니지만 그래도 최소한의 이득은 있어야 하지 않겠는가.

"제가 얻는 이득은요?"

"…솔직히 없어."

살짝 고개를 숙이며 무릎에 올려둔 주먹을 꼭 쥔다.

'뭐야, 이 사람……. 첫인상은 뻔뻔한 캐릭터인 줄 알았는데 이제 보니 방어기제인가?'

스스로를 보호하기 위해, 혹은 무너지지 않기 위해 자신의 생각과 정반대로 행동하는 케이스 같았다.

게다가 방어기제가 완벽하면 좋을 텐데 정작 중요한 순간엔 무너지는 최악의 경우. 이런 사람은 이용해 먹기에 딱 좋은 스타일이다.

"혹시… 원하는 게 있어?"

"네? 그게 무슨……."

"남자들 원하는 거 다 똑같지 않아?"

몸을 주겠다는 건가? 도대체 이 여자 뭐지? 고작 케이스 따위에 몸까지 팔겠다는 게 아닌가.

두삼은 갑자기 기분이 나빠졌다. 하지만 그보단 이 여자가 왜 이러는지 궁금해졌다.

만일 시답지 않은 이유 때문이라면 두 번 다시 상대하지 않으리라 다짐하면서 입을 열었다.

"남자라고 모두 그런 건 아니에요. 혹시 섹스 중독이에요?"

"아냐! 제대로 느껴본 적도 없어……."

"근데 케이스가 뭐라고 그런 제안을 하는 건데요?"

"교수가 꼭 되어야 해."

"…교수잖아요."

"아직 아냐."

"사연이 있나 보군요?"

"얘기하자면 길어."

"오리엔테이션 장소까지 가는 데 제법 걸릴 것 같은데… 싫으면 안 하셔도 됩니다."

"…부끄러운 얘기야."

그녀는 창밖으로 시선을 돌리며 부끄럽다는 과거 얘기를 꺼냈다.

중간 중간 감정이 복받치는지 말을 잇지 못할 때가 있었지만 멈추지 않았다.

다소 가난한 가정에서 자란 그녀는 금수저를 물고 태어나지 못했지만 빼어난 외모와 뛰어난 머리를 물려받았다.

좀 더 나은 삶을 위해 열심히 공부한 덕분에 한의학과에 입학하게 되었고 그로 인해 삶이 조금 더 나아질 거라 생각했다.

하지만 그녀의 대학 생활은 아버지의 실직으로 순탄치 못하게 흘러갔다. 낭만적인 대학 생활은 고사하고 생활비를 벌어야 했다.

엎친 데 덮친 격으로 전액 장학금을 받고 온 대학인데 본과 1학년 때 중요한 전공과목 두 개가 이상하리만치 형편없는 점수가 나와 전액 장학금이 취소되어 버린 것이다.

등록금을 낼 형편이 되지 않아 휴학을 하게 될 상황.

그때 지도 교수가 자신이 준 성적 때문에 전액 장학금이 취소된 것이 미안하다며 조교 자리를 제안했다. 한데 은인이라 생각하고 덥석 허락한 것이 그녀의 인생을 더욱 꼬이게 만들었다.

처음엔 잘해줬다.

하지만 조교를 그만두면 휴학을 해야 한다는 약점을 잡아 은

근히 몹쓸 짓을 하기 시작했다.

졸업까지만 참자고 버티고 버텼다. 그리고 졸업이 다가올 때가 되어 벗어나려 할 때 지도 교수는 몇 년 만 고생하면 교수 자리를 주겠다는 제안을 해왔다.

"그때 거절했어야 했는데……. 어리석게도 몇 년간 당해왔는데 몇 년 더 못 버티겠느냐는 생각을 한 거지. 그자는 내가 교수 자리를 부러워하고 있다는 걸 알고 있었던 거야. 후후! 그렇게 완전히 늪에 발을 들이게 됐어. 정신을 차렸을 땐 이미 몸도 마음도 망가져 버렸더라고."

"그때라도 빠져나오지 그랬어요."

"도박에 빠진 사람이 도박을 끊지 못하는 것과 비슷하더라고. 조교에서, 강사, 그리고 조교수. 조금만 더 하면 될 것 같았거든. 혹시 담배 피워도 돼?"

"피우세요."

그녀는 창문을 열고 담배를 길게 뿜은 후 다시 말을 이었다.

"후우~ 한데 착각이었어. 작년에 누군가와 낄낄거리며 통화하는 걸 우연히 들었는데 처음부터 교수를 시켜줄 생각도, 능력도 없었어. 전에 대학에서도 문제가 생겨서 잘리기 직전인 인간이 무슨 수로 날 교수로 만들 수 있겠어? 게다가 무엇보다도 치가 떨리는 건 전액 장학금을 못 받게 만든 것도 그 인간이었어."

"……."

"당장 그 작자의 처자식에게 그가 어떤 인간인지 말해준 후 끝내려 했어. 한데 때마침 처참하게 복수를 할 수 있는 기회가 주어졌어. 자신의 서류 통과를 위해 허수아비가 필요했는지 한강대 한의학과 교수 채용에 내 서류를 함께 보냈는데 문제가 생긴 거야. 병원에선 날 교수로 선택했고, 학교에선 그 작자를 선택한 거지. 그래서 1학기가 끝난 후 논문으로 결정하기로 했어."

"…그렇군요."

얘기를 듣고 나니 기분이 착잡했다.

옥지혜의 지도 교수가 죽일 놈인 건 분명하다. 그러나 그녀가 무조건 선량한 피해자라고 말하기엔 애매했다. 그녀의 욕심이 상황을 악화시킨 건 분명했다.

하지만 피해자에게 '너도 잘못이 있어. 왜 진즉에 빠져나오지 않았어?'라고 말하는 건 피해자를 두 번 죽이는 일임을 알기에 말을 아꼈다.

"근데 막상 논문을 쓰려고 하니 내가 아는 건 그자도 아는 거더라. 그래서 새로운 것을 찾던 중 네 소문을 들은 거야. 나도 참 구제불능이지 않아? 그만큼 치욕을 당했으면서… 복수를 한다고 다시 몸으로 어떻게 해보려 하다니……."

무슨 위로를 건넬까 잠깐 고민하다가 말했다.

"누나 잘못 아녜요. 지도 교수라는 사람에게 그렇게 길들여진 거죠. 내가 가진 건 이것밖에 없어, 라고 단정 짓지 마세요. 찾아보면 분명 누나만이 가진 장점이 있을 거예요."

"…네가 오빠 같다."

"저도 그랬던 적이 있었을 뿐이에요."

"내 잘못도 있다는 걸 스스로 잘 알고 있는데… 내 잘못이 아니라고 말해줘서 고마워. 솔직히 지금 너무 부끄럽다. 오늘 처음 본 너에게 이런 말을 하게 될 줄은 몰랐어."

"저도 처음 본 여자에게 뜻밖의 제안을 받아보기엔 처음이에요."

"미안. 한데 너라면 괜찮지 않을까……."

"아뇨. 그 얘긴 그만해요. 케이스 건은 일단 생각 좀 해볼게요. 그나저나 긴 얘기긴 했네요. 목적지예요."

리조트로 올라가는 길이 보였다.

주차를 하고 차에서 내리자마자 하란에게서 연락이 왔다. 루시가 떠든 것이 분명했다.

"전화 받고 들어갈게요."

옥지혜를 보내놓고 다시 차에 올라 통화 버튼을 옆으로 밀었다.

"응, 하란아. 내가 설명……."

—일단 생각하고 말고 할 게 어디 있어? 설마 오빠는 지혜 씨가 잘못이 있다고 생각하는 거 아니지?

자초지종을 설명하려는데 하란은 대화 내용을 들은 사람처럼 말을 쏟아냈다.

—스톡홀름 증후군의 경우처럼 여자는 조금 복잡해. 극심한 스트레스와 두려움에 자포자기해 버리기도 한단 말이야. 한데 그녀의 잘못이라고 기회를 주지 않는 것 정말 치졸한 생각이야.

"…대화 내용을 들었어?"

—…미안. 오빠가 헐벗은 여자를 차를 태웠다는 루시의 말에 나도 모르게…….

"아냐. 차라리 듣는 게 오해가 없지. 그리고 내가 일단 생각해 보겠다는 건 너한테 물어보기 위해서야. 차에 태우고 갑자기 함께 일한다고 하면 네 기분이 상할 수도 있으니까."

—…그런 거야? 난 그것도 모르고.

"그럼 내 케이스를 그녀에게 주는 걸로 할게."

—그래. 절대 그 자식한테 지면 안 돼! 알았지?

"…어째 네가 더 흥분한 것 같냐?"

—알량한 권력으로 사람을 농락하는 인간들은 정말 싫어하거든. 나도 미국에서 비슷한 경험이 있었고.

"진짜? 어떤 놈이야! 당장 미국에 가서 고자로 만들든지 한평생 누워 있게 만들어 버릴 테니까!"

—내가 병원에 가게 해줬어. 끊어야겠다. 로봇 팔이 제멋대로 움직여 불나겠다. 풋풋한 신입생들이랑 잘 놀다가 와. 쪽! 사랑해.

"나도… 사랑해."

또 뭔가를 만드는지 말이 끝나기도 전에 전화가 끊겼다.

이럴 때 가끔 서운하긴 한데 덕분에 자신이 편하다는 걸 안다. 어쩌면 자신 같은 애인을 만나 그녀가 그렇게 바쁘게 사는 건지도 모르겠다.

*　　　　*　　　　*

신입생 오리엔테이션은 신입생들을 새로운 대학이라는 환경에 잘 적응시키기 위한 일종의 교육의 장이다. 물론 보기에 따라 친목 도모를 위한 자리처럼 보이긴 하지만 목적은 그렇다는 것이다.

"…여러분의 학교 생활에 가장 불편한 것이 선배가 없는 것이 아닐까 생각합니다. 그렇지 않습니까?"

"네! 대학생이 되면 선배님들께 밥과 술을 사달라고 조르고 싶었습니다."

한방센터 센터장이자 이젠 학과장까지 겸임하게 된 고웅섭의 질문에 학생이 크게 대답했다.

"학생이 조른다고 사줄 것 같진 않은데……."

하하하! 호호호!

"아무튼 그런 재미도 있어야겠죠. 그래서 선배 대신 선배 같은 교수들을 데리고 왔습니다. 월급을 받으니 돈도 많겠죠?"

"우~와!"

"모르는 것이 있거나 궁금한 점이 있으면 언제든 찾아갈 수 있도록 하세요. 물론 나이 든 사람도 괜찮다 싶으면 날 찾아와도 됩니다. 밥과 술은 능력껏 얻어먹을 수 있도록 하고요."

"옙! 알겠습니다!"

"학생은 힘들다니까."

고웅섭은 아주 유쾌하게 학과장 인사를 마무리했다.

그가 단상에서 내려오자 진행자가 바로 다음 스케줄에 대해서 말했다.

"저녁에 시작할 팀별 장기자랑을 위해 팀끼리 모여서 의논하는 시간을 갖도록 하겠습니다. 저녁 식사 전까진 가급적 팀 단위로 움직여 주시고 리조트를 벗어나는 일은 삼가주세요."

말이 끝나자 행사를 진행했던 홀은 팀원을 찾느라 시장처럼 시끄러워졌다.

"1팀 이쪽으로!"

"5팀 내 얼굴 알죠? 문 쪽으로 모여요."

두삼은 어디로 모이게 할까 고민하고 있는데 배수진이 네 명과 함께 다가왔다.

"선생님, 저희 8팀이에요. 이럴 것 같아서 함께 있었어요."

"그래? 잘했네. 여긴 복잡하니까 자리를 이동한 후에 인사를 나눌까?"

남자 셋, 여자 둘. 다섯을 데리고 향한 곳은 아까 잠시 둘러볼 때 찾은 카페였다.

"반가워. 생소하겠지만 안마과를 맡게 된 한두삼이야. 같은 팀이 된 것도 인연인데 혹시 학교생활 하다가 궁금한 점이 있으면 편하게 찾아와. 명단을 봐서 이름은 아는데 얼굴과 매치가 안 되네. 한 사람씩 간단히 소개해 볼까?"

"처음 뵙겠습니다. 이청정이라고 합니다. 재수를 해서 올해 스물한 살입니다. 근데 교수님치곤 엄청 젊으시네요. 혹시 20대세요?"

아까 고웅섭 원장님이 질문을 했을 때 씩씩하게 대답했던 덩치 큰 학생이 가장 먼저 말했다.

"아니, 서른다섯."

"개… 대박 동안이시네요."

"고마워. 밥 한 번 살게."

"헤헤! 센스도 좋으시네요, 교수님."

이청정에게서 류현수가 보였다. 물론 밝고 싹싹한 성격을 좋아했기에 마음에 들었다.

"…안녕하세요. 전 조세도입니다. 현역으로 입학해서 올해 스물이에요."

약간 내성적으로 보이는 남학생.

"우인영이에요. 삼수했어요."

"구본인입니다. 스무 살이고요."

"배수진이에요. 열아홉이에요."

배수진을 끝으로 소개가 끝났다. 자기들끼리는 이미 소개를 마쳤는지 다들 두삼만 말똥말똥 본다.

"지금부터 하는 일은 저녁 시간에 동기들과 안면을 익히고 연대감을 갖게 하기 위한 거라고 생각하면 돼. 간단히 팀 구호를 만들고 노래나 춤 같은 것으로 너희들을 소개하는 거지."

"으~ 이런 것 딱 질색인데."

우인영은 몸을 부르르 떨며 싫은 기색을 내보였다.

"누군들 좋을까. 하지만 최소 6년간 함께할 이들 앞에서 쪽팔려 할 필요 없어. 혹시나 혼자 있는 걸 좋아한다고 해도 동기들 앞에선 그러지 않는 게 좋아. 방대한 분량의 공부를 혼자하기 싫으면 말이야."

"…안 한다는 건 아니에요."

"그래. 자! 그럼 의논해 봐. 팀장부터 뽑고."

"교수님은 빠지시려고요?"

"난 물주. 옆에서 구경만 할 거야."

"그럼 먹고 싶은 거 시키면 됩니까?"

"하하! 물론."

이것저것 주문하는 애들에게 모든 걸 맡기고 옆 테이블로 옮겼다. 커피를 주문해서 마시고 있는데 한 팀이 우르르 몰려왔다.

류현수와 3팀 애들이었다.

"어! 형, 여기 있었네요?"

"응. 방에서 하는 것보단 나을 것 같아서."

"근데 왜 혼자 앉아 있어요? 왕따예요?"

"지켜만 보면 되지."

"나도 그럴까? 얘들아, 주문해서 마시면서 뭘 할지 얘기 나눠. 난 한 선생님이랑 할 얘기가 있다."

그냥 하는 말인 줄 알았는데 정말 할 말이 있는지 그는 옆에 앉더니 아주 낮은 목소리로 말했다.

"해인 선배 얘기 들었어요?"

"…무슨 얘기?"

"동환 선배랑 헤어졌다는 얘기요."

"응, 들었어. 넌. 어떻게 알았냐?"

"지난주에 경해대병원에 애들 만나러 갔다 왔거든요. 거기서 들었죠. 그래서 좀 알아봤는데 우리 병원 흉부외과 민청하 선생이랑 사귀는 것 같더라고요."

"쓸데없는 짓 하지 마. 모른 척 해라. 소문내지 말고."

"누가 소문을 낸다고…… 어쩌실 거예요?"

"뭘 어째?"

"해인 누나요. 첫사랑이잖아요. 남자들 첫사랑은 못 잊잖아요. 다시 만날 생각은 아니죠?"

"다시 사랑할 거라고 묻는 거라면 그럴 일 없다. 해인이에 대한 감정은 동기 그 이상도 이하도 아냐."

"진짜죠? 형이 다시 만난다고 했으면 실망했을 거예요. 제가 볼 때 하란 씨가 백배 나아요. 상처받게 하지 마세요."

"누가 들으면 니가 하란이 오빤 줄 알겠다. 니 애인 은수한테나 잘해."

"잘하거든요! 참! 근데 오늘 저녁에 사발식을 하려면 지금 있는 술로 부족하지 않을까요?"

"웬 사발식?"

"우리 학교 역사와 전통의 사발식 말이에요. 이곳 한강대학교에도 정착을 시켜야 하지 않겠습니까? 하하하!"

막걸리 다섯 통을 단숨에 마셔야 하는 사발식.

과거 사발식을 하다 학생이 죽고 난 후 몇 년간 사라졌다가 먹은 술을 바로 토하게 만드는 것으로 바뀌어 부활한 그 빌어먹을 사발식을 한강대학교에 정착시키겠다고?

절대 반대다.

"여기가 경해대냐? 역사와 전통 좋아한다. 똥통에 들어가야할 악습이야. 난 그 짓을 왜 하는지 도저히 모르겠더라!"

"에? 형이 사발식을 그렇게 싫어했어요? 우리 학번 사발식 할 때 역사와 전통을 들먹이며 막걸리를 건네준 게 형이었어요."

"…이제 와서 말하지만 그땐 '나만 당할 수 없다!'라는 마음이었어."

"헐~"

"미안. 그땐 나도 어렸잖아. 무튼! 사발식의 시옷도 꺼내지 마라."

첫 시작이 중요한 법. 악습을 전통이라는 이름으로 미래의 후배들에게 물려줄 생각은 추호도 없었다.

그때 배수진이 절뚝거리며 두삼의 테이블로 다가왔다.

"왜, 피곤해?"

걷는 것이 그녀에게 얼마나 힘든 일인지 두삼은 알고 있다.

"아뇨. 한의학에 대해 질문이 있어요."

"하하하! 뭐든지 물어봐 선생, 아니, 나 류 교수가 대답해 줄게."

류현수가 나섰다.

배수진은 누구든 상관없다는 듯 입을 열었다.

"생리통은 어떻게 해야 해요? 서적에서 봤던 삼음교 혈 자리를 꾹꾹 눌러줬는데도 많이 아프네요."

"하체를 지나는 6개의 경맥 중 음맥에 속하는 3가지 경맥이 교차하는 지점이 삼음교 혈이지. 그곳을 누르는 건 임상실험으로도 이미 밝혀진 바가 있고. 하지만 문진과 진맥을 먼저 해봐야 해. 잠깐 앉아볼래?"

배수진은 잠시 망설이다가 자리에 앉았다.

"오른손 잠깐 줘볼래? 어디가 제일 많이 아파?"

"…허리가 끊어질 것같이 아파요. 아랫배의 통증도 심하고요."

"며칠째야? 양은?"

"어제부터 시작했고 양은 조금씩 나올 뿐이에요."

"약은 먹었니?"

"진통제요. 집에서 먹고 나온 후, 1시간 전쯤에 다시 먹었어요."

"음, 맥이 불안정하긴 하네. 좀 더 내밀한 부분까지 살피기엔 장소가 좋지 않으니… 일단 뜸으로 다스리는 게 좋을 것 같다. 해볼래?"

가만히 듣고 있던 두삼은 더 내버려 두면 안 되겠다 싶어 나섰다.

"얘가 아픈 게 아니라 저기 있는 우인영 학생이 아픈 거야."

"에? 진짜요? 진짜냐?"

"…죄송합니다. 언니가 부끄럽다고 말하지 말라고 해서요."

"하아~ 형, 나 지금 테스트당한 거예요?"

류현수는 어이가 없다는 듯 중얼거렸다.

"네가 옛날에 하던 짓 그대로 돌려받는 거야."

인턴이었던 양태일이 기의 존재를 믿지 않았던 것처럼 한의학이라는 학문은 배우는 학생들마저 의문을 갖게 만드는 부분이 있다.

자연 학생들 사이에서 교수들의 실력을 테스트해 보려는 시도가 있었고 그중 가장 열심히 했던 것이 류현수였다.

한데 기분 나빠할 거라는 예상과 달리 그는 무척 좋아했다.

"와아~ 제가 정식 교수는 아니지만 학생들을 가르치게 됐다는 걸 실감하게 되네요. 앞으로도 자주 찾아와."

"기분 안 나쁘냐?"

"기분 나쁠 일이 뭐가 있어요. 교수님들이 그랬듯이 의심을 해소해 주면 그뿐이죠. 저도 사실 교수님들 테스트하다가 한의학에 푹 빠졌거든요. 뭐, 형을 만난 것도 영향이 있었지만요."

"…아니라면 다행이고. 배수진."

그가 용서한 건 용서한 거고 배수진에게 해야 할 말은 해야 했다.

"…네, 선생님."

"피치 못할 사정이 있었다고 해도 가르치는 교수를 테스트한 건 잘못한 거야. 임상실험 결과가 속속 나오고 있지만 정확하게 과학적으로 증명하라고 하면 불가능한 것들이 많은 게 한의학이야. 의심은 좋아. 그래야 발전도 있는 거니까. 그러나 사람을 네 맘대로 제단하려 하지 말고 물어봐라. 알겠니?"

"…죄송해요. 말씀대로 두 번 다시 그러지 않을게요. 그럼 한 가지 물어봐도 될까요?"

"내가 어떻게 우인영이 아픈 걸 알았냐는 거겠지?"

"네."

"피부색과 표정이 좋지 않았어. 그리고 몇 달간 진료한 환자의 몸 상태를 내가 모를까. 마지막으로 우인영이 여길 계속 힐끔거리고 있어."

"아! 전 다른 방법이 있는 줄 알았어요."

"내가 신이냐. 척보면 여자가 그날이라는 걸 알게. 고통이 많이 심하면 본인이 직접 오라고 해."

부끄러움 때문에 오지 않을지도 모르겠다고 생각했는데 고통이 심한지 바로 왔다.

"네가 할래?"

"진맥만 해볼게요. 사람들이 형이 많이 바뀌었다고 하는데 뭐가 바뀌었는지 보게요."

"그러든가. 근데 사람들이 내가 바뀌었대? 어디가?"

"몰라요. 아무튼 느낌이 과장님들 같대요."

"큭! 왠지 늙어 보인다는 말처럼 들리네."

류현수가 진맥을 끝낸 후 두삼이 팔목의 맥을 잡고 물었다.

"불규칙적이지?"

"…네. 어떤 땐 석 달 정도 안 할 때도 있어요."

"언제부터?"

요즘 초등학교 때부터 월경을 하는 청소년들이 많은데 언제부터 불규칙해졌는지를 아는 것이 중요했다.

"…중학교 3학년 땐가부터 불규칙해지더니 점점 아파오더라고요. 그러다가 최근 심해졌어요."

"평소 밥을 잘 안 먹는구나?"

"네. 공부할 때 군것질을 하다 보니 밥은 안 먹게 되더라고요."

문진을 하면서 진맥만으로 몸 상태를 살폈다. 처음엔 힘들었지만 요즘은 점점 익숙해져서 기를 굳이 쓰지 않아도 어느 정도 파악이 가능했다.

"공부에 대한 스트레스와 습관 때문이라 생각드는데 위가 약하고, 신장이 좋지 않아. 무엇보다도 몸의 균형이 많이 깨진 상태야. 내부 몸 나이가 40대 아주머니 같달까."

"……!"

"심각하진 않아. 아직 젊어서 관리만 제대로 하면 금방 원래 나이로 돌아갈 거야. 하지만 계속 지금대로 몸을 방치하면 폐경이 생각보다 훨씬 빨리 올지도 몰라."

"…어, 어떻게 해야 하나요?"

"일단 운동. 수영이나 헬스 아무거나 괜찮아. 그리고 규칙적인 식사. 군것질이나 간식은 삼가고, 커피 말고 생과일주스 위주로 마시고. 3개월 정도만 열심히 하면 웬만큼 돌아올 거야. 가급적 꾸준히 해. 예과 때가 아니면 몸 관리할 시간도 부족해."

경락과 각종 통로가 막혀 있는 상태이다. 하지만 아직 어려서 운동만 해도 뚫린다. 지금 그대로 둔 채 나이가 들면 그땐 고질병이 되는 것이다.

"…그럴게요."

"자! 그럼 경고는 해줬으니 당장 아픈 것도 해결해 줘야겠지? 세 가지 방법이 있어. 침, 뜸, 안마. 가장 권하고 싶은 건 안마야. 내가 안마과라서 하는 말이 아니라 현재 여기저기 막힌 것이 많아 뚫으려면 그 방법이 제일 좋거든."

"…받고 나면 덜 아플까요?"

"훨씬 나을 거야. 몸을 만지는 게 부담스러우면 침과 뜸도 괜찮아."

"아뇨. 제일 좋은 걸로 할래요."

"알았다. 그럼 여기서 회의 끝나고 연습하러 방에 갔을 때 잠깐 하자. 수진이에게 옆에 있어달라고 부탁하고. 그게 나도 너도 편할 테니까."

"네, 교수님."

우인영이 간 후 아까부터 눈에 힘을 주고 노려보고 있는 류현수에게 물었다.

"뭐가 바뀐 거 같냐?"

"…아뇨. 제 눈엔 그대론데요."

"그럼 그대론가 보지."

다시 서울로 왔을 때 보는 사람마다 분위기가 바뀌었다고 말했다. 그래서 처음엔 뭐가 바뀌었나 싶어 궁금했는데 이젠 그러려니 했다.

8팀은 1시간 30분 정도의 토론 끝에 다소 유치한 구호와 간단한 춤을 준비하기로 하고 결정하고 방으로 자리를 옮겼다.

＊ ＊ ＊

"팔팔한 한강대 한의학과! 우리는 팔팔한 신입생! 팔팔한 팔팀. 우리 동기들 파이팅!"

1시간 30분의 토론이 무색할 만큼 단순한 구호다. 물론 다른 팀이 만든 구호도 오십보백보였지만 말이다.

"쩝! 근데 이게 뭐하는 짓인지 모르겠네."

현재 두삼은 홀 한쪽에 있는 방에서 잔뜩 분장을 하고 혼자 앉아서 아이들의 공연을 보고 있었다.

비장의 무기라나 뭐라나.

우인영을 중심으로 춤을 추기로 한 8팀.

문제는 우인영의 고통을 덜어주기 위해 한 안마로 인해 제대로 터져(?) 버린 것이다. 거기에 배수진은 애초에 댄스는 불가능.

얼른 계획을 바꾸라고 했지만 이 망할 놈들이 선배 같은 교수를 들먹이며 다른 계획을 내세우는 바람에 현재 상태가 된 것이다.

다섯 명이 동시에 조잘거려서 얼떨결에 허락을 했지만 시간이

다가올수록 후회막급이다.

"팔팔한 8팀의 구호 잘 들었습니다. 팔팀과 파이팅을 라임처럼 이용했네요. 다음으로 팔조가 준비한 것을 볼 차례인데요. 바로 댄스입니다. 아주~ 기대가 됩니다. 준비되었으면 음악 주세요!!"

누구나 들어도 알 만한 유명 혼성그룹의 유명한 댄스곡이 흘러나왔다. 이제 정말 빼도 박도 못 하는 상황인 것이다.

"후우~"

긴 한숨을 뱉으며 자리에서 일어났다.

무대 옆이라 8팀 남자애들이 춤을 추는 모습이 보였다. 왜 춤을 장기자랑으로 선택했는지 모르겠다.

신입생들이 박수를 치며 좋아했지만 춤을 잘 춰서라기보단 분위기 때문에 좋아하는 것일 것이다.

"…제발 인터넷에만 올라가지 마라."

인터넷에 올린다고 얼마나 유명해지겠느냐마는 자신을 아는 사람들에게 한동안 놀림감이 될 것이다.

점점 나가야 할 시간이 다가왔다.

옆에 있는 거울을 흘낏 봤다.

화장한 얼굴, 쥐 잡아 먹은 듯한 붉은 입술, 마포 걸레 같은 가발, 마지막으로 풍선으로 잔뜩 세운 가슴.

꿈에 나올까 두렵다. 그리고 하란이 보면 얼마나 웃을지.

"뻔뻔하게 하자!"

놀리는 재미는 상대가 싫어하거나 부끄러워할 때 극대화가 되는 법. 아예 뻔뻔하게 나가면 재미가 없어서 금방 시들해질 것이다.

마음을 비우니 차라리 편안해졌다. 그리고 때마침 나갈 시간이 됐다.

마지막으로 크게 숨을 들이마신 후 문을 열고 밖으로 나갔다. 그러고는 립싱크를 하며 여성 가수의 춤을 따라했다.

홀은 '꺅!', '켁!', '큭!', '웩!' 따위의 부정적 감탄사들로 넘쳐났다. 그러나 뻔뻔하기로 마음을 먹었기에 더욱 오버스럽게 행동했다.

풍선으로 만든 가슴을 한껏 모아주는 센스까지.

"…더러워……."

맨 앞에 앉아 있던 조그마한 여자애의 입에서 더럽다는 말에 내상을 입긴 했지만 무사히 마칠 수 있었다.

"와우! 화끈한 8팀의 무대였습니다. 특히 거기 계신 여성분 잠깐 얘기 좀 하죠."

얼른 안으로 들어가려는데 진행자가 태클을 건다.

말 걸면 앞날을 장담하지 못한다는 눈빛으로 노려봤지만, 진행자가 눈빛을 읽을 능력은 없는 모양이다.

싱글벙글한 얼굴로 다가와서 물었다.

"도발적인 눈빛이네요. 제 이상형이에요. 혹시 성함이 어떻게 되시죠?"

환영회의 분위기를 좋게 만들기 위해 최선을 다하는 사람에게 욕을 할 수는 없는 일. 게다가 고웅섭 센터장과 몇몇 과장이 재미있다는 듯 보고 있었다.

'비우자!'를 속으로 되뇌며 여성스럽게 말했다.

"…한두희예요."

"이름도 예쁘네요. 혹시 좋아하는 이상형이 어떻게 되십니까."

"전 나이든 사람이 좋아요. 그리고 머리가 살짝 벗겨진 스타일을 좋아하죠."

"취향이 좀 독특하네요. 어떻게 저기 계신 분 중에 한 명만 선택해 보겠어요? 이왕이면 섹시 댄스를 추면서 말이죠. 그럼 제가 가진 상품권은 두희 씨 것이 될 겁니다."

"싫어요!"

분위기를 살리는 것도 좋지만 한계는 있었다.

한데 진행자가 가까이 다가오면 낮게 중얼거렸다.

"학생, 좀 도와줘. 분위기 띄우기 이렇게 힘든 곳은 진짜 처음이야. 부탁이야. 상품권 1.5배로 줄게."

내 분위기도 안 좋은데 누가 누구한테 도와달라는 건지 모르겠다.

"역시 아름다운 여성이라 자존심이 세군요. 그럼 정중히 부탁드리겠습니다. 레이디, 신사 한 분을 선택해 주시겠습니까?"

…애쓴다, 애써.

안쓰러워 보이는 그의 눈빛에 결국 천천히 단상 아래로 내려갔다. 진행자가 신호를 줬는지 연예인들이 섹시 댄스를 출 때 주로 이용하는 음악이 나왔다.

의식을 저 멀리 던져 버리고 섹시 댄스를 추며 교수들 앞에 갔다.

교수들은 뭐가 재미있는지 껄껄거리며 웃고 있었다.

누구에게 갈까 하다가 만만한 이가 이방익이라 그에가 다가갔다. 한데 돌연 인상을 쓰며 주먹을 쥔다.

만일 그를 선택하면 앞으로 병원 생활이 꽤 힘들어질 것 같다. 약간의 배신감이 느껴졌지만 어쩔 수 없이 돌아섰다. 그리고 다시 스캔.

결국 제일 만만한 사람이 아버지뻘인 센터장이었다. 그의 앞에서 섹시 댄스를 잠깐 추면서 분위기를 살펴보니 그저 흐뭇해하는 모습에 결국 그의 무릎에 살포시 앉는 것으로 마무리했다.

"오! 학과장님을 선택했군요. 그럼 볼 뽀뽀 한번 진하게 해주세요."

"……."

"자! 모두 박수!"

짝짝짝짝!

누가 선창을 했을까. '뽀뽀해'라는 소리가 서서히 커지더니 곧 홀을 가득 채웠다.

"죄송합니다, 센터장님."

"재미로 하는 건데 어떤가. 이마에 큼지막하게 찍고 얼른 들어가게나. 허허허!"

두삼은 눈을 질끈 감고 그의 이마에 립스틱 자국을 남기고 단상 옆에 있는 방향으로 뛰었다.

한데 진행자가 다시 잡았다.

"이봐! 학생. 상품권 받아가야지."

그는 상품권을 건네며 말을 이었다.

"마지막으로 진짜 이름을 말해. 그래야 교수님들이 성적을 잘 줄 것 아냐. 교수님들 이 학생에게 이번 학기 좋은 성적 부탁드립니다."

진행자의 말에 이방익이 큰 소리로 말했다.

"잘 주고 싶어도 그럴 수가 없다네. 하하하!"

"네? 왜요?"

"그 친구도 교수거든."

"…네?! 진짜… 교수님이세요?"

진행자는 놀란 눈이 되어 물었고 두삼은 썩소를 지으며 고개를 끄덕였다.

"…죄, 죄송합니다. 너무 젊게 보여서."

"모르고 한 일인데 어쩌겠습니까. 아무튼 상품권은 고맙습니다."

이미 돌이킬 수 없는 일. 고웅섭 센터장의 말처럼 한때의 재미로 생각하기로 했다.

이어진 뒤풀이에서 귀에 딱지가 앉도록 놀림을 받아야 했지만 말이다.

"캬캬캬! 아주 섹시하던데요, 형. 옥 교수님보다 훨씬 크고 말이야."

"…딱 한 번만 더 들으면 열 번째거든. 그땐 내 손속이 독하다고 울지 마라."

"큭큭큭! 알았어요. 그만할게요. 자자! 술 마셔요."

학생들의 이동을 용이하게 파악하고 사고가 나지 않게 하기 위해 홀의 출입구 쪽에서 또래끼리 둘러앉아 술을 마시고 있었다.

학생들을 챙겨야 했기에 적당히 분위기만 맞추고 있었는데, 챙긴 후에 진하게 한 잔 더 할 계획이다.

"참! 형, 양태일 안마과 레지던트로 받기로 했어요?"

"응. 지원자가 딱 세 명이라 선택의 여지도 없었어."

"걔 우리 과로 보내주면 안 돼요? 제가 계속 노리고 있던 애란 말이에요."

"양태일을 네가 설득해."

"설득해서 넘어올 거였으면 벌써 넘어왔을 거예요. 그러지 말고 형이 잘라요."

"우리 과 일은 니가 대신할래? 말이 안 되는 소릴 하고 있어. 헛소리 말고 술이나 마셔."

안마과에 레지던트를 지원한 사람은 양태일, 서은서, 박혁. 이렇게 세 사람이다. 한 명만 오면 어쩌나 했는데 다행히 세 사람이나 와서 한숨 돌렸다.

일단은 교육은 같이하되 한 명씩 맡아서 교육을 시키기로 했고 두삼이 양태일을 맡기로 했다.

"진짜 너무하네. 이봐요, 한두희 선생… 컥!"

또다시 여장 얘기가 나오기에 두삼의 그의 뒷덜미를 정확히 가격했다. 류현수는 앉은 자세 그대로 바닥에 이마를 박곤 쓰러졌다.

전문의들이 뜨악한 표정으로 봤지만 두삼은 별일 아니라는 듯 말했다.

"하하! 죽이진 않았으니 너무 걱정 마세요."

"……"

표정을 보니 여기 있는 사람들은 두 번 다시 자신의 앞에서 여장 얘길 꺼내진 않을 같았다.

어느 정도 술자리가 무르익었을 때 학생들이 있는 곳에서 가벼운 소란이 일었다.

학생 한 명이 술을 먹고 일어나다가 몸을 가누지 못하고 넘어졌다. 다행히 바닥에 푹신한 소재라 다치진 않았지만 자칫 위험할 뻔했다.

"슬슬 시작이네요. 제가 먼저 할게요."

두삼은 술잔을 내려놓고 일어났다.

한강대 의학과만큼은 아니더라도 한의학과에 오려면 공부 외에 한눈 팔 시간이 없었을 것이다. 물론 술이야 한두 번 먹어봤을 수도 있겠지만, 한꺼번에 많이 마셔본 적이 있는 학생이 몇이나 될까.

분위기 때문에 한계를 모르고 마시다가 쓰러지는 학생들이 있을 거라는 걸 예상하고 있었기에 만반의 준비를 하고 왔다.

학생을 부축해서 홀의 건너편에 위치한 작은 홀로 갔다.

그곳엔 매트리스 여러 장이 깔려 있었고 술을 좋아하지 않는 이은수와 간호사 두 명이 간식을 먹으며 얘기를 나누고 있었다.

"시작인가 보네요. 이쪽으로 눕히세요."

학생을 눕히자 간호사들이 학생에게 수액을 놨고 이은수는 간단히 진맥을 하며 투덜댔다.

"후우~ 이 짓은 두 번 다시 안 해도 될 거라고 생각했는데 또 하게 되네요."

"그래도 경해대 때보단 낫잖아."

"그건 그러네요."

경해대 사발식은 강당에서 했는데 사발식 이후 3분의 2는 강당에 누워 링거를 맞았다.

"그리고 선배가 없으니 몇 년은 더 해야 할걸."

"교수 되는 게 참 어렵네요."

"돼도 쉬울 것 같진 않다."

교수로의 첫 번째 일이 술 취한 학생 뒤처리라니… 앞으로 얼마나 파란만장한 일들이 많을지 벌써부터 기대(?)가 된다.

55. 링크 위에서

3월이 되기 전, 3일간의 휴가를 냈다.

뇌전증 환자들만 정확히 맞춰서 퇴원을 시켰기에 두삼은 물론 담당 간호원들도 특별 휴가를 받았다.

부스럭거리는 인기척에 잠에서 깼다. 눈을 떴더니 하란이 침대 끝에 앉아서 속옷을 입고 있었다.

슥 손을 뻗어 그녀의 아랫배를 감싸자 빙긋이 미소 짓는 얼굴로 돌아본다.

"깼어? 피곤할 텐데 더 자."

"아냐. 그만 일어나서 수영할래."

벌떡 자리에서 일어나 옷을 대충 입고 그녀와 함께 침실에서 나갔다.

위잉~ 위잉~

거실 바닥엔 로봇 청소기가, 부엌엔 커다란 로봇 팔이 뭔가를 준비 중이었다. 요 며칠 전부터 벌어지고 있는 재미있는 광경이다.

"곧 로봇이 수술하는 날이 곧 도래하겠어."

"아직은 인간의 섬세함을 따라가기엔 무리가 있어."

"얼마나 갈지……."

지금도 수술실에 가보면 온통 기기들이다. 아직까진 인간이 기계를 움직이고 있지만 루시와 같은 인공지능이 발전하게 되면 인간의 섬세함을 뛰어넘는 건 시간문제였다.

두삼은 자신이 죽기 전엔 가능하지 않을까 싶었다.

한 시간 정도 수영을 한 후 샤워를 마치고 올라오자 아침 식사가 딱 마쳐 준비되어 있었다.

"…뭐야?"

뚝배기에 걸쭉한 갈색 빛의 죽 같은 것이 담겨 있고 그 위에 고명으로 고춧가루와 참깨, 파가 놓여 있는데 식욕을 확 당기는 비주얼은 아니었다.

"고사리해장국. 선물로 고사리랑 명이나물이 들어와서 유명 음식점 레시피를 입력시켜서 만들어본 거야. 오빠 해장해야 하잖아."

"…죽진 않겠지?"

혼잣말로 낮게 중얼거렸는데 루시가 들은 모양이다. 발끈(?)하며 설명했다.

─고사리해장국엔 몸을 상하게 할 만큼 나쁜 성분은 들어가 있지 않아요.

"하하… 맛이 없을까 봐 하는 소리야."

ㅡ제가 맛에 대해선 모르지만 음식 맛 때문에 죽는다는 얘긴 들어보지 못했네요.

"…알았어. 잘 먹을게."

자리에 앉아 숟가락으로 저어 고명이 섞이게 한 후에 한입 떠먹었다. 그러고는 즉시 감탄사가 터져 나왔다.

"헐! 대박……."

"괜찮아?"

떠먹기 전인 하란이 물었다.

"괜찮은 정도가 아냐. 진짜 맛있어. 어제 먹은 술이 완전 깨는 느낌이야."

"그래?"

하란도 몇 숟가락 연속으로 떠먹었다. 그리고 루시를 향해 말했다.

"루시, 이번 레시피는 S급으로 분류해 줘."

ㅡ네, 하란 님.

음식은 손맛이라는 말이 있다. 한데 로봇 팔에 손맛이 있을 리가 없는데도 이렇게 맛있는 걸 보면 정확한 레시피만큼 중요한 게 없나 보다.

음식 욕심이 많지 않음에도 두 그릇이나 먹고 난 후에 숟가락을 놓았다.

"뒷정리는 내가 할게."

아직까지 남은 음식을 냉장고에 넣고, 음식물 찌꺼기를 버리고, 그릇을 식기세척기에 넣는 건 로봇 팔이 하지 못했다. 한데 그것도 어제까진가 보다.

"아냐, 오빠. 설거지도 하우스키퍼가 할 수 있어."

"그새 업그레이드가 된 거야?"

"아직 그릇을 놓치거나 음식물을 흘리거나 하지만 봐줄 만해."

"씁쓸하면서도 편해지니 좋긴 하네. 그럼 우린 여행 준비나 하자."

국내 여행을 다녀오기로 했다. 가까운 해외라도 나갔다 오면 좋겠지만, 휴가 기간에 꼭 들러야 할 곳이 있어 목적지를 강원도로 정했다.

이틀간 호텔에서 묵기로 했기에 준비할 것은 많지 않았다.

출발 준비는 금방 끝났다. 차는 스포츠카보단 하란의 듬직한 대형 SUV를 이용하기로 했다.

"루시, 춘천 남이섬으로 가줘."

첫 번째 계획은 남이섬을 구경한 후 점심으로 닭갈비를 먹는 것이었다.

"오빠 남이섬 구경했어?"

"대학교 때 MT를 그곳으로 갔었어. 딱히 기억엔 없고. 넌?"

주해인과의 기억은 굳이 말하지 않았다.

"춘천엔 몇 차례 갔었는데 엄마 모시고 다닐 때라 구경할 생각은 못 했어."

"춘천에도 이름난 사람이 있었나 봐?"

"의사는 아니고 민간요법으로 유명한 심마니. 하지만 우연이 만든 이름이었어. 이상한 약초만 잔뜩 먹고 오히려 탈이 나서 정말 돌아가시는 줄 알았거든."

"기적을 바라는 사람에게 우연으로 엮으려는 이들이 있으니 조심해야지. 참! 어제 말한다는 게… 잡지에 나온 거 봤는데 좋은 일 했더라?"

하란은 각종 봉사 단체에 500억 가까운 돈을 기부를 했다.

"아~ 그거. 작년에 돈 많이 벌었잖아. 미국에 하면서 한국에서도 한 거야."

"대단해."

"세금 감면받을 걸 생각하고 한 건데, 뭘."

"근데 궁금해서 그러는데 네 국적은 미국이잖아? 돈을 벌면 미국과 한국 두 곳에 돈을 내는 거야?"

"아니. 협정이 체결되어 있어서 번 곳에서 내면 그 돈에 대해서는 세금이 없어."

"그렇구나. 그럼… 혹시나 한국 사람이 미국인과 결혼을 했을 때 국적은 어떻게 되는 거야?"

"그건 2010년에 법이 개정되면서 복수 국적을 가질 수 있게 됐어. 가령 오빠랑 나랑… 아무튼 미국은 복수 국적에 관대하니 상관없고 우리나라의 경우 남자는 군대만 해결되면 복수 국적을 취득할 수 있어."

"…그렇구나."

문제가 있어 결혼을 하지 못하는 것이 아니라면 이제 슬슬 결혼을 생각할 나이였다. 하란도 이렇다 할 말은 없었지만 가끔 데이트를 하다가 아기를 보면 엄청 귀여워하는 것이 기다리고 있는 느낌이다.

두삼은 오른쪽 가슴 부근에 손을 올렸다. 지난 크리스마스 때 사서 건네지 못한 보석케이스가 만져졌다.

프러포즈를 할 생각은 진즉에 했지만 계속 미루고 있는 중이었다.

드라마에서 나오는 특별한 이벤트를 준비하려다가도 그런 걸 실제로는 싫어한다는 간호사의 말에 포기하다 보니 어느새 삼 개월이나 지난 것이다.

'지금은 아냐. 좀 더 좋은 분위기에서 하자.'

국적 얘기가 나온 김에 당장 할까 하다가 기껏 차에서 하려고 그렇게 고민했나 싶어 손을 내렸다.

운전은 루시에게 맡기고 가벼운 대화를 하며 춘천으로 향했다.

"어? 봉의산성은 뭐지? 유명한 곳인가?"

춘천에 들어선 후 국도를 달리는데 봉의산성이라는 이정표를 보고 두삼이 궁금해했다.

"저기 보이는 산이 춘천의 상징인 봉의산이거든."

"아~ 봉의가 다른 뜻이 있었던 건 아니구나. 넌 올라가 봤어?"

"아니. 아까 말한 심마니가 이 근처에 살아서 이름은 알고 있어."

"심마니가 살 만한 높이는 아닌데. 하긴 심마니라고 산에 집 짓고 사는 건 아니지. 그나저나 봉의산성도 볼 겸 오랜만에 등산이나 해볼까?"

"나도 괜찮아."

자동차 여행의 묘미는 어디든 차 닿는 대로 다닐 수 있다는 게 아닐까. 산 아래 주차장에 차를 주차시킨 후 안내도가 있는 곳으로 갔다.

"음, 높이가 300미터네. 올라가다가 힘들면 바로 내려오기로 하자."

목적이 등산이 아니니 무리할 필요 없었다.

막 올라가려 할 때였다. 한 아이가 내려오다가 하란에게 부딪 혔다.

"아! 괜찮니?"

"…죄송합니다."

모자를 눌러쓴 아이는 꾸벅 인사를 한 후에 힘겨운 걸음으로 엄마인 듯한 여자에게 갔다.

하란은 그 아이의 뒷모습을 물끄러미 보다가 안타까운 듯 중 얼거렸다.

"안색이 많이 안 좋은데 왜 등산을 하는 거지? 머리카락과 눈 썹도 없고. 어디 아픈 거 같은데……."

"건강 때문에 운동을 하는 거 같긴 한데 무리하면 오히려 더 안 좋은데, 항암 치료 중인가?"

왠지 암센터에서 본 아이들이 생각나는 얼굴이다.

"요즘 저런 아이들만 보면 난 가슴이 아파. 엄마 일도 있어서 그런지 암이라면 더."

"잘 치료받고 있을 거야. 너무 마음에 두지 마."

"…그렇겠지?"

아이에게서 눈을 떼지 못하는 하란을 다독인 후 봉의산을 천 천히 오르기 시작했다.

"근데 평일이라 그런가 사람이 없으니 좋다."

"그러게. 힘들진 않아?"

"오빠 고향 뒷산에 비하면 평지나 다름없는데 뭐."

"올라가지 말라고 했는데, 올라가 본 거야?"

고향집 뒷산의 경우 등산로가 아니었고 사람이 다니면서 생긴 길만 있어서 위험했다.

"오빠만 올라가기에 뭔가 숨기는 게 있나 싶어서 몰래 올라가 봤지. 뭐, 정상 근처도 못 가고 내려왔지만."

"위험해서 올라가지 말란 거지."

"겪어보니 알겠더라. 호호!"

아이가 마음에 걸리는지 말이 없던 하란은 등산을 하면서 기분을 털어냈는지 다시 밝아졌다.

중간쯤 올라갔을까. 인기척에 뒤를 돌아봤더니 두 명의 남자가 대화를 하며 느릿느릿 따라오고 있는 게 보였다.

"길다, 길어. 완전 축복받았네."

"그러게. 남자는 복을 받았고. 킄큭!"

음담패설에 가까운 말을 하는 두 사람. 지칭하는 단어는 없었지만 뭘 말하는 건지 모를 수가 없었다. 하지만 그렇다고 뭔가를 말하기에도 어정쩡하다.

산에서 앞에 올라가는 사람 뒤태를 보게 되는 건 어쩔 수 없는 일이기 때문이다.

기분이 나빴지만 모른 척하는 대신 긴장을 늦추지 않고 두 사람의 일거수일투족을 살폈다.

지금의 장소가 많은 사람들이 오갈 땐 문제없는 장소지만 현재로서는 꽤 외진 곳이라 할 수 있는데 최근 하란의 주변에 생기는 일을 보면 언제 어떤 사람이 강도로 돌변할지 몰랐다.

사실 하란에게 남자가 들러붙는 건 어제오늘 일이 아니다. 한데 그들 중엔 악의를 가진 채 한밤중에 담을 넘는 경우도 있을 줄이야.

두삼도 작년 11월에야 그러한 사실을 알았다.

논산에서 올라와 자고 있는데 루시가 침입자가 있다는 말에 깨어나면서 알게 됐다. 물론 침입자는 건물 가까이에 오지도 못하고 담을 넘자마자 드론의 공격에 마취당했지만 아찔한 순간이었다.

아무튼 쓰러진 남자를 밖에다 던져놓고 119에 신고했다.

왜 경찰서가 아니고 119냐고?

넘기기 전에 두삼이 일시적인 발기불능, 뇌전증, 시력 잃기 3종 세트를 선물했기 때문이다.

어차피 경찰서에 가봐야 주거침입으로 벌금형이나 집행유예로 풀려나서 다시 노릴 텐데 3종 선물 세트를 주고 술에 취해 담벼락에 잠든 사람으로 처리하는 게 나았다.

하란이 루시와 공격용 드론을 만들어 이곳저곳을 감시하는 것이 취미도 취미지만, 스스로를 보호하기 위함이라는 걸 그때야 알게 됐다.

아무튼 눈에 띄게 예쁘게 태어난 게 축복이긴 하지만 지킬 힘이 없다면 좋은 것만은 아니었다.

"하란아, 저기서 잠깐 쉬자."

모르는 척 걸어가며 하란에게 말했다. 남자들을 먼저 보낼 생각이었다. 한데 그녀는 이미 알고 있었던 모양이다.

"뒤에 오는 두 사람 때문에?"

"알고 있었어?"

"응, 루시가 알려줬어."

그녀는 슬쩍 머리를 넘기며 이어폰을 보여줬다.

"드론이 날고 있었어?"

"난 소중하니까."

"이런 상황에 농담이 나와?"

"너무 긴장하지 마, 오빠. 드론 세 대가 날고 있어. 물론 언제든 공격이 가능하고."

"아무래도 황당한 일을 겪고 보니 걱정이 되네."

"이슬람 여성처럼 니캅이나 차도르를 쓰고 다닐까?"

니캅은 온몸을 가리고 눈만 보이는 복장이고 차도르는 몸은 가리되 얼굴은 드러낼 수 있는 복장이다.

"그건 내가 용납 못해!"

"왜? 흔히 다른 여자가 미니스커트를 입으면 고맙지만 내 여자는 입으면 안 된다고 생각하지 않나?"

"미니스커트는 나도 비슷한 생각인데 얼굴까지 가리면 보는 재미가 없잖아."

"뭐야! 얼굴 때문에 날 만나는 거야?"

한쪽에 서서 잠깐 장난을 치는 사이 두 남자는 그들을 지나쳐 산으로 올라갔다. 그들이 시야에서 사라지자 하란이 말했다.

"봐! 괜한 기우였지?"

"그러네."

사실 드론이 없다고 해도 온몸에 넘치는 기운 때문에 두 남자가 칼을 들고 덤벼도 이길 자신이 있었다. 그럼에도 불구하고 걱정이 되는 건 그만큼 하란을 사랑하기 때문일 것이다.

"하란아……."

"응?"

"…아냐. 산은 다음에 오기로 하고 내려가자."

산중턱에서 청혼을 하기엔 뭔가 어정쩡했다.

내려가기로 결정하고 10분쯤 내려갔을 때였다. 아까 봤던 아이와 엄마가 다시 산을 오르고 있었다.

"어! 오빠, 저 애 아까 나랑 부딪힌 그 꼬마 아냐?"

"맞아."

"엄마도 아이도 꽤 지친 것 같은데 왜 산을 오르고 있지?"

"…글쎄다."

아무리 뒷동산 같은 산이라고 해도 지친 상태에서 산을 오르다 보면 위험했다.

아무래도 뭔가 사연이 있는 것 같은데 다짜고짜 물을 수도 없는 일. 한데 하란이 신경이 쓰이는지 엄마와 아이에게 다가갔다.

아래로 내려가는 등산객이라고 생각했을까, 모자는 방해가 되지 않게 한쪽으로 비켜섰다. 그러나 하란이 내려가지 않고 엄마의 앞에 서자 의아한 듯 봤다.

"실례해요."

낯선 사람이 갑자기 말을 걸어온다면 경계부터 하게 마련인데 하란의 목소리와 인상 때문인지 경계심은 그리 크지 않은 모양이다.

"…무슨 일이신데요?"

"의아해서 그러는데 힘든 표정으로 산을 오르내리는 연유를 알 수 있을까요?"

"…우리 애가 많이 아픈데 치료사가 이래야 나을 가능성이 있다고 해서."

"아니, 도대체 무슨 병이기에 그런……."

말도 안 되는 소리를 한다고 말하려던 하란은 재작년에 자신이 했었던 일을 떠올리곤 말끝을 흐렸다. 그녀 역시 희박한 희망에도 전국을 돌지 않았던가.

"뇌종양이에요."

"아! 혹시 심마니 치료사에게 치료받고 있으신가요?"

"맞아요. 워낙 유명한 분이라 잘 아시나 보네요?"

"저희 어머니 암 치료 때문에 왔었거든요."

"치료는 되셨어요?"

"완쾌했어요. 지금은 어떤 사람보다 건강하세요."

"역시 치료사님이시네요. 병국아, 이분 어머니도 다 나으셨대. 그러니 너도 힘내자."

희망을 본 듯 아이의 엄마는 좋아했지만 하란은 솔직하게 말해야 했다.

"심마니 치료사 때문이 아니라, 저기 있는 한의사에게 치료를 받아서 나았어요."

하란은 두삼을 가리켰다.

"…그, 그래요?"

"한강대학병원 의사예요."

"…병국이도 불과 얼마 전까지만 해도 병원에 있었어요. 하지만 그곳에서 치료가 힘들다는 얘기를 듣고 이곳으로 온 거예요."

"저도 그 마음 알아요. 전국에서 유명하다는 사람들을 다 찾아다녔으니까요. 어떻게 효과는 좀 있어요?"

"…희망의 끈을 놓고 싶지 않네요."

"당연히 놓으시면 안 되죠."

하란의 병국을 안타깝게 바라보다가 무슨 방법이 없겠느냐는 눈빛으로 두삼을 보았다.

만일 다른 사람이 그랬다면 '뭐 어쩌라고?'라고 되쏘아줬을 것이다.

자신이라고 특별한 방법 따윈 없다. 만일 자신의 환자라면 치료는 해보겠지만 그렇다고 해서 확신이 있는 것도 아니다.

게다가 산에서 뭘 어쩌겠는가.

그러나 누구의 부탁이라고 무시할까.

"저라고 뾰족한 방법이 있는 건 아니지만 한번 진맥을 잡아봐도 될까요?"

"…그러세요."

"병국이라고 그랬지? 아프지 않고 그저 손만 잡아보는 거니까, 괜찮지?"

"…네."

두삼은 '착하네'라고 말한 후 그의 손을 잡았다. 이런 경우는 사실상 진맥으로 소용이 없었기에 기를 내부로 보냈다.

뇌 속에 흐르는 혈관을 따라 기가 흐르며 머리를 스캔했고 암을 찾아냈다.

'원발성 뇌종양 같은데 하필 뇌간에……. 이 아이 생명이 얼마 남지 않았어.'

작지만 치명적 종양. 뇌간에 발생한 암은 현재로썬 수술이 불가능하다. 게다가 종양이 빠르게 성장하는 악성인 듯 보였다.

"…뇌간에 뇌종양이 생겼군요."

"어떻게 손만 잡고 그걸……!"

"신체의 일부에 마비가 오지 않습니까?"

"맞아요! 치료사님이 그래서 이렇게 등산을 하라고 시켰어요."

"현재 종양이 척수를 누르기 시작했습니다. 등산이 얼마나 효과가 있을지 모르겠습니다."

"그럼 어떻게 해야 하나요?"

"…글쎄요."

뇌는 매우 중요한 기관이다 보니 외부로부터 완벽하게 보호되고 있다. 한데 그러한 점이 오히려 치료를 하는 데에는 불리하게 작용된다. 즉, 뇌에는 치료 약물조차 잘 투과가 되지 않았다.

수술도 못 하고 약물 치료도 제대로 못 하니 그저 지켜보고 있을 수밖에.

"하란 씨의 어머니를 치료할 때도 똑같은 말을 했지만 시도해 보는 수밖에 방법이 없습니다."

"…그런가요?"

"죄송합니다."

해줄 수 있는 말은 여기까지였다. 아이의 손을 놓고 물러나자 하란이 다가와 낮은 목소리로 물었다.

"간암 환자도 색전술로 고쳤다며? 그걸 아이에게 시도할 순 없는 거야?"

"나도 그 생각을 하지 않은 건 아냐. 하지만 여기서 할 순 없어. 시술을 해놓고 지켜보지 않으면 나중에 문제가 생길 수도 있고."

"무슨 말인지 잘 알아. 나도 의사들에게 수없이 들었던 말이니까. 하지만 만약 저 아이가 내일부터라도 당장 치료를 받고 싶어 하면 어떻게 해? 오빠 휴가잖아. 그리고 위기에 처한 사람을 구하는 건 의사의 도리 아냐? 저대로 제대로 검증도 안 된 치료사에게 저 아이를 맡기자고 떠나자고?"

"하란아……."

"이런 문제로 오빠를 힘들게 하고 싶지 않아. 하지만 나쁜 사람들을 처리할 땐 누구보다 과감한데, 환자를 볼 땐 왜 그렇지 않은 건지 모르겠어."

"……!"

나쁜 놈들을 벌할 땐 증거를 찾아볼 테면 찾아보라고 과감하게 행동하면서 아픈 환자를 앞에 두고 지금은 망설이고 있다니…….

하란의 말에 느끼는 바가 있었다.

'두삼아, 언제부터 네가 대학병원 의사고 교수였다고 몸을 사리는 거냐.'

현재 한강대학병원에서 이룩해 둔 위치를 잃고 싶지 않다는 마음이 있었나 보다.

"네 말이 옳아. 근데 나쁜 놈 얘기 뭐야?"

"나쁜 놈들한테 오빠가 이상한 방법을 쓴다는 걸 내가 모를 줄 알았어?"

"…알아봐야 좋은 거 없으니까."

"그럼 계속 모른 척해줄게."

귀엽게 웃는 모습에 피식 웃어주곤 아이 엄마에게 갔다.

"혹시 색전술이라고 아세요?"

"본 적 있어요. 이것저것 검색을 해봤거든요. 한데 병국이에겐 불가능하다고 알고 있어요."

"전 방법이 있습니다. 기운을 이용해 암으로 가는 혈관들을 막는 겁니다. 아마 종양의 성장을 일시적으로나마 막을 수 있지 않을까 합니다만… 얼마나 효과가 있을지는 미지수입니다."

그녀는 선뜻 대답을 하지 못했다.

당연했다. 누가 자신의 아이를 두고 지나가는 사람에게 선뜻 맡길까.

두삼은 차분히 기다렸다.

"…해주세요. 부작용은 없겠죠?"

"그저 손만 잡을 겁니다. 부작용이 있을 리가 없죠. 시간은 다소 걸릴 테니 내려가서 벤치에 앉아서 하죠."

세밀하게 작업을 하려면 적어도 20분 이상이 필요했다. 아이를 데리고 산 아래로 내려간 후 벤치에 앉아 색전술을 시행했다.

암 부위를 확대해서 암에 영양을 공급하는 혈관을 막는 일은 이미 해본 일이라 수월하게 진행됐다. 한데 거의 끝나갈 무렵 주변이 시끄러워졌다.

"아니. 누군데 남의 환자에게 손을 대는 거야!"

"저 사람 한의사예요. 잠깐 진맥 중이에요."

"한의사가 나발이고… 어라? 그때 어머니랑 같이 온 아가씨 아냐."

"기억하시네요."

"약속했던 돈도 주지 않고 떠나 버린 사람을 기억 못 할 리가 없지."

"…환자인 어머니가 돌아가실 뻔했다는 건 기억 못 하나 보네요."

"흥! 당장 죽어도 이상할 것이 없는 상태였어. 그리고 그렇게 아프다 보니 명현 현상 또한 심하게 온 거고. 분명 더 있었으면 나았을걸."

"명현 현상이라는 말로 정당화시키려고 그랬던 건 아니고요?"

"의술에 대해 아무것도 모르면서……. 왜? 그래서 한의사와 함께 어머니의 복수라도 하러 온 건가?"

"어머니 복수를 왜 해요? 다 나아서 지금은 누구보다 건강하신데요? 지나가는 길에 뇌종양 걸린 아이에게 등산을 시키는 이상한 치료사가 있다고 해서 잠깐 진맥을 하게 한 것뿐이에요."

"그럼 지나가던 길 가. 아가씨가 상관할 일이 아냐. 내가 준 약이 효과를 얻으려면 그 방법이 최고야. 내 약효가 그제야 나타났나 보네."

그는 끝까지 자신의 생각이 옳다고 믿고 있었다.

두삼은 마지막 혈관까지 막고 일어났다.

심마니 치료사는 카랑카랑한 목소리와 달리 반백에 왜소한 노인이었다.

두삼은 하란의 앞으로 나서며 물었다.

"혹시 그 약이 뭔지 알 수 있을까요?"

점점 다가서던 심마니 치료사는 두삼이 나서자 움찔하며 물러섰다.

"…내 약의 비법을 알아내러 온 거냐? 흥! 내가 암에 걸렸을 때 모두 포기해 놓고 이제 와서 내 비법을 가져가겠다고? 어림없는 소리!"

괴상한 피해 의식을 가진 노인네였다.

싸울 생각이 아니었기에 두삼 역시 한발 물러났다.

"비법의 약은 당연히 혼자 아셔야죠. 그저 의사로서 아이에게 등산을 시키는 연유가 궁금해서 여쭙는 것뿐입니다."

부드럽게 나와서일까 노인 역시 한 톤 낮아진 목소리로 설명했다.

"내가 그 약을 먹고 수백 번 산을 탄 덕분에 이렇게 멀쩡해졌어. 나은 사람들도 마찬가지고. 독한 약효가 제대로 발휘되려면 그 방법이 최고야."

두삼은 심마니의 말이 터무니없다곤 생각되지 않았다. 어떤 약인지 알 수 없지만 독약이 아닌 이상 약효를 몸에 녹여야 했다.

한의사들의 경우 환자에게 잘 흡수되도록 약재를 섞어서 먹이거나, 안마, 침, 뜸을 이용하는 반면, 심마니는 본능적으로 운동을 하면 약효가 몸에 녹아든다는 걸 알고 있는 것이다.

다만 그가 모르는 것은 병에 따라, 환자의 상태에 따라 약과 운동이 독이 될 수도 있다는 점이었다.

"어르신은 어떤 암이었습니까?"

"나? 위암 말기. 온몸의 장기가 암으로 가득했어."

"그렇군요. 아무튼 의원님의 환자에게 손을 댄 건 사과드립니다. 오지랖에 나섰지만 이제 끝마쳤으니 이만 가보겠습니다."

"험! 예의를 아는 젊은이군. 병국이 엄마, 병국이한테 이 약 먹이고 다시 한번 올라갔다 오시오."

병국 엄마는 두삼을 얼핏 본 후 아이에게 약을 먹이고 산으로 향했다. 그리고 심마니 노인 역시 그들이 산으로 올라가는 걸 보고 나서야 헛기침을 하며 자신의 갈 길을 갔다.

"…이대로 보내려고?"

아까 병국 엄마에게 약을 건네려 할 때 막아서인지, 아님 노인을 그냥 보내서인지 하란의 목소리엔 불만이 어려 있었다.

"색전술은 완벽하게 시술했어."

"그 말이 아니잖아. 저 심마니가 환자를 치료하게 놔둘 거야?"

"신고라도 할까? 나도 그 생각까지 못 한 건 아냐. 하지만 아마 한다고 해도 저 사람에게 치료받는 이들이 그를 잡아가지 못하게 할걸. 네가 어머니를 모시고 저 사람을 찾았을 때를 생각해 봐."

"……"

하란은 잠시 생각을 하다가 고개를 숙였다.

답은 간단했다.

병원에서 포기를 했기에 그를 찾은 것이다. 시한부 판정을 받은 사람과 그 가족들에게 검증되지 않은 약이 문제일까.

심마니 노인은 그의 실력이 진짜이든 아니든 병원에서 포기한 사람들이 찾는 마지막 보루 같은 존재였다.

두삼은 고개를 숙인 하란의 머리에 가볍게 입맞춤을 하면서 말했다.

"갈 곳 없는 환자들이 마지막으로 날 찾아올 수 있도록 내가 실력을 더 키우고 더 유명해질게."

"그럼 더 바빠지는 거 아냐?"

"크! 나더러 어쩌라는 거야, 이 아가씨야."

"헤헤! 너무 욕심인가?"

헤헤거리고 웃는 모습이 왜 이렇게 귀여운 건지 모르겠다. 섹시함에 귀여움까지 가지고 있다니 욕심쟁이는 분명했다.

"이제 그만 남이섬으로 가자. 오랜만에 휴일인데 우울하게 있을 순 없잖아. 내일은 효원이에게 가야 하니까 실제로 놀 수 있는 시간은 얼마 없어."

그랬다. 내일이 이효원이 다친 후 처음으로 국제 무대에 다시 서는 날이다.

내년 초에 있을 올림픽에 참여하기 위해 이제 다시 세계 무대 경험을 쌓으려는 것이다.

이효원이 자신의 경기를 꼭 보러오라고 신신당부를 해서 시간을 비웠다.

"잘하겠지?"

"누구 동생인데."

"마지막에 봤을 때 어땠어?"

간간히 자신의 상태를 점검하기 위해 들렀던 이효원을 마지막으로 본 건 지난 가을 논산에서였다.

해외로 나가기 전 마지막 점검차 들른 것이다. 그때 그녀의 다리 상태는 더 이상 기를 불어넣어 줄 필요도 없을 만큼 완벽했다.

"좋았어. 이번에 가면 다시 한번 봐야지."

"하긴. 천하의 이효원이 어설픈 상태에서 시합에 나왔을 리 없겠지. 얼른 보고 싶다."

"내일이면 볼 텐데, 뭐."

"그럼 오늘 하루가 빨리 가게 신나게 놀아볼까?"

"오케이! 뜨겁게 놀아보자!"

"으~ 머릿속엔 온통 그 생각뿐이지?"

"어떻게 알았지? 하하하!"

"이 남자가 어딜 만져! 거기 안 서?"

두삼과 하란은 장난을 치며 차로 향했다.

*　　　　*　　　　*

춘천에서 평창까지의 거리는 2시간 남짓. 호텔에서 묵고 아침 일찍 나왔다.

"효원이에게 줄 선물은 챙겼어?"

"아! 맞다! 금고에 넣어두고 까맣게 있고 있었네."

차에서 내리려는 그녀에게 두삼이 보석함을 건넸다. 완벽해 보이는 하란의 유일한 단점은 물건에 대해선 자주 깜박깜박한다는 것이다.

"뭐야, 가지고 왔으면 말해주지."

"까먹지 말라고."

"네네, 선생님. 루시, 평창으로 출발해 줘."

—안전벨트 매시면 바로 출발할게요.

"…네네, 잔소리 아가씨."

차는 빠르게 평창으로 향했다. 도착한 시간은 10시 30분. 대회는 저녁부터인데 관광객들과 관계자들로 꽤나 번잡했다.

하란은 이효원에게 전화를 해서 위치를 물었고 차를 몰아 좀 더 안쪽으로 들어갔다.

안쪽으로는 아직까지 공사가 진행 중이었는데 그중 완성된 경기장 앞에 주차를 했다.

"언니! 오빠!"

차에서 내리자 경기장 입구에 서 있던 이효원이 손을 흔들며 빠르게 달려왔다. 그러고는 바로 하란에게 안긴다.

"얘! 중요한 시합 전인데 다치면 어쩌려고."

"그 정도로 다치면 말이 안 되죠. 그리고 다쳐도 오빠가 있잖아요. 오빠 그동안 잘 지냈어요?"

"응. 추운데 안으로 들어가자."

이효원은 아래위로 체육복 차림이었다.

셋이서 이효원이 나왔던 체육관 안으로 들어갔다.

"여긴 피겨스케이트장이 아닌데?"

"스피드스케이트장이에요. 조직위에서 배려를 해줘서 연습장으로 쓰고 있었어요."

"오! 효원이를 위한 특급 대우인 건가?"

"그럼요. 3관왕 도전자인데요. 호호! 농담이고 우리나라 올림

픽 출전 선수들을 위해 배려한 거예요."

"네가 있으니까 가능한 배려겠지."

"너무 띄워주지 마세요. 오늘 추락하는 모습을 보게 될지도 몰라요."

"…왜? 상처 부위가 아직 아파?"

"아뇨. 그건 좀 이따 말씀드릴게요. 일단 뭐라도 마시면서 두 분이 알콩달콩 살아가는 얘기나 좀 해주세요."

"알콩달콩은 무슨. 오빠 만날 바빠. 이번에 교수로 강의까지 맡게 돼서 얼굴이나 볼 수 있을까 걱정이다."

"그래요? 언니, 혹시 오빠 버리면 연락 좀 해주세요."

"왜? 네가 얼른 주우려고?"

"헤! 들켰네요."

"요게! 감히 언니의 남자를 넘봐!"

"버렸을 때요!"

"버려도 줍지 마. 다시 줍고 싶을 때 줍게."

"어이어이~ 아가씨들. 당사자가 앞에 있어요. 그리고 내가 재활용품이냐 줍게?"

"재활용 안 되려면 너무 일만 하지 마. 아님 알지?"

"오빠 뒤에 제가 있으니 힘내세요. 호호호!"

"…마음껏 가지고 놀다가 제자리에만 갖다놔."

끼어들어 봐야 본전도 못 찾을 것 같아 내버려 뒀다. 두 여자는 신이 나서 떠들다가 자리를 옮기고 나선 더 신이 나게 떠들었다.

"참! 언니. 저희 오빠가 만든 피겨 재단에 거액을 기부한 사람이 있던데 언니 맞죠?"

"응? 그런 일이 있었어?"

"시치미 떼지 말고요. 제가 이름 모를 사람의 돈이라면 당장 돌려주라고 하니 오빠가 아는 사람이라고 말했어요. 그럼 언니밖에 없죠."

"말하지 말라고 신신당부를 했는데 네 고집이 만만치 않았나 보네. 거액은 무슨. 후배들 양성하는 데 보태라고 조금 준 거야. 그러니 부담 갖지 말고 받아."

"부상 건도 그렇고… 염치가 없어서 그렇죠."

"그럼 줍지 마. 그거면 돼."

"알았어요. 오빠, 미안. 아까 한 말은 잊어주세요."

"머릿속에 담은 적도 없으니 미안해하지 마."

"어라? 그건 그것대로 기분이 나쁘네요."

"됐고. 틈이 생겼으니 다리 상태나 좀 보자. 손!"

"재활용 취급했다고 강아지 취급하다니, 오빠 은근 뒤끝이 있네요."

"나 뒤끝 많거든."

손을 잡고 그녀의 다리를 살폈다.

운동을 하면서 새롭게 생성된 근육이 수술했던 뼈를 꽉 잡아주고 있고 그녀만이 가진 경락도 아주 튼튼했다. 다만 근육이 상한 데가 제법 있고 무릎에 열이 나는 것을 보아 무리를 한 게 틀림없었다.

"내가 무리하지 말라고 했을 텐데? 치료는 제때, 제대로 받고 있는 거야?"

"…평소처럼 했을 뿐이에요."

"네가 평소에 이렇게 했으면 무릎이 이미 망가졌을걸. 뭣 때문인지 모르지만 할 수 있는 것 이상을 하려나 본데 너무 무리하지 마."

"헐! …귀신이네요. 어떻게 알았어요?"

"네 무릎 상태 보고."

두삼은 말을 하며 그녀의 무릎을 살포시 눌렀다.

"아야! 강하게 누른 거 아니에요?"

"안 좋은 거라니까. 코칭스태프들이 말 안 해?"

"…했어요. 하지만 꼭 해야 할 것이 있었어요."

"그러다가 못 하는 수가 생겨. 아직 1년이나 남았는데 길게 생각해."

"생각하고 있어요. 그래서 한 거예요."

처음 봤을 때 보았던 절대 지지 않겠다는 의지가 느껴지는 눈빛이다.

"후우~ 오늘 시합 있는 사람에게 더 이상 잔소리하긴 싫다. 너 이번 대회 끝나고 이 주에 한 번 병원에 꼭 들러. 해외 경기 나가게 되면 그 전날 반드시 오고."

두삼은 다시 그녀의 손을 잡고 발목과 무릎 관절에 기운을 둘러주었다. 한데 갑자기 그녀가 눈을 초롱초롱하게 뜨고 얼굴을 들이밀었다.

"깜짝이야! 너 자꾸 그러면 절대 안 봐준다."

"피이~ 뽀뽀하려던 거 아니거든요. 물어보고 싶은 게 있을 뿐이에요."

"뭔데?"

"좀 전에 손을 잡았을 땐 상태를 살핀 거고 이번엔 뭘 한 거예요?"

"그게 그렇게 궁금하냐? 네 발목과 무릎이 다치지 말라고 기를 둘러둔 거야. 대충 2주 정도 지나면 사라질 거야. 물론 심하게 움직이면 줄어들 거고."

"내가 제대로 훈련을 하니까 딱 3일 가더라고요."

"으이구! 당장 훈련 강도를 절반 이하로 줄여. 2주치를 3일에 소비하는… 응?!"

말하다 보니 이상했다. 그녀가 마치 자신의 기운을 느낀 것처럼 말한 것이다.

"네가 그걸 어떻게 알아? 혹시 네가 기운을 느끼는 거야?"

"그럴 리가요. 그랬으면 방금 전에 뭘 한 거냐고 묻지도 않았겠죠."

"그럼?"

"잠깐 와 봐요. 말로 하는 것보다 직접 보여주는 게 나으니까요."

이효원은 아이스링크로 우리를 안내했다. 그곳에 대기하고 있던 코치진과 인사를 하는 동안 그녀는 스케이팅을 할 준비를 마쳤다.

"…무슨 도깨비 노름이냐?"

"일단 봐요. 오늘 할 쇼트프로그램이에요. 제목은 다시 춤을, 이에요."

이효원은 아이스링크에서 잠시 몸을 풀었다. 그리고 잠시 후 준비 동작을 취하자 어디선가 들은 듯한 웅장한 음악이 흘러나왔다.

"영화 '뉴 라이프'에서 나온 OST네. 소중한 것을 모두 잃고 난 주인공이 고통스러워하는 부분과 새로운 삶을 얻게 된 환희가 잘 표현된 곡이야. 효원인 다시 링크에 설 기회를 얻은 것이 새로운 삶을 얻은 것처럼 기쁜가 봐."

하란이 단번에 음악을 맞추곤 설명을 더했다.

그때 시작된 공연.

공연의 초반부, 빙판을 내달리며 그녀는 작은 손짓, 표정으로 부상당했을 때의 심정을 표현한다.

사실 두삼이 이효원의 공연을 좋아하는 건 그녀의 완벽에 가까운 피겨 기술 때문이 아니었다. 섬세하면서도 아름다운 연기력과 표현력이야 말고 그녀의 최대 장점이었다.

불과 2분 30초 정도에 불과한 시간이 마치 영화 한 편을 보는 것처럼 숨을 죽이며 보게 된다.

'고칠 수 있어서 다행이다.'

점프를 뛰고 스파이럴을 돌고, 날듯이 빙판을 휘젓고 다니는 모습에 왠지 모를 뿌듯함이 느껴졌다. 그리고 숨 막히게 달려온 클라이맥스가 양팔을 벌리고 환희하는 모습으로 끝이 났다.

짝짝짝짝!

"브라보!"

"잘했어, 효원아!"

두삼과 하란은 자신들도 모르게 박수를 치며 그녀에게 환호를 보냈다.

이효원 역시 자신의 연기가 만족스러운지 배시시 웃으며 다가왔다.

"넌 어쩜 그렇게 어려운 기술들을 자연스럽게 해내니? 아니 내가 보기엔 예전보다 훨씬 좋아진 것 같아. 점프 높이도 좋고, 회전도 흠잡을 곳 없고. 게다가 회전력까지 좋아져서 시원시원해."

"헤헤! 고마워요, 언니. 오빠가 보기엔 어때요?"

"내가 볼 때도 그래. 근데 네가 무리할 기술은 전혀 없는 것 같아. 도대체 무슨 연습을 한 거야?"

"직접 확인해 봐. 이번 건 원래 하고 싶었던 거."

이효원은 힘들지도 않는지 다시 무대 중앙으로 갔다. 그리고 이번엔 몸을 풀지 않고 다시 공연을 시작했다.

"도대체 뭘 하려는 거지? 하란이 넌 알겠어?"

"글쎄, 나도 모르겠어. 일단 지켜보자."

뭘 보여주려는 건지 알기 위해 이번엔 그녀의 기술에 신경을 썼다.

"아!"

첫 번째 3회전+3회전 점프를 뛰고 나자 하란은 바로 눈치를 챘다.

"바뀔 걸 찾았어? 난 모르겠는데. 4회전을 했나? 그랬다고 해도 소용없지 않나?"

남자 선수가 4회전을 하는 걸 보고 여자 선수들은 근력이 부족해서 하지 않는 건가 싶었다. 하지만 이효원의 쇼트프로그램을 줄줄이 꿰고 있던 후배 녀석 중 한 명이 4회전이든 5회전이든 규정상 해봐야 점수를 받지 못한다는 말을 했었다.

"4회전을 한 게 아니라 3회전+3회전 기술이 바뀌었어. 원래 트리플 플립, 트리플 토룹 콤비네이션을 했는데 원래 잘하지 않던 트리플 악셀, 트리플 토룹 콤비네이션을 한 거야."

"효원이가 어릴 때 허리 부상으로 트리플 악셀을 잘 하지 못한다는 건 알고 있었는데?"

"맞아. 나도 그렇게 알고 있어. 한데 방금 완벽하게 해냈어."

이효원은 이번엔 프로그램을 완전히 마치지 않고 끝을 낸 후 돌아왔다.

"어때요?"

"잘했어. 근데 트리플 악셀을 완벽하게 해내는 것과 기운에 대해서 아는 것과 무슨 관계가 있어?"

"오빠한테 치료 받은 후 왠지 자신감이 생겨서 악셀 콤비네이션을 해봤어요. 성공 확률은 30퍼센트쯤. 시합에서 하긴 무리가 있죠."

그녀는 흐르는 땀을 닦은 후 말을 이었다.

"근데 말이에요. 10번 하면 10번 다 성공할 때가 있어요. 바로 오빠에게 검사를 받고 난 후에요."

"그래?"

발목을 보호하기 위해 건넨 기운이 그런 효과를 발휘할 줄이야. 그러나 어차피 건넨 기운이 그녀의 몸에 서서히 스며든다는 건 알고 있었으니 놀라진 않았다.

"그리고 사나흘 훈련을 하고 나면 다시 30퍼센트로 내려가 버려요. 조금씩 더 나아지는 것 같긴 한데 내년 올림픽까지 완벽하게 해낼 수 있을지가 관건이에요."

"그럼 필요할 때마다 와. 국내에서 할 땐 시합 전날 오면 되고 해외에서 할 땐 출국 전날 기운을 충전했다가 가급적 훈련을 삼가면 시합 날 쓸 수 있을 것 같은데 그럼 되지 않나?"

"…그럴까도 생각해 봤는데 그건 제 힘이 아닌 것 같기도 해서요."

"훗! 그렇게 따지자면 이름난 안무가에게 많은 돈을 주고 안무를 받고, 나라에서 조직적으로 지원을 받고, 과학적인 지원을 받고, 보약 먹는 것도 다 혼자 힘은 아니지. 유연하게 생각해. 넌 그저 마사지를 받고 굳은 몸을 푸는 것뿐이야."

"…생각해 볼게요."

"그래. 트리플 악셀이 아니더라도 너의 실력은 충분하니까."

솔직히 불법적인 걸 제외하고 모든 수단과 방법을 가리지 않아도 된다는 듯이 말했지만 개인적으로는 몸을 보호하기 위해서만 쓰기 바랐다.

지금 고민을 하는 것을 보면 마음속으로 거리낌이 있다는 얘기일 터. 그럼 살아가는 동안 속으로 그 거리낌이 남을 것이다.

물론 어떤 결정을 할지 모르겠지만 어느 쪽이든 그녀의 의견을 존중할 생각이다.

마무리를 지었을 때 그녀의 매니저가 와서 뭔가를 속닥였다.

"언니, 오빠. 저 이제 가봐야겠어요. 오늘 쇼트 끝나고 난 후에 저녁 같이 먹어요."

"그래, 얼른 가봐. 시합 잘하고. 응원할게."

세계적인 스포츠 스타인 이효원의 복귀일이다. 경기 외적으로도 무척 바쁠 수밖에 없었다.

밖으로 나온 두삼과 하란은 무얼 할지 고민했다. 오늘은 이효원을 만날 생각에 경기 관람 이외에 딱히 고민해 둔 것이 없었기 때문이다.

일단 식사부터 하기로 하고 가까운 곳에 다녀오기로 마음을 먹었다. 한데 점심을 먹고 난 후 차가 막히는 것을 보곤 놀러가길 포기하고 호텔로 들어갔다.

나란히 소파에 앉아 창밖을 보며 시합 시간이 다가오길 기다리고 있는데 누군가가 문을 두드렸다.

누군가 싶어 나갔더니 이효원이 체육복 차림의 아담한 여자아이를 데리고 왔다.

"인터뷰한다고 바쁘지 않아?"

"헉헉! 바빠요."

"근데?"

"오빠 이 선수 알죠?"

"글쎄… 아! 나나미 선수!"

마츠무라 나나미는 이효원의 강력한 라이벌로 세계적인 선수였다. 안타까운 점은 이효원과 동시대에 선수 생활을 하게 되었다는 점일 것이다.

"안녕하… 세요."

"반가워요."

인사를 하고 나자 이효원이 말했다.

"나나미가 연습을 하다가 다리를 살짝 삔 것 같아요. 의료진이 봤는데도 조금 불편하다고 해서 오빠한테 데리고 왔어요."

"그래? 안으로 들어와."

"전 가봐야 해요. 인터뷰가 아직 많이 남아서요. 참! 나나미에게도 기운 듬뿍 불어넣어 주세요."

나나미는 하란이 안으로 데리고 들어갔기에 낮은 목소리로 물었다.

"경쟁자인데 괜찮겠어?"

"친구예요."

방긋 웃으며 말하는 이효원의 모습에 두삼은 질문을 한 것이 멋쩍어 머리를 긁었다.

"알았다. 네 친구가 연기를 잘할 수 있도록 최선을 다할게."

"고마워요, 오빠. 그리고 아까 보여줬던 건 잊어주세요. 제 힘으로 저의 연기를 할래요. 그럼 경기장에서 봐요."

두삼은 부리나케 달려가는 그녀의 모습을 보며 기분 좋게 웃으며 중얼거렸다.

"후후! 이효원답네."

우와아아아아!

이효원이 아이스링크로 나오자 옆 사람의 목소리가 들리지 않을 만큼 큰 함성과 박수가 터져 나왔다.

그 함성과 박수가 빙상을 잠시 떠났던 그녀가 다시 돌아온 것을 축하하는 목소리처럼 들렸는지 이효원은 사방을 향해 정중히 인사했다.

함성은 그녀가 링크를 돌며 긴장을 풀 때까지 계속됐다. 하지만 그녀가 프로그램 시작점에 서서 자세를 취하자 거짓말처럼 조용해졌다.

옆에 앉은 하란의 작은 숨소리까지 고스란히 들릴 정도였다.

빰! 바밤!

시작됐다!

이미 두 번에 걸쳐 본 공연이다. 하지만 검은 무대 의상을 입고 조명 아래에서 펼치는 공연은 또 달랐다.

"아!"

고통스러운 표정으로 손짓을 하는 모습에 누군가가 탄식을 토해냈다. 물론 다들 비슷한 마음이었기에 그 사람을 탓하진 않았다.

첫 번째 트리플 플립과 트리플 토룹 콤비네이션 점프 차례.

관객들은 숨을 멈춘 채 성공하기 바랐다. 그리고 부상을 당하기 전 완벽하다고 평가받던 점프가 그때보다 더 완벽하게 펼쳐졌다.

우와! 짝짝짝짝!

마치 자신이 성공한 것처럼 기뻐하는 관객들. 그리고 이어진 공연에 연신 탄성을 내질렀다.

맞은편에 보이는 방송석의 아나운서는 흥분을 했는지 벌떡 일어나서 뭐라 소리친다.

듣지 않아도 무슨 말을 하는지 알 것 같았다. 분명 예전보다 실력이 나아졌다고, 부상에서 완벽히 회복했다고 외치고 있을 것이다.

어둡고 애잔하던 음악이 경쾌하게 바뀌고 공연의 끝을 향해 이효원은 달린다.

스파이럴, 이어지는 스핀. 그리고 환희의 피날레!

우와아아아아아!

경기장이 떠나갈듯이, 라는 말이 실감이 날 정도로 함성이 경기장을 메웠다. 그리고 모두 기립을 해 건재한 빙상의 여제를 축하했다.

두삼은 사람들이 내뿜는 환희의 기운에 소름이 돋을 지경이었다.

이효원은 관객들의 환호와 박수를 즐겼다. 그리고 두삼과 하란을 향해 손을 흔들며 웃었다.

'복귀 축하해. 넌 이런 환호를 받을 충분한 자격이 있어.'

두삼은 이효원의 상처를 고친 건 자신이지만 병을 온전히 극복하고 이겨낸 것은 이효원이라 생각했다.

근골을 바로잡을 때 얼마나 고통스러워했던가.

자신이었다면 이룰 건 다 이루었기에 고통을 참으니 피겨를 포기했을 것이다. 겉으로는 유순하고 귀엽게 생겼지만 속은 독종 중에 독종이었다.

환호와 박수가 끝나자 이번엔 여러 가지 인형들이 경기장 하늘을 메웠다.

관객들마다 사왔을까, 인형을 치우는 이들이 망연자실할 정도로 아이스링크를 가득 채운다.

물론 두삼과 하란도 각각 준비해 온 인형을 던졌다.

공연 후 항상 많은 인형을 받는 이효원조차 멍한 표정으로 볼 정도였다. 그렇게 한없이 쌓이는 인형을 보던 그녀의 눈에선 눈물이 주룩 흘러내렸다.

경기장 위에 달린 대형 스크린엔 그녀의 우는 모습이 그대로 클로즈업되어 보였다.

그 모습을 본 관객들 중 일부는 같이 눈물을 흘렸다. 그리고 대부분은 복잡한 심정으로 지켜보았다.

울고 있는 이가 있을 때 결말은 항상 비슷하다.

누군가가 작게 뱉은 한마디.

"울지 마."

하나둘 그 말을 따라하고 곧 전염병처럼 경기장 내로 퍼졌다.

워낙 한목소리로 외치니 이효원도 울음을 멈추고 결국 웃음을 짓는다.

두삼 역시 그 모습에 입이 간질거렸다.

"울다가 웃으면……."

"쯧쯧! 오빠 이런 상황에 그런 말이 나와?"

"이효원에게 트리플 플립과 트리플 토룹 콤비네이션이 있듯이 울지 마의 콤비네이션은 당연히… 미안."

더 말하면 혼날 것 같아 얼른 사과하는 것으로 끝을 냈다.

*　　　　*　　　　*

"1등 한 소감은?"

하란이 와인을 마시며 물었다.

첫날 쇼트프로그램이 끝난 후 세계의 취재진들이 이효원에게 몰려 저녁을 같이 먹지 못했다. 그래서 프로그램이 끝난 오늘에야 그것도 늦게 함께 식사를 할 수 있었다.

1등은 이효원.

여제의 귀환을 전 세계에 제대로 알린 것이다.

"말로 표현이 안 될 만큼 기쁘죠. 그리고 그럴수록 언니랑 오빠한테 고맙고요."

"고맙다는 말은 이제 빼도 돼."

"헤헤! 그렇게 되질 않네요. 다음부터 노력해 볼게요. 근데 내일 갈라쇼는 안 보고 가요?"

"오기 전에 말했었잖아. 오빠가 출근이라 어쩔 수가 없다고."

"그랬나? 오빠는 출근하고 언니는요?"

"난 한가해."

"그럼 언닌 갈라쇼 보고 저랑 같이 올라가요. 두 사람 다 없으면 서운할 것 같아요."

"…응? 무슨 일 있어?"

평소에 아쉬운 얘길 하는 애가 아닌데 갑자기 그러니 무슨 일이 있나 싶었다.

"아뇨. 그냥 좀 불안해서요. 언니까지 없으면 실수할 것 같기도 하고."

하란은 어떻게 할지 두삼을 돌아봤다.

작년 크리스마스 전에 유명 보석 가게에서 보석을 산 영수증을 우연찮게 보게 됐는데 그것을 언제 줄지 이제나저제나 기다리고 있는 중이다.

사실 그녀는 이번 여행에서 두삼이 청혼을 할지도 모른다고 생각하고 있었다. 한데 또다시 예상이 빗나갔나 보다.

"그럼 하란인 하루 더 있다가 와. 난 도저히 뺄 수가 없으니 먼저 갈게."

"…으, 응. 차는 오빠가 타고 가. 난 효원이 차 타고 올라갈게."

"잘됐다, 언니!"

바보라는 말이 목까지 올라왔지만 좋아하는 효원을 보곤 뱉을 수 없었다.

기대감이 무너져서일까, 방금 전까지 즐거웠던 식사시간이 좀 전만 못했다.

내일 이효원이 갈라쇼를 해야 했기에 식사시간은 2시간이 넘지 않고 끝났다.

"그럼 난 갈게. 내일 봐."

"…조심히 올라가."

"도착하면 연락할게. 쪽!"

뽀뽀를 한 두삼은 아쉬운 듯 몇 번 돌아서긴 했지만 결국 가버렸다.

혼자 남게 된 하란은 착잡한 목소리로 중얼거렸다.

"차라리 내가 할까. 아냐! 그건 너무 없어 보여."

좋아한다고 먼저 말하고 적극적으로 대시하는 건 할 수 있지만 청혼만큼은 왠지 모르게 받고 싶었다.

"엄마가 어릴 때 말해준 아빠의 청혼 얘기 때문에 그러는 건가?"

아빠는 그녀가 어릴 때 돌아가셔서 얼굴조차 기억하지 못했다. 그래서인지 엄만 아빠 얘기를 틈날 때마다 해주었는데 그중 가장 기억에 남는 게 청혼 얘기였다.

솔직히 엄마가 잘 꾸며 얘기를 해서 그렇지 청혼은 아주 평범했다. 객관적으로 보자면 같이 바다로 여행을 가서 청혼과 함께

금가락지를 받은 게 다였다.

그럼에도 어린 시절, 자신도 딸을 낳으면 엄마가 그랬던 것처럼 할 거라고 생각해서인지 청혼만큼은 두삼이 해주길 바랐다.

"설마, 그때 산 보석을 딴 여자에게 준 건 아니겠지? 아주 그러기만 해봐. 설마 오늘도?"

하릴없이 호텔방에 앉아 있으니 쓸데없는 상상의 나래만 펼치게 된다.

아닐 거라고 스스로에게 말하고 TV로 시선을 돌려보지만 한번 시작된 상상은 미국 드라마처럼 점점 걷잡을 수 없는 방향으로 간다.

결국 한쪽에 앉아 있는 드론을 보며 물었다.

"루시, 오빠 잘 가고 있어?"

―두삼 님이 비밀 요청을 해서 말씀드릴 수가 없네요.

"……"

루시는 두삼의 안전을 위해 24시간 감시를 하고 있다. 물론 감시만 할 뿐 그러한 자료를 하란이 일일이 살펴보진 않았고, 그러한 점을 두삼도 인지하고 있다.

하지만 몰랐으면 하는 일, 가령 논산의 다방에서 있었던 일 따위의 알게 되면 서로 민망한 일까지 감시당하면 좋지 않다는 생각에 두삼에게 비밀 요청을 할 수 있는 권한을 줬다.

만일 두삼이 비밀을 요청하면 루시는 저장 장치에 아예 기록하지 않았다.

"왜? 무슨 일로?"

―글쎄요. 저장된 것이 없어서 모르겠네요.

"지금 어디 있는데?"

―비밀 요청 중에는 하란 님께도 알려 드리지 못한다는 거 아시잖아요.

쓸데없이 고퀄리티다.

물론 당장 루시의 메인 프로그램에 접속해 권한을 수정할 수 있었지만 꾹 참았다.

'화장실에서 갔을지도 모르지.'

스스로 변명을 만들어보지만 탐탁지 않았다.

"지금까지 몇 번이나 비밀 요청을 했지?"

―권한을 설정한 날부터 모두 세 번입니다.

'그렇다면 다른 여자가 생긴 건 아냐. 그렇다면 무엇 때문에 비밀 요청을 한 거지?'

한참을 생각해도 결론은 나지 않았다. 그리고 문득 꺼둔 TV 모니터에 비친 자신의 모습을 보자 자괴감이 밀려들었다.

"하아~ 지금 뭘 하고 있는 거니? 오빠가 그럴 사람이 아니잖아. 그저 나보다 부족하다고 생각해서 그런 걸 잘 알면서도 엉뚱한 상상을 하다니……."

자책을 하고 정신을 차리고 나니 자신이 조금 전에 왜 그랬는지조차 이해가 되지 않았다.

할 일 없으면 운동이나 하자는 생각에 옷을 갈아입을 때였다. 벨소리와 함께 이효원의 목소리가 들렸다.

―언니, 자요?

"인터뷰 끝났으면 쉬지 웬일로 왔어?"

"언니 심심할까 봐서요. 어디 나가려고 했어요?"

"운동하러."

"그럼 저랑 스케이트 타러 갈래요? 언니 집에서 스케이트 타던 거 생각난다."

"경기장에서?"

"그럼 경기장이지 어디겠어요. 언제든 연습할 수 있는 권한이 있거든요. 호호!"

"내가 가도 돼?"

세계적인 선수들이 뛰었던 경기장에서 스케이트를 탈 수 있다고 하자 욕심이 났다.

"들켜도 코치라고 하면 돼요."

"…좋아! 가자!"

그곳에 가면 복잡하던 머리도 깨끗해질 것 같았다.

호텔에서 경기장까지 한적한 길을 따라가야 했지만 세계적인 대회가 있는 만큼 곳곳에 불이 밝혀져 있고 경찰들이 배치되어 있어서 산책하듯이 갈 수 있었다.

"어두울 줄 알았는데 불이 다 켜져 있네?"

"늦게까지 관광하는 이들이 있으니까 켜둔 건가 봐. 물론 안에는 못 들어가지만."

"동생 잘 둔 덕분에 특별 대우도 받아보네."

"호호! 어깨에 힘이 들어가네요. 들어가요."

환하진 않았지만 사람들이 지나다닐 수 있을 정도로 불이 켜져 있었다.

"이거 신으면 될 거예요. 전 제어실에 가서 불 켜달라고 할게요. 불 켜지면 링크에 먼저 들어가세요."

"응, 갔다 와."

탈의실에서 스케이트를 신고 링크로 나가자 때마침 불이 환하게 켜졌다.

청소를 해둔 건지 링크의 바닥은 올라서기 미안할 정도로 깨끗했다.

사각! 사각!

움직일 때마다 얼음에 선이 생기면 기분 좋은 소리를 낸다. 하란은 시원하게 링크를 몇 바퀴 돌았다.

"하아! 기분 좋다. 오빠도 있었으면 좋았을 텐데."

조금 전까지 머리를 어지럽혔던 생각은 말끔히 사라지고 재작년 겨울 수영장을 스케이트장으로 만들었을 때가 생각났다.

이효원에겐 아픈 기억일 수 있겠지만 그녀에겐 참 즐거운 날들이었다.

"올 연말에 다시 스케이트장을 만들어봐야지."

두삼과 스케이트장 데이트를 할 생각을 하니 벌써부터 미소가 떠올랐다.

다시 기분 좋게 돌려할 때 '털컹!' 하는 소리와 함께 아이스링크의 불이 꺼졌다.

"…뭐가 잘못됐나?"

천장과 바닥의 가이드 등까지 나가 버렸기에 칠흑처럼 어두워 자신의 손도 보이지 않았다. 하란이 서 있던 자리에서 움직이지 않은 채 침착하게 기다렸다. 그리고 스마트폰을 꺼내 이효원에게 전화를 걸려는 찰나, 핀 조명 두 개가 맞은편 입구 쪽과 그녀를 비췄다.

그리고 맞은편 핀 조명으로 누군가가 걸어 나왔다.

하란이 좋아하는 프리지아 꽃을 든 두삼이었다.

"…오빠?!"

왜 가지 않고 거기 있느냐고 묻지 않았다. 드디어 기다리고 기다리던 때가 왔음을 직감했기 때문이다.

두삼은 스케이트를 타고 두 개의 핀 조명이 합쳐지는 거리까지 다가왔다.

두삼은 살짝 어색한 표정을 짓다가 자세를 바로하고 천천히 무릎을 꿇었다. 그리고 프리지아 꽃다발과 보석함을 내밀며 말했다.

"결혼해 줄래?"

하란은 기꺼이 그러겠노라 말하려 했다. 한데 앞이 흐려지면서 목이 턱 막혔다.

말보다 눈물이 먼저 나온 것이다.

청혼을 받으면 기쁠 거라 생각했지만 이렇게 눈물까지 나올 만큼 벅찰 거라곤 생각지 못했다.

하겠다고 말해야 하는데 여전히 목이 멘다. 그래서 대답을 기다리는 두삼을 생각해 그녀는 꽃과 보석함을 받으며 고개를 연신 끄덕였다.

두삼이 일어나 그녀를 살포시 안았다.

"받아줘서 고마워, 하란아. 사랑해."

그 순간 경기장의 불은 환하게 켜졌고 오색 종이꽃이 눈처럼 내렸다.

"…나도 고마워. 사랑해, 오빠."

두 사람은 진한 키스로 이벤트를 마무리했다.

"어떻게 된 거야?"

키스가 끝나자 하란이 영문을 물었다.

"너에게 청혼을 할 생각이라고 효원이에게 말하니 도와줬어."

"갈라쇼를 보고 가라고 한 것도 그럼?"

"응. 깜짝 놀라게 해주고 싶었거든."

"사실 언제 하나 기다리고 있었는데 그게 오늘일 줄은 상상도 못 했어."

"미안. 바쁜 일 때문에 너에게 충실하지 못할까 걱정돼서 용기를 못 냈어."

"지금은?"

"최선을 다해보려고."

"너무 애쓰진 마. 나도 이해하려 최선을 다할 테니까. 근데 지금 가면 너무 늦지 않아?"

"그래서 새벽에 바로 병원으로 가려고."

"그럼… 호텔로 들어갈까? 오빠가 기쁘게 해줬으니 나도 기쁘게 해줄게."

"그럼 조금만 기다려 줄래? 할 일이 있거든."

"뭔데?"

"…청소. 급하게 준비하느라 뒷정리를 할 사람은 구하지 못했거든."

아이스링크 위엔 꽃종이가 가득했다.

"넌 들어가 있어. 끝내고 갈게."

"됐거든. 아이에게 말해줄 것이 하나 더 생겼는데! 같이해!"

"응? 누구한테 뭘 말해줘?"

"몰라도 되네요. 얼른 청소나 하자. 청소하다가 밤새겠어."

"기쁜 일이 기다리고 있는데 그래야지! 하즈아!"

빨리 끝내자는 말과 달리 두 사람은 청소를 하는 건지 노는 건지 링크에서 하하 호호 노닥거리며 즐거운 시간을 보냈다.

56. 심증

한강유치원부터 대학까지 소유하고 있는 한강사학재단은 6.25 직후 설립되어 많은 인재를 양성해 왔다.

한데 특이하게 몇몇 소수의 인원을 제외하곤 재단 이사장이 누구인지는 몰랐다. 심지어 학교에서 이름과 사진이라도 걸어둘 법한데 그런 것도 없었다.

박기철 한강대학교 총장은 이사장이 서울로 올라왔다는 얘길 듣고 성북동을 찾았다.

이사장은 무릎 담요를 덮은 채 정원에 앉아 차를 마시고 있었다.

"회장님, 저 왔습니다!"

"어서 오게. 어째 박 총장 자넨 볼 때마다 더 젊어지는 것 같으이. 앉게나."

"이사장님 앞에서가 아니면 제가 어디 가서 이러겠습니까. 시골은 잘 다녀오셨습니까?"

"나 떠나면 돌봐줄 사람이 없으니 조부모님과 부모님 묘를 정리하고 왔다네."

"제가 돌본다고 하지 않았습니까?"

"허허허! 자네도 슬슬 묏자리 알아볼 나이에 무슨."

"아직 그럴 나이는 아닙니다, 회장님. 그리고 제 자식 놈에게도 신신당부해 두면 됩니다."

"됐네. 자네 제사상이나 잘 받게. 그 문제에 대해선 생각해 둔 바가 있네."

이사장의 말에 박 총장의 눈빛에 살짝 실망감이 돌았다.

북에 처와 자식을 두고 내려온 이사장에겐 가족이 없었다. 그래서 이사장이 죽으면 그의 재산은 나라에 귀속될 수밖에 없었다.

이사장도 그걸 의식했는지 자신의 재산을 다른 이들에게 일부 증여를 했는데 대표적인 것이 한강대학병원이었다.

병원의 경우 민규식 원장이 병원장 겸 한강의료재단의 이사장이었다.

솔직히 박기철 역시 그걸 바라고 문이 닳도록 이사장의 집에 드나들었다. 하지만 총장이 한계라고 말하는 것인지 일언반구도 없었다.

"근데 손에 든 건 뭔가?"

"…아! 제 처가 이사장님 찾아뵙는다니까 돼지고기 김치찌개를 좀 끓였습니다."

"김 여사의 김치찌개는 언제 먹어도 맛있지. 잘 먹겠다고 전해 주시게."

"예, 회장님."

"참! 작년에 한의학과 때문에 고생했다지?"

박기철은 한의학과 얘기가 나오자 찔끔했다.

한의학과를 만든다고 하자 이곳저곳에서 교수직을 청탁받았다. 그에 민규식 원장과 잘 얘기해서 몇 자리를 양보받을 수 있었다.

사실 문제될 만한 일은 아니었다. 지금까지 몇 차례 해왔던 일이었고 이사장도 총장이라면 그 정도 권한은 누려야 한다면 묵과를 했었다.

한데 아무 일 없이 지나가려던 일이 융합학과 교수 선택 과정에서 잡음이 일어났다.

문제가 된 이는 융합학과의 교수.

교수들의 낚시 모임에서 알음알음 만난 사이인데 전에 있던 대학에서 연구비 횡령 등으로 권고사직을 받은 상태라는 투서가 민규식에게 날아든 것이다. 그에 민규식이 갑자기 반대를 하고 나선 것이다.

전의 대학에 문의를 해 확인하고 확실하지 않은 일이라고 말해봤지만 워낙 완강했다.

결국 그 일로 얼굴까지 붉히기 직전까지 가서야 겨우 일단락지을 수 있었다.

"심려를 끼쳐 죄송합니다."

"일을 하다 보면 세세한 부분을 놓칠 때가 있는 법이지. 이해하네. 다만 시끄럽게 하지 말게. 그 아이가 알면 나에게 뭐라고 할지, 쯧!"

"…알겠습니다."

마지막 혀를 차는 소리에 심장이 '쿵!' 하고 내려앉는 기분이었다. 사람을 믿으면 모든 걸 맡기지만, 아니다 싶으면 가차 없이 자를 수 있는 이가 이사장이었다.

위험하다는 생각에 평소보다 더 열심히 아부를 하고 나온 그는 차에 오르자마자 그의 비서에게 말했다.

"학교에 가자마자 이번 한의학과에 임용된 교수, 조교수 명단 뽑아서 가져오게."

"올해 임용된 교수들 말입니까?"

"내년에 들어올 사람들까지… 아니다. 일단 올해 들어온 이들만."

"알겠습니다, 총장님."

박기철은 팔걸이를 손가락으로 툭툭 치면서 생각에 빠졌다.

'몇 년 전에 갑자기 한의학과를 만드는 이유를 물었을 때 교수로 만들고 싶은 이가 있다고 했었어. 그리고 아까 한 말을 유추해 보면 이미 임용이 된 게 분명해.'

한 사람을 위해 새로운 학과를 만들 생각까지 한 걸 보면 이사장이 아끼는 사람이 분명했다.

'어쩌면 그 사람에게 학교를 맡기려는 건가? 쯧! 그럼 닭 쫓던 개가 되는 건데……'

물론 이사장에게 대적을 할 생각은 들지 않았다.

애초에 그릇 자체가 다른 이사장에게 수작을 부린다? 괜한 욕심을 부렸다간 현재 가지고 있는 것까지 몽땅 토해내야 할 게 분명했다.

그저 다른 사람이 대학 총장이 된다고 해도 자신의 자식들이 학교에 남으면 그걸로 충분했다.

'일단 찾아보면 알겠지.'

그는 현실적인 사람이었다.

*   *   *

3월 2일은 싱그럽다고 느끼기엔 아직까지 추운 날씨다. 그럼에도 불구하고 3월 초의 캠퍼스는 싱그러움으로 가득하다.

아마도 막 고등학교를 졸업한, 재수 학원에서 해방된 청춘들이 설렘을 가지고 첫 등교를 하기 때문이리라.

예전과 달리 벌써부터 취업을 걱정하는 청춘들이 많아 제대로 캠퍼스 라이프를 즐기지 못할 가능성도 높지만 오늘만큼은 다들 상기된 표정으로 교문을 통과하고 있었다.

"하하! 형도 어쩔 수 없는 남자군요. 싱싱한 애들을 보니 절로 눈이 가죠?"

학생들처럼 캐주얼한 차림의 류현수가 상쾌한 아침을 방해한다.

"…어쩜 이렇게 변함이 없는지. 늘 푸른 소나무가 따로 없네."

"후후! 제가 일관성 하나는 남들에게 뒤지지 않죠."

"뒤지게 맞아 푸르게, 푸르게 되어봐야 바뀌겠지."

"폭력 사절입니다. 형한테 애들이 뭘 배울지… 험! 얼른 가죠.

귀여운 녀석들이 기다리는데."

1학년 신입생들을 위한 첫 번째 일이 술 취한 학생 뒷바라지였다면, 두 번째는 캠퍼스 라이프를 잘 즐길 수 있도록 돕는 것이다.

일주일 중 수업이 있는 날엔 저녁때까지 학교에 머물러야 한다는 규칙이 생겨서 목요일인 개강 첫 날 학교에 나온 것이다.

수업이 없는 조교수들 역시 당번을 정해 나와야 했는데 지랄맞게도 류현수는 목요일 담당이었다.

"일단 교수실부터 가야 해."

"캬~ 교수님이라고 말하는 게 다르네. 그럼 교수실에 가서 커피나 한잔하고 움직일까요?"

교수실은 한의학과 세 개의 건물 중 중앙에 위치한 강의실 건물의 2층에 있었다.

교수실 안으로 들어가자 시원한 바람이 먼저 반긴다. 열심히 청소를 하고 있는 양태일이 환기를 위해 창문을 열어둔 것이다.

"선생님 오셨어요? 새 건물 냄새를 빼느라 창문을 열어뒀습니다."

"왜 네가 청소를 하고 있어?"

"하하! 일단은 조교잖습니까. 앉으세요. 제가 커피 가져오겠습니다. 선생님은 카페라떼, 류 선생님은 아메리카노죠?"

"맞는 말이긴 한데……."

면목상 조교긴 했다. 그러나 그 역시 아직까진 배워야 하는 레지던트다.

말을 하기도 전에 그는 쌩하니 커피를 사러 나갔다.

"헐~ 저 자식 형한테는 엄청 나긋나긋하네요?"

"너한테 다르냐?"

"엄청 까칠해요."

"네 성격에 잘도 놔뒀네?"

"그것 말고는 흠잡을 곳이 없거든요. 일도 잘하고, 알아듣는 것도 빠르고. 그래서 저희 과로 데리고 오려고 했는데, 이미 물 건너갔죠."

"꽤 마음에 들었나 보다?"

"요즘 툭하면 다른 거 한다고 일 안 하는 인간이 있어서 그래요."

"임 선생?"

"어라? 웬일로 선배라고 안 불러요? 아~ 해인 선배 때문에. 하긴 나라고 해도 보기 싫겠다."

류현수가 생각하는 것과 다른 이유 때문이지만 그가 알아서 좋을 것이 없었기에 말하지 않았다. 그리고 때마침 양태일이 커피를 가지고 왔기에 화제는 자연스럽게 바뀌었다.

"근데 선생님, 이방익 과장님이 애들 밥 사주라고 카드를 주셨는데 어떻게 합니까? 지나가는 애들 붙잡고 밥 사준다는 것도 웃기지 않습니까."

양태일의 질문에 류현수가 답했다.

"선배 코스프레를 하라는 거야."

"선배 코스프레요?"

"후배들이 밥 사달라고 하면 그때 자연스럽게 사주라는 얘기야. 뭐, 예쁜 신입생이 있으면 자발적으로 사주는 것도 괜찮고.

너도 학교 다닐 때 선후배들에게 많이 해봤을 거 아냐."

"안 해봤는데요. 선배도 후배도 똑같이 부모님에게 용돈 받아 쓰는데 더치페이해야죠."

"…너 학교 다닐 때 아싸(아웃사이더)였냐?"

"딱히 친해질 필요를 못 느꼈습니다만……."

"아싸 맞네. 너 우리가 선배 코스프레를 왜 하는 건지도 모르지?"

"그건 압니다. 학생들이 학과 생활에 자연스럽게 적응하도록 하기 위함 아닙니까? 근데 그게 밥을 사줘야 가능한 겁니까?"

"네가 신입생이라고 해봐. 21학점 듣는다고 하면 하루 4시간 정도 수업을 받는 거야. 그럼 수업이 끝나면 애들이 뭘 할까?"

"집에 가겠죠."

"그렇지. 동아리 활동이라도 하면 좋은데 할 일이 없으니 잠깐 노닥거리다가 집으로 가겠지. 근데 그렇게 1년을 보내고 후배들이 들어오면? 그때 걔네들이 후배들 들어왔다고 잘해줄까? 아닐 거야. 그냥 자신의 수업을 듣고 1년 동안 한 것처럼 집에 갈 거야. 그럼 몇 년이 지나면 우리 과 분위기는 어떨까?"

"…글쎄요."

"장담컨대 굉장히 개인주의적인 성향이 만연할걸."

"그게 나쁩니까?"

"일반적인 과라면 상관없어. 자신의 공부는 자신이 하는 거니까. 근데 우리 과는 조금 달라. 침술을 배웠는데 누구한테 침을 놓을 거야? 물론 가족이나 친한 사람들에게 부탁을 할 수 있겠지. 하지만 같은 지식을 공부하는 이들끼리 하는 것과는 피드백

이 달라져. 물론 꼭 그러한 이유 때문에 끈끈하게 만들려는 건 아냐. 짧게는 6년 길게는 10년 이상씩 함께할 이들인데 서먹서먹하면 좋겠냐?"

긴 설명을 듣고 나서야 양태일은 이해한다는 듯 고개를 끄덕였다.

"무슨 말인지 알겠습니다. 조교를 하면서 학생들과 친하게 지내라는 말이군요."

"맞았어. 공부하는 방법에 대해서도 설명해 주면 좋고. 후우 ~ 아싸한테 설명하려니 힘드네. 형, 지금이라도 늦지 않았어요. 쟤 하는 거 보면 제대로 못 할 게 뻔해요. 그러니 우리 과에 넘겨요."

"너, 포기라는 단어는 모르는 거냐. 됐고. 이제 커피 마셨으면 슬슬 일어나자. 첫날부터 공부하진 않을 거 아냐."

자연스럽게 만나서 커피도 마시고 식사도 해야 했기에 미리 나가서 서성일 필요가 있었다.

한데 복도로 나갔지만 어쩐 강의실 건물은 어쩐 쥐 죽은 듯이 조용했다.

"너무 조용한데요."

"그러게. 아무리 한 학년만 있다고 해도 이렇게까지 아무 소리도 안 들리다니. 혹시 첫날부터 수업을 하고 계신 건가?"

"오늘 수업이 부인과 성지숙 선생님 수업이죠? 그 선생님이 융통성이 이렇게까지 없었나?"

"제가 어떻게 된 건지 알아보고 올까요?"

"그래라. 네가 강의실에……."

"질의응답을 하고 계신데 얘기가 길어지고 있어요. 끝나려면 좀 걸릴 것 같아요."

막 양태일에게 강의실을 확인하고 오라 말할 때 옥지혜가 내려오며 말했다.

그녀는 처음 만났을 때완 달리 무릎까지 오는 정장 치마와 얌전한 살색 스타킹을 신었고 나풀나풀하던 웨이브 머리도 단정한 단발머리로 바꾸었다.

하지만 그렇다고 해도 타고난 듯한 묘한 색기는 지워지지 않고 또 다른 매력을 느끼게 만들었다.

"아, 안녕하세요, 옥 교수님."

"…안녕하세요."

류현수와 양태일이 얼굴을 살짝 붉히는 것만 봐도 단정하게 보이려는 그녀의 의도는 실패처럼 보였다.

"옥 교수님, 잘 지내셨죠?"

"덕분에요. 한 교수는 좋은 일이 있나 봐요? 얼굴이 좋아 보여요."

치료 환자 케이스를 건넬 때 오해할 수 있으니, 공적인 자리에선 서로 존칭을 쓰기로 했다.

"교수님도 좋아보이세요. 근데 무슨 질의응답을 받기에 길어지는 겁니까?"

"첫날이라고 재미있자고 남녀의 성에 대해서 한의학적으로 설명을 했는데 학생들이 그에 대해 관심이 많은가 봐요. 물론 성 교수님이 설명을 재미있게 하시는 것도 있고요."

"강의가 어떻기에……?"

오늘은 간단히 소개를 하고 끝낸다고 해도 당장 다음 주부터 수업을 해야 하는 두삼으로서는 성지숙이 어떤 식으로 강의를 하는지 듣고 싶었다. 한데 옥지혜는 다른 방향으로 받아들인 모양이다.

"후후! 한 교수라면 아는 걸 텐데요. 그러지 말고 제 방에 가서 차 한 잔 어때요?"

"좋죠!"

"류 교수님이랑 젊은 신사 분은 학생들이 나오는 걸 지켜봐 주셨으면 좋겠네요."

둘만 얘기할 거라고 확실히 선을 긋자 류현수의 얼굴에 실망감이 어렸다. 그러고는 그녀를 뒤따라가려 하자 어깨로 툭 치며 낮게 중얼거렸다.

"정교수들끼리 잘해보슈."

"그런 거 아냐, 인마."

한 대 때려줄까 하다가 그러는 게 더 이상한 것 같아서 참고 옥지혜 교수의 방으로 갔다.

그녀의 방으로 들어가자 상쾌한 장미향이 났다. 게다가 썰렁한 자신의 방과 달리 예쁘게 꾸며져 있었다.

두삼이 방을 훑어보자 그녀는 수줍어하며 말했다.

"내 방은 처음 가져보거든. 1년 뒤에 쫓겨날지 모르지만 있는 동안에 꾸며보고 싶었어."

"누가 쫓겨날진 해봐야 알죠. 근데 제가 준 자료는 보셨어요?"

"응! 대단하더라. 환각지, CRPS, 뇌출혈로 인한 마비 증상, 암까지. 보는 내내 내 눈을 의심했다니까."

"운도 따랐어요."

"운만으로 그렇게 고치긴 힘들지. 차는 뭐로 마실래? 놀러오는 교수님들을 위해 웬만한 건 다 준비해 뒀어."

"누나가 추천하는 걸로 마실래요."

"알았어! 동생에겐 특별히 중국에서 사온 자스민차 줄게. 이거 우연히 식당에서 마셨다가 너무 좋아서 가게 주인에게 사정사정해서 받아온 거야."

간절히 바라던 자리에 앉게 된 지금을 즐기는 듯 보이는 그녀의 모습에 피식 웃음이 나왔다.

분명 힘겹게 버티면서 교수가 되면 하겠다고 하나하나 상상했던 것이리라.

차를 구하면서 차기 세트도 함께 구했는지 중국풍의 다기 잔에 차를 내왔다.

후룩!

"맛있어요. 누나 말처럼 굉장히 좋은 차네요."

"그렇지? 후후!"

기분 좋게 차를 마시는데 갑자기 문이 벌컥 열리며 누군가가 들어왔다.

"…뭐야? 그새 다른 남자에게 꼬리 치고 있는 거야? 정말 생긴 대로 노는군."

들어오자마자 뒤통수에서 들리는 안하무인한 말에 두삼은 인상을 찌푸렸다. 들어온 이가 누구인지는 대번에 알 수 있었다.

탁동인 교수.

교수 자리를 미끼로 옥지혜를 농락한 자.

물론 옥지혜의 말만 믿고 그를 폄하할 생각은 추호도 없었다. 그저 하란이 그녀를 도우라고 해서 케이스를 건넨 것뿐이었다.

한데 뒤돌아 앉아 있다곤 해도 사람이 빤히 앉아 있는데 저런 쌍소리를 하는 걸 보면 옥지혜의 말이 거짓인 것 같진 않았다.

두삼은 무덤덤한 표정으로 바꾼 후 자리에서 일어나 그에게 인사했다.

"안녕하셨어요, 탁 교수님?"

"어! …한 선생이었나? 이거 미안하네. 난 또 제 버릇 남 못 주고 학생을 불렀나 싶어서."

그와는 개학 전 가진 만남에서 인사를 했었다.

"옥 교수님이 차라도 한잔하자고 해서 왔는데, 제가 무슨 실수라도 한 겁니까?"

"허허허! 아니네. 내가 실수지. 하지만 소문이 날 수 있으니 조심해서 나쁠 건 없겠지. 그럼 얘기들 나누게. 난 다음에 오지."

전혀 당황하는 기색이 없는 걸 보니 실수가 아니라 일부러 한 것 같다. 그리고 나갈 때 '추문이 많은 여자이니 조심하게'라는 말을 하는 순간 확신할 수 있었다.

그는 떠났지만 자스민 차를 마실 때의 분위기는 다시 돌아오지 않았다.

"…미안. 난 익숙한데, 당황스럽지?"

옥지혜는 슬픔과 분노가 공존하는 얼굴로 애써 괜찮은 척하고 있었다.

"괜찮아요. 자주 있는 일인가 봐요?"

"나랑 경쟁해야 한다는 걸 알고부터 사람들과 만날 때면 꼭 저런 식으로 나타나. 신경 쓰지 마. 내가 반드시 이길 테니까."

"잠금 장치라도 하는 게 낫지 않겠어요?"

"그럼 또 그것 가지고 이상한 소문 낼걸."

"참 희한한 사람이네요."

두삼은 대수롭지 않게 다시 자리에 앉았다.

'하란이 옥 교수의 표정을 보면 난리가 나겠군.'

그만큼 그녀의 표정은 좋지 않았다. 원래는 두 사람의 관계를 정확하게 파악한 후 말하려 했던 것을 아무래도 분위기상 오늘 일부 줘야 할 모양이다.

탁동인 교수가 마음에 들지 않는 것도 한몫했다.

"하려던 케이스 건에 대해서 얘기하죠."

"…으응."

"논문을 완성하는 데 있어서 케이스만 나열해서는 많이 부족할 거예요."

"그건 그렇지. 하지만 이론 확립 측면에서 서술하면 괜찮을 거야."

"그래선 부족할 거예요. 해서 교수님께 케이스를 드리면서 이론만이 아니라, 실제로 어떻게 적용할 수 있는지에 대해 고민해 봤어요."

"그래서?"

귀가 솔깃한 말인지 다행히 표정이 조금 나아졌다.

"환각지의 경우 검사를 통해 정확히 어디까지 잘렸느냐에 따라 침을 통해 고칠 수 있을 것 같아요."

"진짜? 만일 그렇게 되면 한의사라면 누구나 치료가 가능하다는 얘기네?"

"실력은 갖춘 한의사라면 그렇죠."

환자가 아닌 병을 치료한다.

신경과의 김영태 교수가 뇌전증 약을 개발하려고 애쓰는 모습에 두삼도 하나씩 해볼 생각이었다.

옥지혜의 얼굴이 밝아졌다. 한데 조울증 증세처럼 금세 씁쓸하게 미소 지으며 말했다.

"정말 고맙긴 한데 너의 연구를 내가 발표하는 거잖아. 내 연구를 탁 교수 그 인간이 뺏어갈 때마다 얼마나 화가 났었는데……. 그랬던 내가 그럴 순 없지."

예의상 하는 말인지 모르겠지만 기본적인 염치는 가지고 있는 모습에 도와주길 잘했다는 생각이 들었다.

"같은 케이스라도 누나 연구랑 제 연구는 전혀 달라요. 전 안마과라 안마와 한의학을 접목해야 하고 누난 다른 분야와 융합을 해야 하잖아요. 그리고 누나가 하지 않으면 전 어차피 후배들에게 침술만 가르쳐 주고 말 거예요."

"하지만 너에게 의지하는 것 같아서 염치가 없어서 그래."

"전 그냥 케이스와 그와 관련된 기술만 누나에게 가르쳐 주는 거예요. 그걸 어떤 방향에서 보고 어떤 의견과 주장을 펼칠지는 온전히 누나의 몫이죠."

"……."

"결코 일방적으로 주는 게 아니에요. 그리고 우리의 경우는 후배나 제자의 논문을 뺏는 게 아니라 교수끼리 협력을 하는 거죠. 누나의 도움이 필요할 땐 저도 부탁할 거예요."

"물론 한 교수의 부탁이라면 힘껏 도울 거야. 지금껏 내 편이 되어준 유일한 사람이니까. 그러나……."

"싫으면 케이스만으로 하세요. 그래서 복수를 할 수 있을지 의문이지만요."

어쩌 자신이 제발 써달라고 부탁하는 모양새다. 그래서 싫으면 말라는 식으로 말했다.

복수를 언급한 게 통했을까. 입술을 깨문 채 생각하는 그녀는 이미 차갑게 식은 자스민 차를 비운 후 확신에 찬 표정으로 말했다.

"할게! 대신 절대 은혜는 잊지 않을게."

"은혜랄 것도 없어요. 아무튼 결정이 났으니 자료 정리해서 조만간 보낼게요."

오늘부터 1학기가 시작되어 시간이 많이 남은 것 같지만 논문을 준비하기에 무척 빠듯할 것이다.

똑똑!

탁동인의 경우 노크도 없이 들어왔지만 이번엔 누군지 노크 후 아무런 반응이 없다. 그러다 옥지혜가 들어오라고 하자 그제야 양태일이 들어왔다.

"큼! 수업 끝나서 학생들이 나오고 있습니다."

"알았어. 근데 웬 헛기침이냐?"

일어나 교수실을 나가면서 낮게 물었다.

"…혹시나 실례가 되지 않았을까 해서요."

"하여간 다들 머릿속에 음란마귀가 들어앉아 있다니까. 퇴치

용 안마라도 해줘?"

"아, 아닙니다!"

"첫인상으로 사람 판단하지 마. 그리고 안마과에서 제대로 생활하려면 정력을 키워."

"네에? 정력을요?"

"어떤 상황에서도 흔들리지 않는 정신력!"

"윽! 아, 알겠습니다."

결국 그의 어깨를 지그시 눌러줬다.

2층 자판기 쪽으로 가자 류현수는 벌써 몇 명의 학생들과 음료수를 마시며 웃고 떠들고 있는 중이었다.

하여간 친화력 하나는 인정해 줘야 했다.

마침 대여섯 명의 학생들이 지나가다가 인사를 했다.

"안녕하세요, 교수님."

"응. 수업은 잘 들었냐?"

"예! 아주 재미있었어요."

"다행이네. 다음 수업 가냐?"

"아뇨. 다음 수업이 오후에 있어서 친구들이랑 차나 한잔할까 하고요."

"그래? 나도 마침 조교랑 카페로 가려던 참인데. 같이 갈래?"

"앗! 사주시는 거예요?"

"너희한테 차 한 잔 못 사주겠냐. 가자."

아주 자연스럽게 선배 노릇하기에 성공했다고 생각했다. 한데 언제 왔는지 배수진이 절뚝거리며 옆에 붙어서 말했다.

"다른 교수님들과 달리 선생님은 선배 코스프레 너무 티나요."

"…그런 거 아니거든."

"완전 티나거든요. 속도는 안 늦춰서도 돼요. 빨리 걷기 연습 중이에요."

"…근데 넌 분명 없었는데 언제 왔냐?"

"내려오던 길에 사준다는 소리에 얼른 따라붙었죠. 쟤네들만 사주려고요?"

"…아니다."

그러고 보니 대여섯 명이 어느새 열댓 명이 되어 있었다.

"다들 눈치챘나 보네."

"머리 좋은 애들이 그걸 모르겠어요? 굳이 나서서 이러지 않으셔도 돼요. 저희들도 적응하기 위해 선생님들을 열심히 찾아갈 거예요."

"그러냐? 그래도 한동안은 모른 척하고 많이 얻어먹어라. 서로 배울 게 많을 거야. 너희도 신입생이지만 우리도 교수 신입생이니까."

열심히 걷고 있는 그녀를 보고 씩 웃어주곤 카페로 향했다.

*   *   *

병원에도 봄이 왔음이 확실히 느껴진다.

천고마비의 계절인 가을과 본능적으로 지방을 축척하게 되는 겨울이 끝났으니 이제 여름을 준비하는 청춘 남녀들이 병원으로 몰려들었다.

"선생님, A형 신규 환자예요."

"또? 어째 매번 A형이냐?"

두삼이 논산에 가 있는 동안 안마과의 진료 체계는 상당 부분 바뀌었다.

일단 비만클리닉과 치료를 확실히 분리했고, 가격 역시 비만클리닉의 경우 상당히 비싸졌다. 그리고 그러한 환자 분류를 알파벳으로 분류했는데 A형은 의사를 지명해서 비만클리닉을 받으러 온 환자 중 마른 체형을 말하는 것이다.

혹시 돈이 된다고 A형이 아니냐고?

아니다. 고도비만으로 치료를 요하는 이가 S급인데 치료로 분류되어 의료 보험 혜택을 받을 수 있고 가격 또한 싸다.

즉, 가급적 치료 목적으로 병원을 찾아달라는 것이다. 하지만 현실은 애써 환자를 배려한 것이 무색하게 미용 목적으로 찾는 이들이 더 많았다.

"태일아, 너 다른 과로 보내줄까? 치료를 해야 실력이 늘지."

"아닙니다. 선생님이 시술하는 것만 봐도 많은 공부가 되고 있습니다."

"제대로 알고 하는 소리냐?"

"전부는 모르지만 선생님이 안마를 하실 때 경락을 자극해서 지방 분해를 돕고 녹은 지방이 빠르게 외부로 배출되도록 돕는다는 정도는 압니다."

"절반만 맞췄네."

"나머지 절반은 뭔데요?"

"머릿속에 경락도가 제대로 자리한 것 같은데 네가 직접 알아봐."

"방금까지 제 실력을 걱정하셨으면서… 그러지 마시고 힌트라도 좀 주십시오."

"어쭈? 반항이냐?"

"…아닙니다."

금세 꼬리를 내릴 거면서 까불기는.

그래도 열심히 보고 생각하고 있다는 뜻이니 힌트를 주기로 했다.

"안마실에서도 가능한 일을 여기서 굳이 왜 하겠냐? 혈은 네가 생각하는 것보다 훨씬 더 중요하고 더 많은 일을 해. 나머진 네가 알아봐."

"예! 꼭 알아내겠습니다."

"그러든가. 환자 들어오시라고 해."

들어온 A형 환자는 훤칠한 미남으로 몸매 역시 잘빠졌다 싶을 만큼 좋은 몸을 가지고 있었다.

물론 비싼 돈과 시간을 들여 병원을 찾은 이유가 있을 터였기에 이젠 그러려니 했다.

모니터에 올라온 그의 인적 사항을 보니 역시나 모델이었다.

"어떤 케어를 원해 오셨나요?"

확실하게 어떤 진료를 받을지 알고 나니 물어보는 것도 달라졌다.

"조만간 무대에 서야 하는데 생각처럼 몸무게가 빠지지가 않아서요. 젊었을 때는 마음만 먹어도 며칠 만에 빠지던데 이젠 힘들군요."

"젊은 분이 별소릴 다 하시네요."

"모델 쪽에선 늙은 편이죠. 가능하다면 식단과 신진대사도 활발하게 했으면 좋겠습니다. 이리저리 모임이 많아서 조금씩 먹어도 점점 몸무게가 늘어납니다."

"하하! 꽤나 구체적이시네요?"

"가끔 형진방송을 보거든요."

"네? 형진방송요? 그런 프로그램이 있나요? TV를 잘 보지 않아서."

"선생님에게 치료를 받은 노형진이 하는 개인 방송국입니다."

"…아! 그래요?"

뭘 하고 지내나 궁금했는데 방송 출연을 계기로 개인 방송을 하고 있었나 보다.

"모르셨나 봐요? 꽤 유명해서 구독자 수가 상당합니다. 방송에서 선생님에 대한 언급을 많이 해서 저도 여기로 온 겁니다. 저 말고도 꽤 온 걸로 알고 있는데"

'헐! 그동안 바빴던 것에 일조한 이가 노형진이란 말이야? 은혜를 원수로 갚는 거냐?'

물론 그 때문에 환자가 줄을 선 건 분명 아니다. 그러나 예약 손님들까지 줄줄이 늘어나서 최근 들어오는 방송 출연 제의도 거절했는데 엉뚱한 곳에서 홍보를 하고 있었다니…….

"…하하! 형진 씨가 뭐라고 했는데요?"

"운동을 해라. 그래도 힘들면 그땐 선생님을 찾으라고 입버릇처럼 말합니다."

그나마 기본은 지키니 다행이다.

"영상 한번 보실래요?"

"나중에 제가 확인해 보죠. 일단 진맥부터 해볼까요?"

그의 손목을 잡고 몸 상태를 살폈다.

"무리하게 다이어트를 했나 보네요. 위장이 많이 안 좋아요. 변도 시원하지 않죠?"

"네, 맞습니다. 진맥으로 그런 것도 알 수 있습니까?"

"케이스를 통해서 알 수 있는 미묘한 차이가 있죠. 내부가 많이 상했어요. 그러니 다이어트를 해도 소용이 없죠. 일단 위장을 보하면서 군살을 빼야겠어요."

"알아서 해주세요."

"정확하게 하는 게 좋죠. 안마실에서 위장에 좋은 안마를 받고 오는 동안 간단한 식단과 치료 방향을 정리해 둘게요."

환자의 입장에선 믿고 맡기겠다는 의미로 알아서 해달라는 말을 할지 모르지만, 개인적으로는 '못 고치면 책임지라'는 뜻으로 들려 싫어했다.

남자 모델을 안마실로 보낸 후 양태일에게 지시를 내렸다.

"위장이 좋지 않은 이에게 필요한 식단과 치료 방법을 네가 정리해 봐."

"알겠습니다!"

양태일이 진료실 구석에 마련된 자신의 자리로 가서 자료를 정리하는 동안 천 간호사에게 다음 환자를 들여보내라고 했다.

"다음 환자는 D형이네요."

D형은 일반 진료를 말했는데 웬일인가 싶었는데 환자는 아는 얼굴이었다.

"어? 병국 어머니 아니세요!"

"…안녕하세요, 선생님. 병국이 치료를 부탁드리려고 왔습니다."

춘천 봉의산에서 봤던 병국 엄마였다.

*   *   *

한강대학병원 암센터 센터장 정시형은 다섯 번째 환자의 대장암 수술을 끝내고 자신의 집무실로 돌아왔다.

올해 50이 넘어 이젠 슬슬 수술을 줄여도 누구 하나 뭐라 할 사람이 없음에도 그는 대부분의 시간을 수술실에서 보내고 있었다.

마흔다섯에 센터장에 오른 그의 다음 목표는 한강대학병원의 병원장.

그러다 보니 현재 노구에도 수술을 멈추지 않는 민규식을 의식해서라도 수술을 줄일 수가 없었다.

물론 목표로 하던 병원장이 된다고 해도 수술은 계속할 것이다. 또 다른 목표가 있기 때문이다.

가운을 벗고 의자에 기대어 쉬고 있을 때 노크 소리가 들렸다.

"들어와요."

그의 수간호사이면서 비서 역할까지 맡고 있는 지숙정 간호사가 들어왔다.

"주의 깊게 살피라고 했던 한방센터 한두삼 선생이 이상윤 선생 앞으로 뇌종양 환자를 입원시켰어요."

"한 선생이?"

그는 자세를 바로하며 물었다.

"네. 친인척은 아닌 것 같아요. 그리고 환자 상태와 아신병원에서 넘겨온 진료 기록을 봤는데 뇌간에 생긴 종양이라 수술은 불가능한 것으로 보이고요."

"아신병원에서 포기한 환자란 말이지……."

아신병원은 암에 관해선 국내 최고라 일컬어지는 곳으로 세계적으로 따져도 다섯 손가락 안에 들어가는 곳이다. 한강대학병원과 몇몇 곳이 그 뒤를 바싹 따라붙곤 있다지만 격차가 제법 있었다.

한데 최근 그 격차가 줄어들며 정말 아신병원의 아성을 깨부술 수 있는 일이 일어났다.

이상윤과 한두삼.

모두가 고개를 흔드는 수술을 연속적으로 여러 차례 성공을 시키면서 아신병원에서 포기한 환자를 한강대학병원에서 성공했다는 얘기가 슬슬 돌고 있었다.

특히 지난번 전국 암 컨퍼런스에서 이상윤이 케이스를 발표할 때 아신병원 측의 표정은 정말 볼 만했었다.

정시형은 태블릿으로 환자에 대한 정보를 찾았다.

한눈에 봐도 수술이 불가능한 케이스.

"어떤 식으로 치료를 한대?"

"담당 간호사 말로는 한방 색전술과 약물 치료를 병행할 거라고 하네요."

"한방색전술… 그건 도대체 어떻게 하는 거지?"

"그건 저도⋯⋯."

"아! 미안. 혼잣말이었어. 우리 병원 환자 중에 하병국 환자와 비슷한 케이스가 없나?"

"센터에 환자가 몇 명인데 없겠어요. 찾아보면 있을 거예요. 대기 환자 명단에도 있을 수 있고요."

"그럼 찾아서 이상윤 선생에게 배정해."

"알겠어요. 한방색전술을 검증하시려고요?"

"한의학을 검증하려면 너무 오래 걸려. 설령 시간을 투자한다고 해도 될지도 의문이고."

"그럼요?"

"검증은 환자의 판단에 맡기는 거야. 한 명을 치료하면 우연이라고 말하겠지. 서너 명을 고치면 '어쩌면'이라고 생각하고. 한데 열 명을 고치면 어떻게 될까?"

"실력이라고 생각하겠죠."

"맞아. 한의학은 그 정도면 돼. 검증은 한의학계에 맡기면 되는 거고. 그러니 앞으로 두 사람이 환자를 맡으면 비슷한 케이스를 몰아줘."

"두 선생 일복 터졌네요. 근데 그렇게 하면 한방센터에서 가만히 있겠어요? 듣자 하니 거기서 에이스라고 하던데요."

"그건 내가 알아서 할게. 아! 말 나온 김에 바로 해버리자. 한방센터장과 병원장님 어디 계신지 알아봐 줘."

"알겠어요."

한강대학병원의 주력이라고 할 수 있는 암센터를 키우자는 데 반대하진 않을 것이다.

　　　　*　　　　　*　　　　　*

　하병국을 치료하는 데 많은 시간을 투자하지 않아도 됐다. 그저 약간의 시간을 내서 암의 상태와 건강 상태를 확인하고 머리 쪽에 막힌 혈을 뜸으로 말랑하게 만들어 뚫기만 하면 됐다.

　"…이건 뭐야?"

　"보면 모르냐? 환자 기록이지."

　"근데 왜 날 줘?"

　"내가 하병국 환자를 맡으니 뜬금없이 환자들을 맡기더라. 봐봐. 과연 나 때문에 준 건지, 너 때문에 준 건지 알 수 있을 거다."

　"…안마과인 나 때문이라고?"

　태블릿의 환자 명단을 넘기며 봤다.

　"음……."

　절로 신음이 나왔다.

　수술이 불가능해 방사선 치료와 약물 치료를 하는 이들인데 효과를 보지 못하고 있었다.

　"내 말이 맞지? 내 생각엔 암센터의 누군가가 너의 색전술을 궁금해하는 것 같아."

　"누가?"

　"센터장. 아신병원 암센터에 묘한 경쟁심을 가지고 있거든."

　"그게 나랑 무슨 상관이 있는데?"

　"바보냐? 수술도 못 하고. 항암 치료도 효과가 없는 사람들이 얼마나 되는지 알아? 만일 너의 치료법이 효과가 있다는 게 증명되면 암센터는 미어터질걸."

바빠지는 건 달갑지 않았다. 그러나 전에 하란에게 다짐했던 것이 있어서 못 하겠다는 말은 나오지 않았다.

"…미어터져도 내 몸은 하나야."

"너만 바빠지는 게 아냐. 너라면 최후의 수단이 있는 곳에서 치료받고 싶지 않겠어? 센터장도 아마 그걸 노리는 걸 거야."

"아무튼 정시 퇴근은 물 건너갔네."

"부러운 소리 작작해. 난 요즘 8시 이전에 퇴근해 본 적이 없어."

"넌 애인이랑 같이 있잖아."

백희정은 한강대학병원에서 전문의를 시작했다.

"…그거랑 무슨 상관이냐? 억울하면 너도 의사 애인 두든가."

"의사 애인 있어서 좋겠다."

"응, 좋아. 그나저나 이 환자들 치료는 언제부터 할 거냐?"

"하루라도 빨리하는 게 좋으니, 오늘부터 시작하자. 근데 이홍시연 환자는 수술하는 게 낫지 않아?"

"이제 제법 보는 눈도 늘었네? 수술 부위 주변에 혈관들이 너무 많아 포기한 케이스라서 안 그래도 나도 고민하고 있었어. 출혈 잡는 괴물이 있으니까."

수술을 성공하고도 수술 부위의 출혈로 환자가 사망하는 경우는 흔했다. 그래서 미세한 혈관이 많이 지나는 곳의 수술을 의사들은 꺼려했다.

"괴물로 봐주다니 이제야 날 인정하는 거냐?"

"난 용사야. 널 무찔러 주지!"

"……"

이상윤은 손가락을 쭉 뻗으며 말했다.

웬일로 칭찬 비슷한 걸 하나 했더니……,

눈 찌르겠다, 이 자식아!

아무튼 퇴근을 포기하고 새롭게 환자를 보러갔다.

첫 번째 환자는 하병국과 비슷하게 뇌간에 암이 생긴 젊은 청년이었다. 하병국보다 크기는 작았지만 생긴 위치가 척수의 신경이 있는 곳이라 얼굴이 풍을 맞은 사람처럼 일그러져 있었고 하반신을 움직이지 못했다.

한데 그는 그런 상태에서 미소를 지으며―두삼에겐 그렇게 보였다―어눌하게 말했다.

"아년…하세요, 자, 부타드…흐요."

"잘 부탁드린다고 인사를 하는 거예요."

옆에 있는 청년의 어머니가 씁쓸한 표정으로 설명을 했다.

두삼은 안타까웠지만 내색하지 않고 웃으며 답했다.

"참, 예의바르고 밝은 분이네요."

"아프지 않을 때 싫어하는 사람이 없을 정도로 싹싹하고 착했어요. 회사에서도 인정을 받았고요. 물론 지금도 마찬가지지만……."

"그래 보이네요. 반가워요, 이현종 씨. 나랑 여기 있는 성격 나쁜 의사랑 함께 치료를 맡게 됐어요."

"흐… 흐!"

"하하! 웃는 모습이 보기 좋네요. 일단 내부를 살핀 후 다시 말하기로 하죠."

두삼도 사람이다 보니 호불호가 있었다. 단지 내색을 하지 않을 뿐이다. 한데 이 청년은 왠지 반드시 고쳐주고 싶었다.

하얗게 빛나는 손을 환자의 머리에 올리고 뇌를 스캔하듯이 살폈다.

'확실히 악성은 아냐.'

몸이 마비되는 증상에 검사를 받고 종양을 발견한 지 1년. 처음 발견할 당시보다 아주 약간 더 컸을 뿐이다.

혹시 누르고 있는 신경의 여유 공간을 확보할 수 있을까 살펴봤지만 워낙 좁은 곳이라 할 수가 없었다.

금세 포기했다.

불가능한 것에 신경을 쓰기보단 고치는 데 집중해서 줄어들길 바라며 암세포로 향하는 혈관을 막아나갔다.

사실 두삼이 흔쾌히 암센터의 환자를 맡은 이유는 최근 자신의 색전술에 점점 자신이 생기고 있었기 때문이다. 비록 한 사람을 잃었지만 서훈의 간암을 고쳤고, 하병국의 암세포가 더 이상 발전하지 않는 걸 확인했다.

완전히 막은 후 두 번 더 확인하고서 손을 뗐다.

"이제부터 시술을 시행하겠습니다."

두삼은 침을 꺼내서 이현종의 머리에 시침을 했다.

물론 시침 부위는 종양과는 상관없는 정신을 맑게 해주는 곳이었다.

실력을 숨기고 싶어 이러는 것이 아니다. 이미 뇌전증 환자들은 손만 잡고 치료하는 걸 당연하게 여기는데 뭘 숨긴단 말인가.

그저 위급한 환자가 아닌 경우 보여주는 것도 환자를 안심시키는 방법 중 하나라는 이상윤의 조언을 듣고 다시 시늉을 하는 것이다.

"이제 10분 정도 있다가 뽑으면 한방색전술은 끝이 납니다. 치료 방향은 시술이 얼마나 잘되는지 지켜보면서 결정하도록 하겠습니다."

"잘 부탁드려요, 선생님. 이거 하나씩 드세요."

"최선을 다하… 어? 근데 팔이 왜 이러세요?"

아까부터 뭔가 어색했었는데 음료수를 건네려는 모습을 보니 팔의 움직임이 이상했다.

"…뭐가요?"

"잠시만 실례할게요."

두삼은 그녀의 왼쪽 어깨에 손을 올렸다.

"악! …저, 전 괜찮아요."

"전혀 안 괜찮아요. 왼쪽 팔의 인대가 늘어났고 타박상도 심해요. 놔두면 괜스레 병을 키우는 꼴이에요."

"…아까 팔을 잘못 짚어서 그런가 봐요."

팔을 잘못 짚는다고 타박상이 발생하진 않는다. 표정을 보니 뭔가 사연이 있는 것 같아 더 묻진 않았다.

"이 선생, 어머니 좀 봐드려. 난 다음 환자에게 갈게. 설마 다목적 용사가 그 정도도 못 하는 건 아니지?"

"괴물을 무찌르기 전에 몸 푸는 정도지."

"……."

조동아리 터는 것은 이상윤에게 상대가 되지 못했다.

이상윤이 새로 배정받은 암 환자들에게 색전술을 끝내고 퇴근을 하니 9시가 조금 넘었다.

"미안, 늦었어."

"사람 목숨 구한다고 늦은 사람에게 뭐라 하는 속 좁은 여자는 아냐. 저녁은 안 먹었지? 같이 먹으려고 기다리고 있었어. 얼른 씻고 와."

"응!"

솔직히 처음엔 화란의 외모에 끌려 좋아하기 시작했다. 그러나 결혼을 결심했을 때는 그녀의 편안하게 해주는 예쁜 마음에 끌렸기 때문이었다.

어디서 저런 여자가 나타난 건지, 정말 감사한다.

욕실로 들어가려던 두삼은 문득 하란은 어떤 마음으로 결혼을 승낙했는지 궁금했다.

"하란아 궁금해서 그러는데 넌 나의 어디가 마음에 들어 결혼을 생각한 거야?"

"뭐야, 뜬금없이?"

"그냥 궁금해서."

"적당히 이기적이고, 적당히 남을 위할 줄 알고, 적당히 정의롭고, 적당히 잘생겼고. 호호호!"

"평범해서라는 말처럼 들리네."

"한국말은 끝까지 들으라잖아. 처음엔 그런 줄 알았어. 근데 환자를 고치는 모습을 보면서 깨달았어. 이 남자는 타인의 아픔을 함께할 줄 아는 사람이구나. 결혼하면 내 마음도 잘 알아주겠구나. 물론 사랑하는 마음이 더 크긴 하지만 말이야."

"그래?"

왠지 굉장한 칭찬을 들은 것 같아 참으려 해도 자꾸 입꼬리가 올라간다.

들어가려는데 이번엔 하란이 물었다.

"오빠는 내 어디가 좋았어?"

"예뻐서."

"…뭐야, 나이 들면 시들해지겠네?"

"마음이. 물론 나 역시 사랑하는 마음이 더 크긴 했지만 말이야."

"피이~ 그새 복수를 하네. 얼른 씻고 와. 국 식어."

하란의 입꼬리도 올라가는 걸 보니 괜찮은 대답이었나 보다.

저녁을 먹고 설거지는 하우스키퍼라는 로봇에 맡기고 소파에 앉아 TV를 봤다.

"여기 앉아."

두삼은 무릎을 벌리며 앞의 소파를 툭툭 쳤다.

"오빠 힘든데 됐어."

"안 들어. 내 낙이기도 하고 음양을 바로 해서 내 건강에도 좋은걸."

"핑계도 좋아요."

하란은 앞에 앉으며 몸을 맡겼고 두삼은 머리부터 해서 서서히 마사지를 했다.

그녀는 거짓말이라고 생각할지 몰라도 마사지를 하면서 음양의 균형을 맞추기 때문에 두삼의 몸도 개운해지는 효과가 있었다.

"아하~ 정말 좋다. 오빠한테 마사지를 받으면 세상 근심 걱정이 깨끗하게 사라지는 것 같아."

"건강과 정신은 떼려야 뗄 수 없으니까."

"아까 오빠랑 결혼을 결심한 이유를 물었었지? 마사지를 빼먹었었네."

"훗! 다행이네. 성격이야 변할 수 있지만 마사지 솜씨는 점점 더 좋아질 테니까. 평생 해줄게."

"약속했다. 나중에 미워졌다고 안 해주면 알지? 그나저나 재미있는 게 안 하네. 영화나 볼까?"

"그것도 괜찮지. 참! 전에 방송 출연 때문에 다이어트 시켜줬던 친구가 개인 방송 한대. 그거 잠깐 봐볼래?"

"요즘 개인 방송이 인기가 좋네. 방송국 이름이 뭔데?"

"형지니와 함께하는 다이어트인가?"

"루시, 찾아봐 줘."

루시가 검색을 마쳤는지 TV에 영상을 목록이 주루룩 나왔다.

"노형진 맞네."

열심히 운동을 하고 있는지 마지막으로 봤을 때보다 조금 더 빠진 얼굴이다.

[시청자 여러분, 안녕하세요. 다이어트 전도사 형지니입니다. 오늘은 의자에서 할 수 있는 간단한 다이어트 방법을 소개할까 합니다. 아! 그 전에 먼저 살을 빼고 싶으면 뭘 해야 한다? 그렇죠! 운동을 해야죠. 난 도저히 못 하겠다 싶을 땐? 한강으로 시작되는 대학 병원 한방센터 안마과 H선생님을 찾으세요. 그럼 저처럼 될 수 있답니다. 그럼 시작하죠.]

"엥? 저 친구가 오빠 광고해 주네?"

"그러게 말이다. 왜 시키지도 않은 일을 하는 건지 모르겠어."

"훗! 바빠질까 봐 그러는구나?"

"지금도 충분히 바쁘거든."

"그래도 한가한 거보단 낫지. 근데 구독자 수가 상당한데 난 왜 봐도 재미가 없지?"

"나도 재미없다. 세대 차인가? 우리 영화나… 어? 근데 저기 옆에 있는 영상 뭐지?"

노형진의 플레이 영상 옆에 '죽음으로 내몬 산업 재해 인정하라'라는 클립 영상 속 얼굴이 아까 본 이현종의 어머니와 무척 닮았다.

*   *   *

무슨 일이 있을 때마다 흔히 애용(?)되는 OECD 평균. 우리나라 산업재해는 OECD 국가들에 비해 평균적으로 4분의 1에 불과하다.

기록만 놓고 보자면 어느 선진국보다 좋아 보이는 수치인데 막상 노동자 사망률을 보면 OECD의 4배가 넘는다.

즉, 바꾸어 말하면 산업재해를 은폐하거나 인정을 하지 않는 경우가 많다는 얘기이다. 그리고 그걸 방조하고 있는 공범자들이 국민을 위한다는 놈들이다.

한마디로 참 뭣 같은 경우다.

물론 현재의 두삼과는 거리가 먼 일이다. 두삼이라면 일하다가 빈혈로 쓰러져도 병원에서 산재 처리를 해줄 것이기 때문이다.

─…한 선생님, 현성이 관련된 일입니다. 어느 누구도 현성의 반대편에 서려하지 않을 겁니다. 저 역시 마찬가지이고요.

"현성에 대한 떠도는 소문이 사실인가 보네요."

─소문은 훨씬 과소평가된 겁니다. 한 선생님과 인연이 있는 사람으로서 충고 한마디 해도 될까요?

"하세요."

─현성과 척을 지느니 차라리 대통령과 척을 지세요. 후자는 5년만 참으면 됩니다.

"…하하. 제가 뭐라고 척을 지겠습니까. 그저 조언을 구한 것뿐입니다. 충고는 잘 새겨듣겠습니다."

정 변호사와 통화를 끝낸 두삼은 씁쓸하게 웃었다.

현성화학에서 화학 물질을 제조하던 직원들이 암에 걸렸다. 한두 명이 아니라 밝혀진 것만 11명. 그중 3명은 사망하고 나머지는 병원에 있다.

그럼에도 불구하고 산업재해로 인정을 받지 못하고 있는 실정이다.

자세한 건 모른다. 아니, 현성에 대한 막연한 두려움에 정확하게 알고 싶은 건지도 모르겠다.

논산의 허 회장에게 연락을 해볼까 하다가 곧 고개를 저었다.

현성에 비하면 허 회장은 지역 유지에 불과했다.

"루시, 민 원장님께 연결해 줘."

─통화 중이네요. 잠시 후 연결할게요.

5분쯤 후에 연결이 됐다.

―허허허! 오후에 수업이 있으니 늦잠이나 자지, 이 시간에 웬일인가?

"할 일이 있어서 나가고 있는 중입니다. 혹시 정 변호사님과 통화하셨습니까?"

―응, 방금 전에 통화했네. 혹시 자네가 무모한 짓을 할 것 같으면 말려달라더군.

"걱정 마십시오. 무모한 짓을 할 생각은 없습니다."

―그런가? 허허허! 나보다 자네가 낫네. 난 전에 안쓰러움에 남의 일에 나섰다가 제대로 쓴맛을 봤거든. 아마 이사장님이 아니었으면 한적한 곳에서 의사 생활을 하고 있었을지도 모르겠네.

"원장님께서요?"

환자에 대한 애정이야 누구보다도 큰 사람이지만 굉장히 철두철미한 그가 그랬다니 믿기지 않았다.

―사건을 무마하고 난 후에 이사장님이 이런 말을 해줬다네. 이길 수 없는 상대에게 무모하게 덤비지 말고 의사답게 '네놈이 아플 때 두고 보자!'라고 생각하고 실력을 쌓으라고 하시더군.

"그 사람이 안 아프면요? 그리고 설령 아프더라도 병원이 몇 갠데요."

―허허허! 나도 똑같은 질문을 했었지. 그랬더니 그러셨네. 무모한 싸움을 거는 것보다 실력을 키워 환자가 찾아올 확률이 훨씬 높다고.

"…말처럼 그렇게 되든가요?"

―운이 좋았는지 정말 그 인간과 병실에서 만났네. 나에게 치료를 받으러 왔더군.

"그래서 복수를 하셨습니까?"

―이미 10년이 지났고, 내 일도 아닌 남의 일을 자네라면 마음속에 품고 있었겠나? 수술실에서 마취를 시킨 후에 욕심 많은 늙은이라고 욕을 하는 것으로 끝냈네.

"얘기해 보고 사과라도 받지 그러셨어요."

―수술에 성공했으면 그랬을 텐데. 그 양반 테이블데스로 일어나지 못했어. 오해는 말게. 난 최선을 다했네. 상태가 나빴을 뿐이야.

"…누가 뭐랬나요. 아무튼 원장님의 옛 복수 얘긴 잘 들었습니다."

―허어~ 복수가 아니래도.

"네네. 다른 것 때문에 연락한 건 아니고 이현종 환자 병원비를 제가 낼 테니 비밀로 해달라고요.

―이거야, 원 내가 설레발을 쳤네. 그런 줄 알았으면 쓸데없는 얘긴 안 했을 텐데. 알았네. 그리 처리해 두지.

"감사합니다."

자신이 이현종을 위해 할 수 있는 일은 딱 여기까지다. 남의 싸움에 끼어드는 것보단 최선을 다해 치료에 전념하는 것이 이현종과 그 어머니가 진정 바라는 바일 것이다.

원장님과 같은 기회가 올까, 라는 생각을 하다가 피식 웃었다. 손꼽히는 현성병원이 있는데 자신에게 올 이유가 없었다.

툴툴 털어버리고 학교로 갔다.

캠퍼스가 넓어 차를 타고 안으로 들어가는데 선글라스를 낀 채 학생들이 지나는 길 벤치에 앉아 커피를 마시고 있는 류현수가 보였다.

"저 자식은 다시 대학으로 보내야 해."

망신살이나 뻗쳐보라고 경적을 울리며 소리쳤다.

"야! 한의학과 조교수 류현수! 거기서 뭐 해?"

학생들의 시선이 잠시 자신에게 왔다가 류현수에게로 향했다.

한데 자신과 같다고 생각한 것이 오산이었다.

류현수는 천천히 일어나 쳐다보는 학생들에게 손을 흔들면서 차로 다가왔다.

"형, 굿모닝! 역시 캠퍼스가 좋죠?"

"…웬 선글라스냐? 부끄럽지도 않냐?"

"제 눈이 햇빛에 민감하잖아요. 하하하!"

금시초문이다.

돌려 말해봐야 알아듣지 못하니 직접적으로 말했다.

"제발 쪽팔린 짓 좀 하지 마라. 나잇살 먹고 학생들을 힐끔거리고 싶냐?"

"힐끔거리는 누가 힐끔거려요? 그저 모닝 커피 마시면서 청춘의 기운을 좀 받아볼까 한 거죠."

"은수가 너 이러는 거 아냐?"

"제가 기운 받아서 어디다 쓰겠어요? 다 은수 좋으라고 하는 일이죠."

"…지랄한다. 시끄럽고. 괜스레 캠퍼스에 이상한 소문나게 하지 말고 과로 가. 또 이러면 병원에 알려서 수업 없는 조교수들은 다 빼게 만들어 버린다."

"형, 어제 하란 누나랑 싸웠어요? 왜 아침부터 저기압이에요?"

"너 때문에 그런다. 아무튼 경고했다."

"형! 같이 가요!"

류현수를 무시하고 차를 몰았다.

주차를 하고 교수실로 가는데 교수실에서 막 배수진이 나오는 게 보였다.

"배수진, 여기서 뭐 해?"

"아! 그, 그게… 선생님에게 여쭤어볼 것이 있어 왔어요."

배수진은 그녀답지 않게 당황하며 말했다.

뭔가 수상하긴 했지만 모른 척했다.

"뭐가 궁금한데?"

"그게 그러니까… 이제 생각났어요. 그러니까 물어보지 않아도 된다고요."

"그래? 알았다. 허리는 어때?"

"조금 당기는 느낌이랑 이질감이 있었는데 선생님 말씀처럼 꾸준히 운동을 해서 많이 좋아졌어요."

"절대 무리하지 말고. 커피라도 한잔하고 갈래?"

"아, 아니에요. 전 믹스 커피 싫어해요."

"손님 접대용으로 괜찮은 거 샀거든."

"이만 가볼게요. 수업 시간에 봬요."

배수진이 살짝 절뚝거리는 걸음으로 도망치듯이 가버렸다.

두삼은 그녀가 왜 도망치듯이 가버렸는지 교수실로 들어가서 알게 됐다.

문을 열자 은은한 장미향이 났는데 책상 위에 지금까지 없었던 화병에 장미가 담겨 있었다.

"녀석, 그냥 꽃을 가져왔다고 하면 될 일을."

당황하던 모습을 떠올라 피식 웃음이 났다.

컴퓨터 전원을 켠 후 전기 포트에 물을 끓였다. 그리고 믹스커피를 타 자리에 앉았다.

"흠! 흠! 오늘 수업할 내용은 안마로 치료가 가능한가라는 의문을 풀어보기로 하자."

오늘 수업할 내용을 보며 읽으며 강의를 연습했다. 2시간 강의를 몇 시간째 연습하는 건지 모르겠다.

그러나 교수로서 학생을 가르치는 것이니 허투루 할 수 없었다. 특히 김일교 은사님을 교수의 표본으로 생각하니 더욱 더 어깨가 무겁다.

잠깐의 틈을 내 허리춤에 차고 있는 침통을 만지작거리던 두삼은 다시 강의 연습에 집중했다.

똑똑!

"선생님, 죄송합니다. 늦었습니다."

점심시간쯤 해서 양태일이 나왔다.

최근 늘어난 환자만큼 레지던트의 일 역시 늘어나 잠이 많이 부족했다.

"내가 늦게 나오라고 했잖아. 빨리 나왔으면 오히려 혼냈을 거다. 밥은?"

"대충 먹었습니다."

"쯧! 딱 보니 안 먹었네. 난 전문의 과정 안 거쳐서 모르겠지만 많이 힘들다는 건 알아. 그래도 네 몸은 네가 챙겨."

"…알겠습니다."

"밥 먹으러 가자. 뭐 먹고 싶냐?"

"남의 살이 보신에는 최고죠."

"어째 사준다면 죄다 고기 타령이냐? 가자. 최근에 간 곳 꽤 괜찮더라."

한강대학과 병원이 있어 유동 인구가 많은 곳답게 골목 구석 구석에 꽤 괜찮은 고깃집이 있었는데 외관이 카페처럼 생긴 곳 이라 유독 여자들이 많았다.

"아직 11시 50분인데 줄이 서 있네. 어떻게 할까? 다른 곳에서 먹을래?"

"다른 곳에 가는 시간에 들어갈 수 있을 것 같으니 기다리시 죠. 왠지 먹어보고 싶네요."

"나중에 데이트 장소로 쓰려고?"

"…아, 아닙니다."

"아니긴. 너 은서랑 사귀잖아."

"……."

"뭐야? 비밀 연애였냐? 그럼 방금 전 얘긴 못 들은 걸로 해라."

"…어떻게 아셨습니까?"

"둘이 인사할 때 눈빛이 다르던데 모르는 게 더 이상하지 않 나? 특히 너. 평소엔 '말 걸지 마!'라는 눈빛으로 다니면서 은서 를 볼 땐 아주 러브러브가 뚝뚝 떨어지더라."

"그러지 않았습니다!"

"당사자야 당연히 모르지. 은서한테는 말투도 살짝 바뀐다는 거 아냐? 아마 우리 과의 절반 이상은 너희들 사귀는 거 알 거다."

"…속이려 한 건 아니었는데 어쩌다 보니 속인 게 되어버렸네요, 죄송합니다."

"혹시 데리고 놀려고 만나는 거냐?"

"절대 아닙니다!"

"근데 왜 죄송해. 남녀 간에 만날 수도 있는 거지. 내가 걱정되는 건 헤어지면 두 사람 중 한 명이 과를 떠나게 되지 않을까 하는 점뿐이야."

"걱정 끼쳐 드리진 않겠습니다. 그리고 저희가 사귄다는 얘기는……."

"비밀이라는 거지? 걱정 마. 그렇게 입 가벼운 사람은 아니니까."

아무래도 만날 같이 있는 사람들끼리 정분이 날 수밖에 없다. 문제는 가정이 있는 사람이 바람을 피우는 거지 젊은 애들이 연애하는 것이 뭐가 문제겠는가.

잠깐 얘기하는 사이 다음 차례까지 왔다. 그래서 가게 안쪽에 있는 의자에 앉아 기다리고 있는데 한 쌍의 남녀가 들어와 종업원에게 얘기했다.

"12시 10분 예약했어요."

왠지 익숙한 목소리에 고개를 들었고 남녀와 눈이 마주쳤다.

"어! 청하야."

"어! 두삼 오빠! 잘 지냈죠? 올라왔다는 얘긴 들었는데 여기서 보게 되네요."

"미안. 이래저래 바빴거든."

"미안한 줄 알면 다음에 밥 사요. 근데 두 사람도 식사하러 왔어요?"

"응. 예약할 생각을 못 해서 이렇게 기다리고 있어."

"그럼 기다리지 말고 같이 식사해요. 그래도 되죠?"

"물론 그러셔도 됩니다."

의견도 듣지 않고 종업원에게 허락을 받아버리는 그녀. 임동환이 거절하라는 눈빛을 보내니 오히려 거절할 마음이 사라져버렸다.

그래서 그들과 합석을 하게 됐다.

"……"

"……"

합석을 제의한 민청하를 제외하곤 어색한지 자리에 앉자마자 주문을 하고 스마트폰을 꺼내 딴청이다. 하지만 그녀는 그 꼴은 보기 싫은 듯 말을 걸어왔다.

"오빠 얘긴 아빠한테 계속 듣고 있어요. 지난번에 연구한 화장품 이번에 상품으로 나온다면서요?"

"응. 그렇다고 들었어."

3차에 걸친 임상 테스트와 승인까지 받고 드디어 상품화가 된다. 이미 공장에선 1차 물량을 만들어 숙성시키고 있는 중이었다.

"축하해요. 판로는 어떻게 하기로 했대요?"

"매장에 푸는 거는 조건이 까다로워서 일단 포기하고 홈쇼핑으로 1차 물량을 푼다고 하더라."

"대박 나길 기원할게요."

"고마워."

"많이 벌면 좋은 선물 기대해도 되나요? 호호!"

"뭐가 좋은지 모르지만 적당한 걸로 해줄게. 근데… 두 사람 본격적으로 사귀기로 한 거야?"

"비슷해."

"…어정쩡한 답이네."

"사실 동환 오빠가 작년에 여친이랑 헤어졌거든. 그때 많이 힘들어해서 위로해 주다가 가까워졌는데 바로 사귀는 건 예의가 아닌 것 같아서 시간을 두고 있는 중이랄까, 그렇지 동환 오빠?"

"…응. 넌 남의 일에 신경 끄고 네 애인한테나 잘해."

"그건 내가 하고 싶은 말인데."

"뭐?"

"아니, 나에 대해 이래저래 관심이 많은 거 같아서. 내가 섬에서 겪었던 일도 서울에 있던 사람이 알고 있었고 말이야."

복도에서 듣게 된 임동환과 주해인의 대화에서 섬에서의 일을 키운 사람이 임동환이나 그와 관련 있는 사람이 아닐까 의심하게 됐다.

자신과 돈을 갈취했던 조해수가 아니면 모를 일을 그가 알고 있었다는 것이 무얼 의미하겠는가.

그에 확신이 없다뿐이지 심증은 그가 맞는다고 생각하고 있었다.

"…뭔 소린지 모르겠네. 근데 어째 말이 짧다?"

"우리가 한두 해 본 사이도 아닌데 이 정도 말투로 왜 그래?

걱정 마, 공식적인 자리에선 깍듯이 할 테니까. 고기 나왔다. 먹자!"

그의 시선을 무시하고 지글거리는 1인용 돌판 위에 먹음직한 고기와 야채를 먹었다.

57. 한의학을 싫어하는 사람들

"임 선생이랑 결혼할 생각이냐?"

임동환과 양태일이 화장실을 간 사이 두삼은 사뭇 심각한 표정으로 물었다.

"오빠, 오늘 이상하다. 갑자기 내가 좋아진 건 아닐 테고, 동환 오빠랑 뭔가 안 좋은 일 있어?"

"어쩌면. 하지만 만일 네가 심각하게 생각하고 있다면 잊어주려고."

민 원장님이 자신에게 해준 것을 생각한다면 임동환이 자신을 구렁텅이에 빠뜨린 일은 묻어둘 수 있었다.

"표정을 보면 전 여친이랑 동환 오빠랑 헤어진 일 때문만은 아닌 것 같네."

"알고 있었어?"

"어쩌다 보니. 물론 오빠를 조사하다가 안 건 아니니 오해하지 마."

그렇다면 임동환을 조사했다는 소리였다. 그녀는 시선을 돌리며 말했다.

"무슨 일인지 모르지만 일단은 오빠 맘대로 해. 만약 내가 동환 오빠를 보호해 주고 싶다는 생각이 든다면 그땐 멈춰달라고 부탁할게. 그래도 되지?"

"…그래."

뭔가 어정쩡한 대답이었지만 잊어주겠노라 말까지 한 입장에서 못 들어줄 부탁도 아니었다.

"…교수님? 교수님!"

맨 앞줄에 앉은 배수진의 목소리에 상념에서 벗어났다. 그러고 보니 수업 중에 말을 하다가 딴 생각을 한 것이다.

얼른 정신을 차리고 어디까지 수업을 했는지 살핀 후에 둘러댔다.

"으응, 미안. 말하는 도중에 전에 했던 케이스가 생각나서. 이렇게 된 거 10분간 쉰 후에 다시 하자."

학생들이 우르르 나가고 난 후 두삼은 창밖을 보며 점심 때 일을 떠올렸다.

식사 후 각각 헤어졌는데 얼마 지나지 않아 임동환이 교수실까지 찾아왔다.

그는 문을 쾅! 소리가 나게 닫은 후 소리쳤다.

"야! 한두삼! 꼭 그렇게 치졸하게 나와야겠냐?"

"뭐가?"

"해인이가 내 일을 방해하라고 시키디?"

"…걔가 그 정도로 치졸한 애는 아닌 건 서로 잘 알지 않나?"

"아니, 넌 해인이 걔에 대해 아무것도 몰라. 네가 갑자기 잘나간다니까 급관심을 보였던 거 알기나 해?"

"그런 건 모르겠고 내 눈엔 병원장 사위되려고 옛 애인을 버린 사람밖에 보이지 않는데?"

"이 자식이, 정말!"

정곡이 찔렸는지 그의 귀가 시뻘게졌다.

"네가 빈털터리가 되었다는 걸 알고 이별 통보를 하고 나한테 온 건 주해인이었어!"

"이거 꽤나 충격적이네. 근데 말이야. 해인이는 내가 빈털터리가 된 걸 어떻게 알았지? 섬에서 보건의를 할 때 일어난 일이고 누구에게도 말한 적 없는데."

"그건… 맞아! 해인이가 말해준 거야."

이때 그가 직접적으로든 간접적으로든 관계가 있다는 걸 좀 더 확신을 하게 됐다.

그러나 아직까진 부족했다. 복수를 하게 된다면 그를 확실하게 부숴 버릴 터. 심증만으론 손을 쓰기 곤란했다.

탁!

"드세요. 교수님이 좋아하는 커피예요."

이번에도 상념을 깬 건 배수진이었다. 그녀는 두삼이 좋아하는 믹스 커피를 어디선가 구해왔다.

"고맙다."

"너무 긴장 안 하셔도 돼요."

그녀에겐 긴장한 것처럼 보였나 보다.

'생각은 나중에 하고 수업에 집중하자.'

준비하느라 고생해 놓고 이제 와서 딴생각이라니. 두삼은 커피를 한 모금 마신 후 머릿속을 깨끗하게 정리하고 강단에 섰다.

"잘 쉬었어?"

"네!"

"그럼 이어서 시작하자. 전 시간에 말했듯이 안마는 침구와 마찬가지로 몸에 있는 경락을 자극해서 환자를 낫게 하는 건 똑같아. 그럼 이번엔 장단점에 대해서 알아보자. 단점부터 너희들이 생각해 볼까? 그래, 서희."

여러 명의 학생이 손을 들었는데 두삼은 가장 먼저 손을 든 여학생을 가리켰다.

"다른 사람의 몸을 주물러야 하니 좀 그래요."

"옳은 지적이야. 악력이 부족한 사람에겐 안마과가 맞지 않을 거야. 다음."

"성희롱으로 잘못되는 거 아닌가요?"

"자칫 잘못하다간 치료해 주다가 치한으로 오인받을 수도 있겠네."

다른 학생이 손을 들며 반론을 제기했다.

"치료를 위해 몸을 만지는 건데 치한으로 오인을 받는다면 가슴 성형을 하는 의사도 치한이 되는 겁니까?"

"그건 어떤 의도를 가지고 있느냐에 따라 다른 게 아닐까요? 가령 주무르면서 이런 표정을 짓거나."

또다시 반론을 제기하는 학생은 성인 에로물에 나오는 남자

배우 같은 표정을 지으며 안마를 흉내 냈다.

하하하! 호호호!

"난 단점이라기보다 장점 같은데. 이성의 몸을 만질 수 있잖아."

"으~ 저질! 그런 생각을 하니까 문제가 발생하는 거라고."

"근데 그건 양의학 쪽도 마찬가지 아닌가?"

"그건 그래. 마취로 잠든 환자에게 몹쓸 짓을 했다고 뉴스에 나왔잖아."

두삼의 교양 수업을 듣는 이들은 스무 명.

그래서인지 웃음을 멈춘 후에도 학생들끼리 활발하게 설전을 주고받았다.

두삼은 잠시 그들끼리 논의를 하도록 내버려 두다가 적당한 때 나섰다.

"얘기를 하는 걸 보니 결론은 났지? 결국 치료하는 사람의 마음에 달린 거야. 다른 장단점은 수업을 들으면서 판단하기로 하고 다음은 안마의 방법에 대해서 알아보기로 하자. 사실 이 부분은 주저리주저리 떠드는 것보다 직접 보면서 하는 게 좋겠지. 혹시 친구들을 위해 테스터가 되겠다는 사람 손."

"……."

"아무도 없어? 나중에 후회할 텐데. 내 자랑 같아서 안 하려고 했는데, 나 병원에서 꽤 잘나가는 한의사야. 진맥 받으려면 몇 달은 걸려. 그런데도 없어?"

"저요!"

"제가 할게요!"

그제야 다섯 명이 손을 들었다.

두삼은 슥 훑어보곤 약간 덩치 큰 체형의 남학생, 김우진을 나오게 해서 강단 앞 의자에 앉게 했다.

"자원해 줘서 고마워, 우진 군. 근데 비싼 진맥을 공짜로 받게 되었으니 약간의 부끄러움은 감수해야 한다."

"…혹시 옷을 벗어야 하나요?"

"혹시 머리가 아파? 너의 벗은 모습을 내가 보고 싶어 할 거라 생각하는 거냐?"

"그럼……?"

"네 병에 대한 거."

"그거라면 상관없어요."

"그럼 승낙한 거다."

확답을 받은 두삼은 빙긋 웃곤 학생의 맥을 잡았다. 물론 의식을 분리할 수 있었기에 설명도 함께했다.

"다른 교수님께 들었는지 모르지만 진맥은 한의학에서 병을 판별할 때 사용하는 방법 중 일부다. 혹시 아는 사람?"

배수진 한 사람이 손을 들었다.

"사진(四診)인 망(望), 문(聞), 문(問), 절(切)을 기초로 해요."

"맞다. 각각 뭔지 말할 수 있겠니?"

"망진(望診)은 태도, 움직임, 혈색 등 눈으로 보는 것들로, 문진(聞診)은 환자에게서 나는 소리와 냄새, 즉 청각과 후각을 이용합니다. 문진(問診) 말 그대로 환자에게 궁금함을 묻는 것이고 절진(切診)은 손으로 신체의 특정 부위를 누르거나 두드려서 상태를 유추하는 방법이에요."

"100점짜리 답이다. 박수!"

"오오오! 배수진!"

"역시 수능 한 개 틀린 사람은 달라."

학생들은 배수진을 보며 칭찬했다.

두삼이 알기로 수능에서 한 문제 틀린 것은 그녀가 의도한 것이다.

수능이 끝난 날, 시험을 잘 봤느냐는 질문에 그녀는 하나를 고의로 틀리게 썼다고 당당하게 말했었다. 이유는 방송 매체에 나오기 귀찮아서였던가.

아무튼 난 애는 난 애였다.

두삼 역시 가볍게 박수를 친 후 말을 이었다.

"너희들도 한의사가 될 테니 솔직히 말하마. 양의사가 청진기로 병을 제대로 판단할 수 없는 것처럼 맥이 뛰는 것으로 환자의 병명을 알아낼 수 있는 사람은 거의 없다."

"있긴 있습니까?"

"어디엔가는 있지 않을까."

배수진의 입이 움찔대는 것을 보곤 말하지 말라는 듯 살짝 고개를 흔든 후 계속 강의를 했다.

"아무튼 진맥은 부정확하다. 그러니 진맥으로 모든 걸 알아내겠다고 아등바등하진 마라. 사진으로 추가적인 정보를 얻고 그것도 부족하면 기기의 힘을 빌리면 된다."

내부를 볼 수 있게 되면서 진맥의 능력이 향상된 두삼의 경우도 아직 진맥만으로 정확하게 어디가 잘못됐다고 알 수 없다.

장갑의 힘? 유전으로 인한 각성? 언젠간 능력이 사라질지 모른다는 두려움에 계속 노력하고 있지만 거의 불가능이라 생각하고 있다.

"물론 노력하지 말라는 건 아니다. 맥의 뜀엔 수많은 정보가 나와 있으니까. 자! 진맥을 마쳤다. 손을 들었을 때 망진을 했고 의자에 앉아 있는 동안에 문진까지 완료했다. 과연 얼마나 정확한지 볼까?"

기운으로 내부를 살필 능력을 가르칠 수 있게 된다면 모를까 두삼은 기운으로 내부를 살피지 않고 순수한 사진 능력만 이용했다.

"일단 소양인. 한데 태양인에 가까워. 그래서인지 몸에 열이 많고 땀이 많아. 발볼이 넓은데 운동화를 즐겨 신는 걸 보니 무좀이 있을 거야. 그렇지?"

"…네."

"여기까진 기본적인 상식만 있어도 가능하니 놀랄 필요 없어. 다음으로 가까이 있으면 살짝 곰팡이 냄새가 나. 아마 신체의 은밀한 곳에 습진이 있을 거야."

"……."

"아니면 아니라고 말해. 나도 때론 틀려."

김우진은 얼굴을 찌푸리며 고개를 끄덕였다.

"다음으로 좌우 균형이 맞지 않아. 물론 똑같은 사람이 드물긴 하지만 조금 심해. 1, 2년 만에 만들어진 것 같진 않으니 어릴 때 왼쪽 다리나 골반 쪽을 다쳤을 거야. 그래서 자연스럽게 오른쪽을 더 많이 썼을 테고."

"…마, 맞습니다. 초등학교 때 자전거를 타다가 교통사고를 당해 왼쪽 골반을 다쳤었어요."

두삼이 얘기를 하면 할수록 김우진은 마치 귀신을 보는 듯 봤다.

"마지막으로 너, 단 거 끊어. 잘 움직이지도 않는 녀석이 단거 많이 먹으면 피가 진득진득해져서 잘못하면 한순간에 가는수가 있어."

"…알겠습니다."

"좋아. 내 진맥에 대한 너의 점수는?"

"100점입니다."

와아~ 짝짝짝!

신입생들에겐 신기해 보였는지 그들은 열정적으로 환호를 보내며 박수를 쳤다.

나쁘지 않은 기분이다.

"녀석들. 대부분의 교수님들도 다 가능한 일이야. 그래도 100점을 줬으니 간단히 치료를 해줘야겠지? 신발 벗어라."

수업에 들어오기 전에 구석에 갖다 둔 족욕기를 가지고 왔다.

"20분쯤 해야 하는데 수업 중이니까 5분만 해. 무좀과 습진에좋은 입욕제 줄 테니까 집에 가서는 20분씩 하고."

"네."

5분간 학생들과 얘기를 주고받다가 시간이 되어서 무릎을 꿇었다.

"제, 제가 닦겠습니다."

"넌 지금 환자야."

두삼은 그의 발을 닦아준 후 학생들이 보기 쉽게 옆으로 비커 앉았다.

"발마사지가 좋다는 건 다들 한 번씩은 들어봤을 거야. 왜 발마사지를 받는데 몸이 건강해지는 기분일까?"

"혈액 순환이 좋아져서요."

"한의학과 학생답게 답을 해야지."

"발의 혈과 맥을 자극하면 몸 전체가 자극되는 효과가 있는… 건가요?"

"90점. 자신감이 부족해서 10점 뺐다. 과대표 말처럼 발엔 밝혀진 혈과 맥 이외에도 많은 혈과 맥이 있다. 그러한 반사구를 자극함으로써 몸 전체가 좋아지는 효과가 나타나는 거야. 가령 소화가 안 될 때 엄지와 검지 사이의 합곡혈을 꾹꾹 누른다는 건 알고 있지?"

"네!"

"물론 가장 근처에 있는 혈을 자극하는 게 제일 좋겠지만 소화 안 된다고 배에 손을 집어넣고 누르는 건 보기 흉하잖아. 아무튼 발, 손, 귀, 머리 등 많은 반사구가 있는데 그것에 대해선 천천히 알아보기로 하고 오늘은 발 반사구와 몸의 균형을 잡는 자세에 대해서 간단히 알아보자."

간단히 알아보자고 한 건 발에 대한 수업만으로도 한 학기를 때울 수 있기 때문이다.

"나중에 너희들이 혈에 대해서 공부하고 혈 자리를 외우다 보면 머리가 아플 거다. 그땐 서로서로 발마사지를 해주면 좋을 거야. 여기 발가락 끝을 지그시 눌러봐. 그럼 몽글몽글한 것이 있는 느낌이 들 거야. 우진이 이 녀석 요즘 좋아하는 여자라도 생겼냐? 고민이 얼마나 많기에 이렇게 노폐물이 많은 거야?"

적당한 농담을 하며 강의를 했고 학생들의 반응은 꽤 좋았다.

몸의 균형을 잡는 자세까지 단체로 실습을 시킨 후에야 수업을 끝냈다.

"오늘은 여기까지. 다음 주에 몸의 균형 잡는 거 실습 다시 해볼 테니까 열심히들 연습해."

"네에~"

"수업 끝난 게 그렇게 좋으냐? 대답 소리가 다르네."

"헤헤헤! 근데 교수님, 오늘 저녁에 뭐 하세요?"

과대표인 전경현이 물었다.

"왜? 배고프냐?"

"그게 아니라 교수님이랑 같이 술을 마신 적이 없잖아요. 그래서… 헤헤헤!"

듣자 하니 교수와 조교수, 조교들이 선배 코스프레를 한다는 걸 알면서도 막 비싼 걸 사달라거나 염치없이 구는 학생은 아직까진 없었다.

"그러자. 이왕이면 저녁이랑 같이 먹을 수 있는 곳으로 골라라."

"옙! 알겠습니다! 장소 정해지면 연락드리겠습니다."

"그래. 좀 이따 보자."

위에서 시켜서 하는 일임에도 학생들과 함께 어울릴 걸 생각하니 기분이 좋았다.

*   *   *

과대표가 선택한 음식점은 학교 후문 근처에 있는 제법 큰 삼겹살집이었다.

　최근 내부 수리를 했는지 깔끔했는데 손님이 술이나 안주를 갖다먹는 모습을 보니 학교 근처마다 몇 곳씩은 있는 인심 좋은 음식점처럼 보였다.

　막 큰 쟁반에 음식을 담아 가던 아주머니가 물었다.

　"어느 과?"

　"한의학과요."

　"저쪽으로 가서 우측으로 가면 방 있어."

　"감사합니다."

　"감사는 무슨. 우리 집 찾아준 학생한테 내가 고맙지. 한의학과면 이번에 새로 생긴 과 맞지? 선배 없으면 안 좋은 점이 많아. 이럴 때도 제 돈 내고 먹어야 하잖아. 아무튼 먹다가 부족하면 말해. 내가 꽉꽉 서비스 줄게."

　"네, 이모."

　"아! 내 정신 좀 봐. 이걸 들고 뭐 하는 거니."

　후다닥 테이블로 가는 아주머니. 가게 주인인가 본데 말하면서도 푸근하게 웃는 것이 정겹게 느껴졌다.

　아재 같은 생각인지 모르지만 괜찮은 곳을 선택했다고 생각하며 학생들이 있는 곳으로 갔다.

　열다섯 명의 학생들이 먹을 준비를 하고 기다리고 있었다.

　"오셨습니까, 교수님."

　"왜 안 먹고 있어?"

"교수님도 안 오셨는데 먹을 수 있나요."

"혹시나 다음부턴 그런 거 신경 쓰지 말고 먼저 먹고 있어. 내가 늦으면 계속 굶을 생각이냐?"

"하하. 적당한 때 먹었을 겁니다."

"근데 이게 다인가?"

"융합이론 듣는 애들은 옥 선생님이랑 먹는답니다."

"그래? 몇 명이 비는 이유를 알겠네."

"비는 애들은 다른 일이 있어서 갔어요."

"농담이다. 자자! 다들 얼른 먹자."

"잘 먹겠습니다!"

"하하! 양껏들 먹으렴."

숟가락을 들자마자 기다림에 지친 아이들은 본격적으로 고기를 굽기 시작했다.

학생들이 열심히 먹는 모습만 봐도 흐뭇해지는 것이 나이가 든 모양이다.

"교수님, 한 잔 받으세요."

"고맙다. 너도 받아라."

그저 흐뭇해서 쳐다보는데 눈이 마주친 애들은 의무감이 생겨서인지 한 잔씩 따라줬다.

"이모! 여기 고기랑 술 더 주세요."

"야야! 너무 빨리 달리지 마. 술도 약한 녀석이 왜 그렇게 빨리 마시냐."

"어떻게 굽자마자 고기가 사라지냐. 고기 굽는 사람 생각 좀 해줘라. 야! 그거 덜 익었어!"

짧은 기간이지만 병원 측의 노력이 통했는지 학생들끼리 제법 친해져 있었다. 어쩌면 학생들 스스로의 노력인지도 모르겠다.

어느 쪽이든 지켜보는 입장에선 보기 좋았다.

"많이 흐뭇하신가 봐요?"

언제 왔는지 옆에 배수진이 앉아 있었는데 술 대신 콜라를 마시고 있었다.

"옛 생각이 나서 그런 거야."

"옛 생각이라기엔 그리 오래된 건 아니지 않나요?"

"그건 그렇지. 근데 막상 떠올려 보면 너무 옛날 일 같아. 아저씨가 되어가나 봐. 아니, 이미 아저씨인가? 하하하!"

"교수님을 누가 아저씨로 보겠어요. 복장까지 캐주얼하게 입으니 우리 또래 같아요."

"후후! 칭찬 고맙다. 근데 술은 안 되는 거 알지?"

"칫! 한 잔만 하겠다고 할 걸 어떻게 아셨지?"

"내가 널 모를까. 마시고 싶을 때 척수 신경이 잘못 연결되는 걸 상상해. 그럼 술은 입에 대기도 싫을걸."

"피이~"

배수진은 아랫입술을 내밀며 불만을 표했다. 한데 그 모습이 예전에는 보지 못했던 귀여운 표정이다. 게다가 자세히 보니 화장까지 했다.

'좋아하는 남자가 생겼나? 혹시? 에이~ 그럴 리가 없지.'

교수실에 꽃을 갖다 두거나 음료수를 건네는 건 치료해 준 것에 대한 고마움 때문일 것이다.

"세라는 잘 지낸다니?"

허세라는 고구려대 경영학과에 입학했다.

"요즘은 서로 바빠서 가끔 통화만 해요. 걔네 아빠가 입학과 동시에 본격적으로 별도의 공부를 시키고 있어서 죽을 맛인가 봐요. 웬 이상한 파티에 나가는 게 제일 곤욕이래요."

"가진 걸 지키려면 어쩔 수 없지. 고기 먹어. 생각보다 많은 에너지를 소모하고 있어서 단백질과 지방 섭취는 필수야."

"…교수님 우리 아빠 같은 거 알아요?"

"내가 첫사랑에 실패만 하지 않았어도… 아니, 성공했어도 너만 한 딸은 없었겠다."

"…웃기네요."

젊은 사람들과 어울리면 젊어진다는 말이 있다. 아마도 그들의 젊은 기운에 동조가 되면서 마치 그때로 돌아간 듯한 느낌을 받아서가 아닐까 싶다.

술자리가 길어지자 두삼은 학생들과 어울려 떠들썩하게 놀았다.

근데 분위기가 좋다 보니 전체적으로 목소리가 커졌을까 한쪽에서 큰소리가 들려왔다.

"거 좀, 조용히 합시다! 가게에 당신들만 있는 거 아니잖아요!"

"……!"

취기와 짜증이 섞인 목소리에 이제 갓 1학년이 된 학생들은 얼어붙었다.

아무리 술자리 문화가 바뀌었다고 해도 신입생들이 단체로 모이는 자리는 여전히 시끄러웠다. 대학생이라면 자신들도 과거 대부분 했던 일이기에 이해하고 넘어가는데 반드시 그러라는 법은 없었다.

조금 어이없는 상황이었지만 소리를 친 사람도 손님이었기에
양해를 구할 필요가 있었다.

"내가 잘 얘기하고 올 테니까, 일단 조금 목소리 낮춰서 얘기
하고 있어."

"교수님, 저도 가겠습니다!"

덩치 큰 김우진이 싸운다면 자신도 한 팔 거들겠다는 듯 나섰
다.

"싸우러 가는 거 아니거든. 그리고 설령 그렇다고 해도 나 혼
자 충분해. 그러니 앉아서 술 먹어."

다독이고 신발을 신는데 다시 소리가 들렸다.

"졸업해 봐야 돌팔이가 되는 학과에 입학한 게 뭐가 자랑이라
고 떠드는 건지."

"…작정하고 시비를 거는 건가?"

낮게 중얼거리는 두삼의 인상을 딱딱하게 굳었다.

일부 양의사들이 한의사를 폄훼할 때 돌팔이라고 말했다. 그
리고 그들 중 극단적인 사람들의 경우는 아예 사기꾼을 양성하
는 한의사 제도를 없애자고 말한다.

물론 그러한 주장을 하는 이들은 극히 일부에 불과해서 매체
를 통해서만 봤지 실제로 만난 적은 없었다.

설령 만났다고 해도 대놓고 돌팔이, 사기꾼이라고 하는 이들
이 몇 명이나 있을까.

그 어려운 확률을 뚫고 오늘 만난 것이다.

어떻게 해야 하나 고민하고 있는데 같은 일행인 듯한 남자가

말리는 소리가 들렸다.

"정기세, 너 미쳤냐? 어떻게 그런 생각을 해?"

"내 말이 틀렸어요? 다들 배워서 알잖아요. 한의학이 얼마나 엉터리인지."

"인마, 경 교수님 말은 그냥 듣고 흘리랬잖아. 실제 너도 병원에 와봐. 한의사 중에 엄청난 사람도 많아."

"뭐가 엄청나다는 건데요? 아하~ 말발은 죽이겠네. 사기 치려면 말발은 필수잖아요."

"애들아! 술값 계산할 테니까, 저 자식 빨리 데리고 나가."

"이거 안 놔! 이것들이 빠져가지고 감히 하느님과 동기 동창인 선배의 몸에 손을 대려 하네? 내일 집합 한번 할까?"

정기세가 후배들의 손을 뿌리치며 지랄을 할 때 그들의 테이블로 갔다.

그는 '넌 뭐냐?'라는 표정으로 봤지만 무시하고 사과를 먼저 했다.

"소란스럽게 해서 미안합니다."

"알면 됐어요. 혼자 사는 사회도 아닌데 조용조용 삽시다. 네?"

"그러죠. 그럼 이제 당신도 한의사를 모욕한 것에 대해 사과를 하시죠."

"…에?"

"아직 의사 자격도 없는 사람이, 아니, 설령 있다고 해도 한의사를 돌팔이 운운하는 건 우습지 않아요?"

"…안 우스운데? 어이~ 신입생. 그건 모욕이 아니라 사실이고 충고야. 성적이 부족하면 재수, 삼수를 해서라도 의대로 다시 진학해. 어차피 비슷한 시간을 공부해서 돌팔이라는 소리 들으면 좋겠어?"

"반말은 하지 않았으면 좋겠군요. 그리고 돌팔이에 대해 사과하세요."

"하! 안 하면 어쩔 건데? 왜 덤비기라도 하려고?"

"싸울 생각 없어요. 다만……."

경고를 하려는데 계산을 하러갔던 정기세의 선배가 돌아왔다. 한데 그는 두삼을 보자 크게 놀라며 말했다.

"하, 한 선생님!"

"응? 작년에 논산 응급실에 있던 강수호 인턴 맞지?"

"예, 선생님. 성형외과 T.O가 없어서 걱정했는데 선생님이 말씀 잘해주셨다면서요? 그래서 성형외과에서 레지던트 시작했습니다. 감사합니다!"

가장 인기 있는 과가 성형외과다. 자연 지원자가 많으니 가려 뽑을 수밖에 없었다.

논산에서 우연찮게 그의 고민을 듣고 열심히 하는 모습에 나름 인맥을 이용해 그를 성형외과 레지던트로 꽂아줬다.

"그야 강 선생님 열심히 하는 모습을 봤으니까. 마침 아는 분도 계셨고. 근데 사람 만나는 건 그렇지 않나 봐? 유유상종이라고 했는데… 괜히 걱정스럽네."

"…안에 계셨습니까?"

"응. 신입생들과 한잔하고 있었지."

"죄송합니다! 선생님."

"강 선생이 사과할 일이 아니지. 근데 이 후배분은 전혀 사과할 마음이 없어 보이네."

두삼은 강수호와 얘기를 마치고 정기세를 돌아보았다. 상황이 이상하게 돌아간다고 생각했는지 당황한 표정을 짓고 있었지만 눈빛은 전혀 승복을 하지 않고 있었다.

"정기세! 빨리 사과 안 드려? 한강대학병원 한방센터 선생님이셔."

"……."

"됐어. 억지 사과받을 생각 없어. 좀 전에 사과하지 않으면 어떻게 할 거냐고 물었죠? 말해줄게요. 난 이번 일을 공론화시킬 겁니다. 그래서 학생이 졸업하고 한강대학병원에서 수련의 생활을 하는 걸 절대적으로 막을 겁니다. 이제 할 마음이 생겼어요?"

"……."

정기세의 이성은 당장 사과하라고 말하고 있었다. 그러나 감성은 제까짓 게 뭔데 협박이냐고 반발했다.

'경 교수님도 계시고, 아버지도 계신데 설마 무슨 일이 있겠어.'

술기운 때문이었을까, 결국 감성이 이성을 눌렀다. 그는 사과하지 않고 입을 굳게 다물었다.

"좋아요. 뭔가 믿는 구석이 있나 보네요. 한 번의 기회를 더 주죠. 내일까지 학교 게시판에 공식적인 사과를 하고 내 제자들에게 사과를 해요. 그것조차 거부하면 그땐 더 이상의 기회는 없습니다."

두삼은 그 말을 끝으로 돌아섰다. 자리로 돌아가는 두삼을 보며 정기세는 낮게 중얼거렸다.

"돌팔이 주제에 어디서 나이 많다고 꼰대질이야, 꼰대질이!"

그 소리를 들은 강수호는 얼굴을 구기며 말했다.

"너 진짜 상종 못 할 놈이구나!"

"아! 형! 내가 뭘?"

"형이라 부르지도 마, 이 자식아! 교수님한테도 그렇게 버릇없이 구는데 나중에 나한테 기분 나쁘면 어떻게 굴지 뻔하다. 진짜 내가 5년간 인연 때문에 마지막으로 말해주는데 괜스레 경교수님이랑 너희 아버지 믿고 개기지 말고 당장 가서 무릎 꿇고 빌어."

"내가 미쳤어! 저 딴 사람한테? 죽어도 못 해!"

"쯧! 병신. 우물 안에 개구리가 따로 없네. 네 맘대로 해라. 나중에 다른 병원에서 수련의 생활한다고 울지나 마라. 혹시 너희들도 한의사들에 대해 이 자식이랑 같은 생각이냐?"

강수호는 다른 후배들에게 물었다.

"아, 아뇨!"

"그렇다면 다행이고. 혹시나 후배들 중에 그런 녀석들 있으면 내색하지 말고 속으로만 생각하라고 해. 특히 조금 전 본 한 선생님 앞에선 절대 그딴 소리 하지 마라."

"…알겠어요, 형."

"생각해 봐. 나이 서른 중반에 교수야. 아무리 신생학과라고 해도 우리 한강대학교의 정교수! 그게 뭘 의미하는지 모른다면 더 할 말 없다."

강수호는 마지막으로 정기세를 향해 말을 한 후 돌아섰고 후배들도 쭈뼛거리다가 그를 따라가 버렸다.

"…씨발, 지를 성형외과에 꽂아줬다고 편드는 거야 뭐야. 그래, 가라 가!"

투덜대긴 했지만 아까처럼 큰소리로 말하진 못했다. 생각해 보니 젊은 나이에 교수가 됐다는 건 그만큼 배경이든, 실력이든 좋다는 뜻이었다.

그래서인지 갑자기 불안해졌다.

두삼의 말처럼 되어서 다른 병원에서 인턴 생활을 하게 된다면 최악이었다.

'아무래도 안 되겠어. 일단 아버지랑 경 교수님한테 연락을 드려야겠어.'

정기세의 머릿속엔 '사과'라는 단어가 없는지 상황을 점점 복잡하게 만들었다.

*   *   *

토요일, 두삼은 오전에 뇌전증 환자를 치료했기에 외래 진료가 없었다.

뇌전증 환자를 치료하고 암센터로 가기 전 진료실로 내려와 컴퓨터를 켰다. 한강대학교 게시판을 확인하던 두삼은 미간을 찌푸렸다.

"결국 안 올렸다 이거지?"

만일 혼자 겪은 일이었다면 그냥 넘어갈 수도 있었을 것이다. 그러나 이제 막 시작하는 신입생이 함께 들은 터라 그냥 넘어가면 두고두고 상처가 될 가능성이 높았다.

"자부심을 건드렸으니 그에 상응하는 대가를 받는 게 당연한 거지."

두삼은 진료실에서 나가 접수대의 도 간호사에게 물었다.

"이 선생님 진료 중이세요?"

"아뇨. 지금 한창 꽃단장 중이실 거예요."

"성 선생님과 데이트하시나 보군요?"

"요즘 매일같이 저러시는 거 보면 조만간 국수 먹는 거 아닌지 모르겠어요."

"그렇게 됐으면 좋겠네요. 근데 도 간호사님은 퇴근 준비 안 하세요?"

"오늘은 당직이에요."

"어? 그젠가 서지 않았어요?"

"오늘은 대타요. 전 간호사 데이트한대요."

"봄바람이 부네요."

"호호! 그건 선생님도 마찬가지잖아요."

아니라곤 못 하겠다.

안으로 들어가자 양복을 쫙 빼입은 이방익이 거울 앞에서 풍성함과는 거리가 먼머리를 매만지고 있었다.

"또 맛집 탐방 가는 거예요?"

"응. 성 선생도 요즘 식도락에 푹 빠졌거든."

"선생님께 빠진 건 아니고요?"

"그렇게 해석이 되는 건가? 하하하! 무슨 일인지 모르지만 오늘은 기분 좋게 나가고 싶으니 다음 주에 하는 게 어때?"

"…제가 무슨 말을 할지 알고요?"

"내용은 모르지만 썩 좋을 것 같지 않다는 건 알지. 엘튼 그 녀석이야 시도 때도 없이 들어와서 미주알고주알 하지만, 한 선생은 다르잖아."

"자주자주 와야겠군요. 그럼 월요일 날 오겠습니다. 그나저나 두피 관리 좀 받으셔야겠어요."

"나름 하고 있는데 안 되네. 두피 관리 받는 곳에 가자니 자존심도 상하고."

"전문가에게 맡기는 게 좋죠. 제가 볼 땐 식도락으로 먹는 음식 때문인 것 같네요."

"한 선생 생각도 그렇지? 나도 생각해 봤는데 식도락은 도저히 포기 못 하겠더라."

"하하! 그러실 것 같았어요. 제가 시간 날 때 마사지해 드릴게요. 장가는 가셔야죠."

"눈물겹도록 고맙네. 근데 무슨 일인데?"

"월요일 날 들으신다면서요?"

"안 들으면 궁금해서 주말 내내 도대체 무슨 일일까 생각날 것 같아."

두삼은 피식 웃곤 목요일 날 있었던 일을 말했다.

이방익은 얘기가 끝나자 잔뜩 화가 나 소리쳤다.

"이런 썩을 놈의 새끼! 어린놈이 못된 것만 배워서는. 내가 있었으면 곤죽을 만들어놨을 텐데. 한 선생은 그 얘기를 듣고 가만히 있었어?"

"애들 앞에서 싸울 순 없잖아요. 그래서 경고만 해주고 왔죠."

"아무튼 자네가 나에게 얘기하고 있다는 건 결국 사과하지 않았다는 얘기군."

"그렇죠."

"이번 기회에 두 번 다시 그딴 소리 나오지 않게 본때를 보여야겠어. 월요일 날 센터 회의 때 안건으로 넣어야겠어. 자넨 혹시 모르니 밖에서 대기하고."

"알겠습니다. 데이트 잘하세요. 전 얼른 점심 먹고 또 일해야죠."

"암센터?"

"그렇죠. 하하!"

"능력이 좋아도 문제군."

본관 푸드코트에서 밥을 먹고 암센터로 갔다.

한데 여기도 봄인 사람이 있었다. 아담하고 귀엽게 생긴 백희정이 다가오며 인사했다.

"한 선생님! 식사는 하셨어요?"

"응. 백 선생은?"

"전 퇴근하면서 먹으려고요."

"상윤이가 수술 중인가 보네?"

"후후! 바로 아시네요."

"근데 백 선생은 왜 안 들어갔어?"

"집도의가 레지던트 3년 차 선생이거든요. 퍼스트 서고 있어요. 환자 보려고요?"

"그래야지."

"매일처럼 확인하지 않아도 되는데 부지런하세요."

"짧은 회진이지만 하루가 소중한 환자에게 안도감을 줄 수 있잖아."

"멋지시네요."

"솔직히 마음 놓고 주말을 보내려고 그러는 거야."

"그런 마음이 없다면 사람이 아니죠. 아무튼 선생님의 정성이 통했나 봐요. 첫 검사 결과가 나왔어요. 이 선생님이 전해 드리랬어요."

"응? 웬 검사를 벌써 해?"

"센터장님 지시 사항이래요."

아무래도 환자를 보낸 건 이상윤이 말한 것처럼 센터장이 관여한 일인 모양이다.

두삼은 태블릿을 이용해 환자의 기록을 살폈다. 그녀의 말처럼 새로운 검사 기록이 올라와 있었다.

전의 사진과 새로 찍은 암의 사진을 비교해 봤지만 솔직히 두삼의 눈엔 큰 차이가 없어 보였다.

한데 암센터의 의사들에겐 다르게 보이나 보다.

"악성 종양의 성장이 멈췄다는 게 중론이에요. 한방색전술 진짜 신기해요."

"그런가? 솔직히 크기를 염두에 두고 있는 건 아니라서 잘 모르겠다."

"호호! 저도 잘 모르겠어요. 다만 이 선생님이랑 전의 담당 선생님이랑 얘기하는 걸 들으니 그렇다고 하더라고요."

"전문가들이 더 잘 알겠지. 근데 환자들에겐 괜한 소릴 하지 말라고 담당 레지던트와 간호사에게 전해줘."

어설픈 희망은 아직까지 두삼에게 부담이다.

"당연히 그러겠지만 환자들이 눈치채는 건 저희가 어쩌지 못해요."

"무슨 말이야?"

"들어가 보세요. 호호! 전 할 일을 마쳤으니 퇴근 준비하러 갈게요."

재미있다는 듯 웃으며 떠나는 백희정을 보고 고개를 절레절레 흔들었다.

"저 커플은 날 놀리는 재미에 사는 건지."

자신도 가끔 놀리니 할 말은 없지만 뭔가 손해 보는 느낌이다.

줄줄이 이어진 3개의 병실.

두삼이 보고 있는 환자들을 모두 모아둔 곳이다. 첫 번째 병실은 2인실로 하병국과 이현종이 같이 방을 쓰고 있었다.

"선생님 어서 오세요!"

"주말에도 고생이 많으세요."

두 환자의 어머니들은 오늘 왠지 기분이 좋아 보였는데 한 침대에서 마주 앉아 보드게임을 하고 있는 이현종과 하병국을 보고 나서야 이유를 알 수 있었다.

"어! 현종 씨, 앉을 수 있게 됐네요?"

"어제 검사를 받다가 갑자기 상체와 오른쪽 팔을 쓸 수 있게 됐어요."

"병국이도 쩌릿쩌릿한 느낌이 없어졌다고 기분이 좋아졌어요."

"그렇게 보이네요."

조금 전 백희정이 왜 웃었는지 이제야 이해가 됐다. 이런데 괜한 소리 하지 말라고 했으니 웃지.

"현종 씨, 진료해 볼게요."

"아! 서생님 오셔써요. 제송해요. 지중하느라 온지도 모라써요."

"얼굴도 많이 풀렸네요?"

"네. 갑자기 말… 도 자라게 돼써요."

"그러네요."

일단 잘됐다는 말은 아꼈다. 악화되면서 일시적으로 일어나는 일일 수도 있었기 때문이다. 하지만 내부를 살핀 결과 기우에 불과했다.

빠르게 자라나던 암 덩어리가 영양분을 흡수하지 못하자 자란 속도 만큼 더욱 빠르게 시들고(?) 있었다. 그래서 불과 며칠 만에 짓눌려 있던 척수신경에 약간 여유가 생겼다.

'음, 이렇게 빠른 건 처음인데… 좋아해야 하는 건가? 모르겠군.'

솔직히 케이스가 2건에 불과해서 이렇게 빠른 변화가 과연 호전되는 증상인지 확신을 할 수가 없었다.

"암의 성장이 멈췄네요."

"역시 그렇죠, 선생님?"

이현종의 어머니는 눈물까지 글썽거리며 기뻐했다.

"제가 많은 케이스를 접해봤다면 좋다, 나쁘다를 확실하게 말씀드릴 수 있을 텐데. 현재는 일단 차분히 지켜보는 게 먼저일 것 같아요."

"네네! 물론이죠. 절대 부담드리려는 거 아니에요. 나빠지기만 하다가 좋아져서 저도 모르게……."

"긍정적으로 보는 건 좋은 거죠. 병국아, 선생님이 머리에 손 좀 올릴게?"

"네~ 선생님. 현종 형아는 몸이 좋아졌고 전 찌릿찌릿하면서 몸이 멍해지는 느낌이 사라졌어요."

"하하! 그래? 그거 잘됐다. 두 사람이 한 방에서 즐겁게 지내서 그런가 보다."

"근데 형아가 보드게임 끝나고 나면 피자 사준다고 했는데 먹어도 괜찮아요?"

"그럼! 먹고 싶은 거 마음대로 먹어도 돼. 단, 너무 많이 먹진 말고. 말이 나온 김에 선생님이 사줄까?"

"다음에요. 오늘은 형아가 사주는 거 먹을게요."

"그럼 그렇게 해."

머리를 쓰다듬어 주면서 하병국의 종양을 살폈다.

이현종과 달리 하병국의 상태는 눈에 띄는 정도는 아니었다.

'똑같은 색전술인데 진척에 차이가 나는 건 무엇 때문일까? 체질? 혹시 다른 이유가 있진 않을까?'

옥지혜의 논문을 돕고, 교수라는 타이틀을 얻게 되면서 두삼은 자신의 한의학을 좀 더 체계적으로 생각하기 시작했다.

전엔 눈앞의 환자를 치료하기에만 급급했다면, 이젠 현재 치료하는 환자를 통해 미래에 마주하게 될 환자들을 더 효과적으로 치료하기 위해 고민하고 있었다. 그리고 할아버지의 진료 기록처럼 본인만의 진료 기록을 하나하나 기록 중이다.

아직은 체계가 잡히지 않고 어설펐지만 언젠가 그의 할아버지가 그랬듯이 누군가를 위해 남겨줄 수 있는 기록을 만들 것이다.

*   *   *

한강대학병원의 의사들은 월요일 아침을 일찍 시작한다. 높은 직급일수록 더 일찍 시작하는데 이유는 각종 회의 때문이었다.

센터장 회의, 과장 회의, 과 회의까지 해야 하니 7시까지 출근을 해도 진료 시간을 맞추기가 빠듯했다.

어디 그뿐이랴. 레퍼런스, 임시 회의, 긴급회의, 월말 회의, 분기 회의 등등 워낙 다양한 회의가 있다 보니 다른 날로 미루기도 어려웠다.

두삼은 평소보다 일찍 나와 센터의 과장 회의가 열리고 있는 회의실 앞 의자에 앉아 있었다.

"하암~"

회의 진행에 따라 들어가지 않을 수도 있었기에 긴장감 없이 하품을 했다.

스마트폰 보기도 지겨웠기에 시선은 문 앞을 지키고 있는 경호원들에게 갔다.

두 명 중 오른쪽에 있는 40대 초반의 경호원은 눈이 마주치자 살짝 고개를 숙였다.

두삼 역시 인사를 꾸벅한 후 물었다.

"서 있기 힘들지 않으세요?"

"직업이잖습니까."

간단하지만 더 이상 추가적인 설명이 필요 없는 답이었다.

"다른 건 아니고 제가 한의사거든요."

"알고 있습니다. 안마과의 한두삼 선생님이잖습니까."

"그걸 어떻게?"

"지난번 불청객을 처리한 게 저희 팀이었습니다."

"아! 그러시군요. 감사 인사도 제대로 못 드렸네요. 늦었지만 감사합니다."

"…아닙니다. 회식하라고 봉투를 주셨잖습니까. 그때 잘 먹었습니다."

"생명의 은인에게 당연하죠. 하하! 정식으로 인사드리겠습니다. 한두삼입니다."

"천하룡입니다. 옆에 있는 친구는 고운택이고요."

"앞으로도 잘 부탁드려요. 근데 천 팀장님, 혹시 왼쪽 다리 이상하지 않으세요?"

"군 시절 헬기레펠을 하다가 발목을 다쳤습니다. 근데 그건 왜?"

"음… 그럼 꽤 진행이 된 모양이네요. 잠깐 다리 좀 만져봐도 될까요?"

"……."

천하룡이 대답을 하기도 전에 두삼은 그의 왼쪽 다리를 이리저리 만졌다. 누가 보면 이상한 놈으로 오해할 장면이었지만 두삼은 살피는 데 집중했다.

"무릎이랑 고관절이 아프지 않아요?"

"오래 서 있으면 조금……."

"혹시 걷다가 갑자기 다리에 힘이 빠진다거나 하는 이상 증상은요?"

"가끔 있어요."

"이렇게 말이죠?"

"악!"

두삼이 그의 무릎 부근을 꾹 누르자 그는 뾰족한 비명과 함께 몸이 왼쪽으로 기울었다. 이미 예상을 하고 있었기에 그의 골반을 잡아 쓰러지지 않게 했다.

"…갑자기 이러시면 어떻게 합니까?"

"아! 죄송해요. 조금 아프다고 해서 테스트했는데 상태가 생각보다 더 안 좋네요. 참을성이 있는 것도 좋지만 병을 키우는 건 미련한 짓이에요."

"…병원에 가봤습니다. 한데 딱히 이상이 없다고 하더군요."

"양의학에선 찾기 힘들죠. 발목을 다쳤을 때 걸음이 바뀌면서 근육이 신경을 누르는 식으로 발달됐어요. 보름 정도 치료받으면 괜찮아질 테니 시간될 때 안마과에 꼭 들러요."

"알겠습니다. 근데… 원래 아픈 사람을 보면 이런 식이십니까?"

"아뇨. 공원에 산책 가면 한두 군데 안 아픈 사람들이 없어요. 그때마다 이러면 제가 못 살죠."

"근데 저에겐 왜……?"

"식구잖아요. 한 공간에서 함께 일하는. 심심하기도 했고요. 아! 들어가 봐야겠네요. 수고하세요."

마침 회의실 문이 열리며 이방익이 들어오라고 손짓했다.

두삼은 옷매무새를 바로 하고 안으로 들어갔다.

문이 닫히자 조용히 있던 고운택이 긴장하고 있던 몸을 풀며 말했다.

"참 대단한 사람이지 않습니까? 어떻게 서 있는 거만 보고 팀장님이 아픈 걸 단번에 알았을까요?"

"그러니 주요 보호 인물에 꼽혔겠지."

"힉! 진짜요? 대박! 주요 보호 인물이면 병원에서 10명도 안 되잖아요?"

주요 보호 인물이라고 해서 24시간 감시하며 보호하는 건 아니다. 그저 혹시 모를 천재지변이나 사고가 병원에서 발생하면 가장 먼저 보호해야 할 사람 정도.

그러나 상징적인 면에선 달랐다. 병원에서 가장 중요한 10명 중에 한 명이라는 의미니 말이다.

"그렇지. 그동안 원장님이 저 젊은 의사를 왜 그렇게 아끼나 했는데 오늘 보니 이해가 되네."

천하룡은 5년 넘게 자신을 괴롭혔던 다리를 보며 중얼거렸다.

*   *   *

"허허! 좋은 아침이네. 자네를 회의실에서 보는 게 얼마 만인지 모르겠군."

안으로 들어간 두삼이 인사를 하자 고웅섭이 대표로 말했다.

한데 회의에 참석 좀 하라는 뼈가 담긴 말 같아 살짝 찔렸다.

두삼은 웬만한 회의는 치료를 핑계 삼아 거의 참석하지 않았다. 그래서 핑계를 조금 보태서 답을 했다.

"앞으로는 일을 조금 줄여서라도 참석하도록 노력하겠습니다."

"아닐세. 환자를 고치는 것보다 중요한 일이 있겠나. 아무튼 이방익 선생에게 자초지종은 들었네만 자네에게 직접 듣고 싶어 불렀네."

"괜스레 일을 만든 건 아닌지 모르겠습니다."

"이런 일은 우리 과 학생들을 위해서라도 반드시 짚고 넘어가야지. 말하게."

"음, 알겠습니다. 그러니까 목요일 밤이었습니다. 수업을 끝내고 학생들과 식사 겸 술을 마시는데……."

자신이 본 그대로 가감 없이 말을 했다.

말을 하는 동안 과장들의 얼굴엔 분노와 불쾌감이 번졌다. 그리고 말을 끝내자 웬만해선 웃어넘기는 침구과의 장인규 과장이 침통한 목소리로 말했다.

"허어~ 아무리 학생이라고 해도 해서는 안 되는 말이 있는 법인데……."

그의 말을 시작으로 과장들이 하나씩 자신의 의견을 피력했다.

"두 번 다시 그런 헛소리를 하지 못하도록 일벌백계해야 한다고 생각합니다."

"철없는 학생이 술김에 한 얘기입니다. 그저 한 선생 말처럼 우리 병원에서 수련의 생활을 못 하게 하는 정도가 적당하다고 봅니다."

"아직 공부를 시작하지도 않은 신입생들 앞에서 그런 말을 한 것도 괘씸하지만 교수로 재직 중인 한 선생을 보고도 사과하지 않은 것은 더욱 용서가 안 됩니다. 우리 한의학 교수들을 똥으로 보는 거잖습니까."

"하필 비유를 하셔도… 아무튼 사과할 기회는 두 번이나 줬어요. 그럼에도 불구하고 아직까지 사과를 하지 않았다는 건 정상 참작할 여지가 없다고 생각해요."

처벌 수위에 대한 얘기가 오갈 뿐, 과장들은 한의사의 자존심을 뭉갠 정기세를 용서할 생각이 없어 보였다.

자신들의 그동안의 삶을 부정당하는 말을 들었는데 왜 그렇지 않을까.

그때 고웅섭 센터장이 나섰다.

"자자! 흥분들 가라앉히세요. 저도 마음 같아선 혼쭐을 내주고 싶은데 처벌은 쉽지 않을 겁니다."

탁!

과장 중 한 명이 탁자를 치며 소리쳤다.

"처벌이 쉽지 않으면 이대로 넘기자는 겁니까?"

"그냥 넘기자는 말이 아닙니다. 한계가 있다는 거죠."

"한계를 넘는 말을 한 건 그 학생입니다. 아까 이 선생님이 말한 것처럼 일벌백계해야 합니다."

"맞아요! 적어도 두 번 다시 그런 말이 나오지 않도록 해야 해요. 전 한 선생이 말한 수련의 과정을 다른 병원에서 하는 것도 괜찮은 처벌이라고 생각해요."

한방부인과의 성지숙마저 확실히 해야 한다고 강조했다.

"그 정도면 약한 거 같은데요."

"센터장님 말씀처럼 현실적으로 처벌이 쉽지 않죠. 그렇다고 모욕죄로 고발한다고 될 일도 아니고요."

처벌의 강도에 대해 설왕설래가 이어졌지만 막상 할 수 있는 건 없었다.

그러다 보니 말이 계속 헛돌았고 말이 없어지는 틈에 고웅섭이 나서 정리했다.

"여러분들의 의견을 최대한 병원장님과 각 센터장들에게 전달하겠습니다. 그리고 충분히 상의를 한 후에 알려 드릴 테니 오늘은 여기까지 합시다. 한 선생은 시간 되면 나랑 차 한잔하세."

"네, 선생님."

과장 회의가 끝나고 두삼은 고웅섭 센터장의 사무실로 갔다.

"후우~ 이놈의 회의 정말 지치는군. 회의만 끝나면 뒷골이 뻣뻣해진다니까. 아마 내가 센터장을 그만두면 그건 회의 때문일 걸세."

"하하하! 가끔 내려오십시오. 제가 시원하게 풀어드리겠습니다."

"여기저기 쉴 새 없이 움직이는 사람에게 안마를 받으면 오히려 더 뻣뻣해질 걸세. 요즘은 신경과 말고 암센터에서도 환자를 본다지?"

"센터장 회의에서 무슨 말이 나왔습니까?"

"음, 그건 아닌데 암센터장이 오늘 암센터의 새로운 프로젝트를 언급할 때 날 자꾸 흘끗거려서 말이야. 그래서 혹시 자네가 아는 것이 있나 싶어서."

"저도 처음 듣는 얘깁니다. 다만 암센터장이 현재 치료하고 있는 환자들에게 관심을 보이고 있다는 건 알고 있습니다."

"그래? 역시 대놓고 말은 안 했지만 자네가 필요하다는 얘기였군."

"…어떤 프로젝트인지 모르지만 제가 시간을 낼 수 있을지 모르겠네요."

"가게 된다면 지난번 논산에 갔었던 것처럼 안마과 일은 한동안 손을 떼야지."

"전 지금 정도가 좋은데요."

"난 자네만 괜찮다면 자네가 프로젝트 팀에 참여하길 바란다네."

"그렇습니까?"

반대할 줄 알았는데 의외로 그는 참여하는 쪽이었다.

"솔직히 말하지. 이제 생긴 지 1년이 조금 넘는 한방센터는 아직 제대로 자리를 잡았다고 볼 수가 없네. 의과 학생이 공공연하게 우리를 모욕하는 발언만 봐도 알 수 있지."

센터장은 테이블에 놓인 다기 세트를 이용해 차를 만들며 말을 이었다.

"물론 다른 센터장들이 내색한다는 말은 아니네. 사실 센터장들 중 우릴 호의적으로 보는 이들도 제법 되고 말이야."

"그건 다행이네요."

"다 자네 덕분이지."

"네?"

"마스크맨이라는 이름으로 이곳저곳 도움을 주지 않았나. 허허허!"

참 오랜만에 들어보는 낯 뜨거운 별명이다.

"자네에게 도움을 받거나 소문을 들은 센터장들은 우리 한방 센터에 대해 대체로 호의적이었네. 그들 덕분에 센터장 회의에 가서도 배척당하지 않고 자리 잡는 데 많은 도움이 됐네. 하지 만 완전히 자리를 잡으려면 아직 멀었지. 난 그때까지 자네가 도 와줬으면 좋겠네."

무슨 말인지 이해가 됐다. 쉽게 말해서 열심히 다른 과에 가 서 이름을 드날리라는 얘기였다.

"그리고 개인적으로는 자네가 어디까지 할 수 있나 보고 싶 네. 물론 현재로써는 내 억측일 수도 있지만 만약 암센터의 프로 젝트 팀에서 오라고 한다면 해보는 게 어떤가?"

두삼은 검지로 코끝을 긁적이며 말했다.

"지금처럼 시간 내서 돕는 걸로 하고 싶습니다. 암센터 프로 젝트 팀에 들어가면 분명 배울 것이 많긴 하겠지만 학생을 가르 쳐야 하는 입장에서 제 분야에 좀 더 집중하고 싶습니다."

"그렇게 생각할 수도 있겠군."

"죄송합니다. 하지만 센터가 자리를 잡을 수 있도록 제가 할 수 있는 노력은 할 겁니다."

"허허허! 아닐세. 내 생각이 짧았어. 자네도 한 분야를 맡아 학생들을 가르치는 사람인데 다른 분야에 가서 일을 하라고 했 으니 말일세. 노력해 준다는 말로 충분하니 좀 전에 한 말은 잊 어주게."

"이해해 주서서 감사합니다."

변변찮은 논문 하나도 없이 교수 자리에 올랐다. 그리고 교수가 된 후에 연구하는 옥지혜를 보며 그것이 상당히 부끄러운 일이라는 걸 알게 됐다.

그에 자신의 분야에 먼저 어느 정도 성과를 보여줄 생각이었다.

＊　　　＊　　　＊

고웅섭은 민규식 원장과 각 센터장들에게 정기세가 저지른 일을 전함과 동시에 처벌을 바란다는 입장을 전달했다.

그에 자연스레 소문이 퍼졌고 의과대학에서 순환기내과학을 가르치는 경승태 교수에게 전해졌다.

의과대학, 의학전문대학원 과정에서 필수적으로 들어야 하는 가장 중요한 임상 과목 중 하나를 맡고 있어서 한강대학병원에서 그의 수업을 듣지 않은 사람은 많지 않았다.

그들 중 그의 직속 후배라 할 수 있는 순환기내과 과장 문상성이 경승태 교수에게 전화를 한 것이다.

─선배님, 정기세라는 학생 아십니까?

"알지. 동하의 아들이잖아."

─아! 내분비내과에 있는 정 선배요? 음, 정 선배도 좀 곤란하겠군요.

"왜? 무슨 일인데?"

─정기세 학생이 한의학에 대해 비하 발언을 해서 지금 한방

센터에서 처벌을 요구하고 있어서요.

"홍! 한의학에 대해 욕했다고 나랑 관련이 있다고 생각한 거냐?"

—없습니까?

"…내가 예뻐라 하는 녀석이다. 근데 학생이 술김에 한 소리에 웬 난리냐?"

—술김에 대통령 욕도 할 수 있죠. 근데 욕을 하다 걸렸으면 사과를 해야죠. 사과 한 마디면 끝났을 일인데, 왜 이렇게 이를 복잡하게 만드는 건지. 지금이라도 늦지 않았으니 사과하라고 말해보시죠?

"그까짓 일로 무릎 꿇고 빌어야 속이 시원하다던가?"

—그런 말이 아니라는 걸 아시잖습니까.

"쯧쯧! 돌팔이들이 속까지 좁아터져서는."

—선배님, 제발 그런 말 하지 마세요. 우리 학교에 한의과가 없을 땐 상관없었지만, 지금은 신입생까지 받은 마당입니다.

"홍! 그래서 아무 말도 하지 말라고? 그렇다고 진실이 바뀌지 않아."

—선배님!

"시끄러! 아무튼 내 학생을 건드리는 놈은 내가 가만히 두지 않을 거야!"

—…분위기 살피면서 고집 피우세요. 민 원장님도 이번 일을 좋게 보진 않고 있습니다. 잘못하면 선배님이 다쳐요.

"하나도 겁 안 나. 민 원장이 병원에선 날 내쫓았지만 여긴 학교야."

사실 경승태는 불과 몇 년 전까지만 하더라도 내과 센터장이었다. 환자에게 진료비를 과다 청구 하는 약간(?)의 불미스러운 일이 있었지만 어느 병원이든 하는 일이었기에 쫓겨날 거라고는 생각지 못했다.

물론 엄밀하게 말하면 면직 처리를 한 건 아니었다. 그저 차기 센터장에 그보다 3년 후배를 앉히고 그는 다시 과장으로 떨어뜨려 버린 것이다.

사실 그 행위는 나가라는 것과 똑같았다.

─민 원장이 학교 쪽은 신경을 쓰지 않아서 그렇지 막상 쓰기 시작하면… 휴우~ 됐습니다. 전 분명 말렸습니다. 나중에 저한테 말씀하셔도 전 힘없습니다. 그럼 끊습니다.

"쯧! 겁먹은 강아지처럼 굴긴. 그렇게 꼬리를 내리고 사니 외과보다 돈은 많이 벌면서 대접은 못 받지. 안 그런가, 정 선생?"

끊긴 전화를 보며 경승태가 혀를 차며 중얼거렸다. 그리고 앞에 앉아 있는 정동하에게 물었다.

"맞는 말씀입니다, 선배님. 그나저나 아들놈 때문에 괜스레 선배님께 누를 끼치는 건 아닌지 모르겠네요."

"별소릴 다하는군. 나라고 했어도 시끄럽게 떠드는 놈들이 돌팔이들이었다면 그렇게 소리쳤을 걸세."

"물론 저도 속이야 시원하지만 분위기가 수련의는 다른 곳에서 하게 해야 한다는 쪽으로……."

"흥! 멀쩡한 학교 병원을 놔두고 열심히 공부한 학생을 다른 병원으로 수련의를 보낸다는 게 말인가, 방군가? 올해 신설된 학과의 새파란 젊은 선생 나부랭이 따위에게 그럼 싹싹 빌기라도 했어야 한다는 말인가?"

"그러게 말입니다. 한방센터가 생긴 다음부터 병원 분위기가 영 말이 아닙니다."

"수십 년 선배들이 쌓아놓은 한강대학병원이라는 이름에 먹칠을 하는 짓이지."

"그렇죠. 근데……"

정동하는 말끝을 살짝 흐리다가 말을 이었다.

"뾰족한 방법이 없습니다. 한방센터장이 다른 센터장들을 어떻게 구워삶았는지 다들 그의 의견에 동조를 하는 분위깁니다."

"방법이야 많아."

"그렇습니까?"

정동하는 반색을 하며 물었다. 그가 경승태를 찾아온 이유 아들의 말만 믿고 다른 선생들을 설득하다가 면박만 당했기 때문이었다.

상황 설명을 듣고 난 후 혼을 내고 싶은 마음이 굴뚝같았지만 일단은 아들을 생각해서 부랴부랴 달려온 것이다.

"그중 가장 좋은 방법은 그들 스스로 못난 꼴을 보이게 함으로써 물러나게 하는 방법이지."

"…그런 방법이 있습니까?"

"내가 어디 소속인 걸 있었나?"

"아! 진정한 의사들의 모임!"

진정한 의사들의 모임은 불법적인 의료 행위를 하는 이들을 고발해서 환자들을 보호한다는 취지로 만들어진 단체였다. 그러나 취지와는 달리 오로지 양의학만이 진정한 의술임을 강조

하는 단체였다.

그래서인지 한의학을 적(敵)으로 여기며 그들은 한의학은 의학이 아니라는 말도 안 되는 억지 주장을 하기 다반사였다.

"며칠만 기다려 보게. 그들 스스로 낯이 뜨거워서라도 이번 일을 묻으려 하게 될 걸세."

"어떻게 하시려고요?"

경승태는 정동하에게 손짓으로 가까이 오라고 한 뒤 귓속말로 자신의 생각을 얘기했다.

얘기를 들은 정동하는 걱정스레 물었다.

"괜스레 일을 키우는 건 아닐까요?"

"커질 이유가 없지. 모임에서 집회를 하는 것뿐이고, 그 집회를 보고 기자가 기사를 내는 것뿐인데."

"자존심이 망가져서 죽자 사자 달려들진 않을까요?"

"쯧! 걱정도 많군."

"아들놈 일이라……."

"적당한 때 없던 일로 하자고 하면 그들도 얼씨구나 하고 받아들일 걸세. 뭐, 싫다면 자네가 좋은 방법을 말해보든가."

"…아닙니다. 선배님이 말씀하신 방법이 제일 좋을 것 같습니다."

정동하는 병원 내 떠도는 소문 때문에 불안했지만 내친걸음이라 경승태의 생각을 따를 수밖에 없었다.

58. 진의모와의 대결

"어제 려령이에게 전화 왔었어."

아침을 먹는데 하란이 말했다.

장려령은 두삼이 논산에 가 있는 동안 중국으로 돌아갔다.

"잘 지낸대?"

"응. 근데 아빠의 멍청한 제자 때문에 한국에 들어오지도 못한다고 투덜대더라."

"그 제자 때문에 중국으로 간다고 하지 않았었나?"

"응. 하드 트레이닝시킨다고 데리고 갔어."

"참나, 하루아침에 화타를 만들 생각인가."

"려령이는 바로 할 수 있는 걸 10번을 해도 못 한다고 하던데?"

"그럼 제자의 자질이 떨어지나 보다."

"려령이가 없는 소리할 애는 아니잖아. 아, 그리고 나 미국에 한 달쯤 다녀와야 할 것 같아."

하란이 미안한 듯 말했다.

"필요하면 가야지. 무슨 일인데?"

"미국 정부에서 뭔가를 만드는 데 도움이 필요하대."

"…정부 일이라면 위험한 일 아냐?"

"호호호! 비밀을 요한다고 해서 말하진 못하는데 영화에서 보는 그런 일을 하는 건 아냐."

"그래?"

"응. 사실 안 가도 문제는 없는데 나중에… 오빠랑 결혼했을 때 국적 문제를 해결해 주겠다는 제안을 해서 그러자고 했어."

뭔지 모르겠지만 두삼 자신을 위해 하는 일인가 보다.

"언제 가는데?"

"오빠가 괜찮다면 이틀 후에 갈까 생각 중이야."

"긴긴 밤을 홀로 보내야겠네."

"특별히 한 달간은 내가 자유를 허락할게. 단! 집으론 끌어들이지 말고 밖에서 놀아."

"무슨 소리야. 그런 건 허락 안 해줘도 되거든? 한 달간 축적해 놓고 기다리고 있을게. 아니다. 오늘내일 한 달치를 다 써버리면 되겠네."

"피~ 됐거든. 식사나 하셔. 참! 이번 주 금요일 날 홈쇼핑 같이 보기로 했는데 못 보겠네?"

이번 주 금요일 화장품의 첫 판매가 시작된다.

"그게 뭐가 중요해. 알아서 팔리겠지. 아무튼 오늘은 일찍 들어올게. 딱 기다려."

"풉! 네네. 꽃단장하고 기다릴게요, 오라버니."

기분 좋게 아침 식사를 마치고 병원으로 갔다. 한데 한방센터 주차장으로 들어가는 길이 번잡스러웠다.

"무슨 일이 있나?"

차창으로 두리번거리니 루시가 말했다.

─센터 입구 쪽에서 집회 중이에요.

"웬 집회? 모르는 사이에 의료 과실이라도 있었나? 난 잠깐 보고 갈 테니 주차해 줘."

─네, 알겠어요.

차에서 내려 입구 쪽으로 향했다.

입구 앞 보도에 집회를 하는 이들이 쭉 서 있고 병원 경호 팀과 경찰들이 그들 주위를 둘러싸고 있었다.

"비과학적 의료 행위를 하는 한의사들은 각성하라!"

"각성하라! 각성하라!"

"맥이 뛰는 걸로 환자의 상태를 파악할 수 있다면 즉각 증명하라!"

"증명하라! 증명하라!"

집회를 연 인간들은 말도 되지 않는 말을 구호라고 외치고 있었는데 들고 있는 플래카드와 팻말을 읽어 보니 한의사들을 맹목적으로 싫어하는 의사들의 모임인 모양이다.

"진정한 의사들의 모임은 무슨… 저런 거 할 시간에 환자나 치료할 것이지."

상대할 가치도 없는 부류였다.

관심조차도 아까웠기에 막 돌아서려 할 때였다. 누군가가 등을 팍 치며 물었다.

"여기서 뭐 행?"

"아! 엘튼 선생님. 깜짝 놀랐어요."

"뭐야, 뭐양. 나쁜 짓 한 사람처럼."

"…그렇게 갑자기 등을 치면 깜짝 놀라게 마련입니다. 그리고 그냥 소란스러워서 와봤어요. 근데 선생님 오늘 따라 기분이 좋아 보이시네요?"

대체적으로 그의 말투에 비음이 많이 섞이면 기분이 좋은 날이었다.

"어제 괜찮은 남잘 만났거든. 아무래도 올해는 애인과 오붓하게 보낼 수 있을 것 같아. 홍홍홍!"

"꼭 그러시길 바랄게요."

"쌩~큐! 근데 저 사람들 뭐래는 거니?"

"진맥으로 환자가 무슨 병이 있는지 알아맞히는 테스트해 보자고 주장하고 있어요."

"미친놈들 아냐? 지들은 청진기로 모든 병을 찾아낼 수 있다는 거야, 뭐야?"

시원시원하게 말하는 것까진 좋았다. 문젠 목소리가 커서 집회를 하고 있는 이들에게도 들렸다는 것이다.

집회를 지휘하는 듯한 인상 안 좋은 남자가 미간에 주름을 잡으며 다가왔다.

"…이봐, 거기. 여기 병원 한의사야?"

경찰과 경호 인력이 있는데 무슨 일이 있겠느냐만 귀찮음에 두삼은 엘튼의 옷소매를 붙잡고 가려 했다. 한데 엘튼이 팔을 뿌리치며 남자에게 말했다.

"응. 근데 왜?"

"…젊은 사람이 말조심하지?"

"그럼 늙은 양반이 먼저 말조심해. 난 또 친구하자고 반말하는 줄 알았잖아?"

평소 헤헤거리던 엘튼이 맞나 싶다. 지금 모습을 보고 누가 평소의 엘튼이라고 생각할까.

"…좋아. 말투는 넘어가지. 근데 방금 우리를 보고 뭐라고 했지?"

"들어서 여기까지 온 거 아냐? 뭐, 다시 못 해줄 것도 없지. 미친놈들! 지들은 청진기로 모든 병을 찾을 수 있다는 거야, 뭐야!"

"……"

엘튼은 주변의 모든 사람들이 다 들을 수 있도록 큰소리로 외쳤다. 그에 구호를 외치던 자칭 진정한 의사들의 모임 회원들도 일제히 입을 다물며 엘튼을 바라보았다.

두삼은 그에게 바싹 붙으며 복화술처럼 물었다.

"계획은 있는 거예요?"

"넌 싸우는 걸 계획하고 하니?"

"그건 그렇지만……."

맞는 말이긴 하지만 꼬투리를 잡으러 온 인간들에게 무슨 빌미를 주려고 이러는 건지 모르겠다.

설전은 계속됐다.

"험! 우리에겐 무슨 병인지 정확히 알 수 있는 의료 기기가 있는데?"

"누가 들으면 의료 기기를 의사들만 만질 수 있는 줄 알겠네. 아! 환자들의 안전을 위해 한의사의 의료 기기 사용을 금하고 있나? 웃기지 않아? 진맥으로 환자의 병을 찾지 못한다고 비난하면서 의료 기기는 사용하지 마라? 그게 당신들의 논리야?"

"의료 기기를 함부로 사용해선 환자가 위험에 빠질 수가 있어!"

"누가 함부로 사용한대? 전문가를 고용해서 안전하게 이용하면 되는 거 아닌가? 당신들도 전문가에게 맡기잖아, 안 그래?"

"저 한의사 말이 백번 옳은 것 같지 않아?"

"그러게."

"……"

시민들의 분위기가 엘튼의 말에 더 수긍하는 듯한 모습을 보이자 남자는 말을 못 했다. 그러자 반백의 왜소한 노인이 나섰다.

"젊은 분이 꽤 논리적이구려?"

"별말씀을요. 사실 그대로를 말했을 뿐입니다."

점잖게 나오는 노인에게 거친 언사를 쓸 수 없는지 엘튼의 말투는 부드러워졌다.

"그렇구려. 근데 말이요. 어찌되었건 현재 법적으로는 한의사들은 의료 기기를 사용할 수 없소. 그건 인정하는 거요?"

"…의사협회와 한의사협회가 곧 합의를 하겠죠."

"인정한다는 말이구려. 그렇다면 합의가 있기 전까진 진료를 멈춰야 하지 않겠소? 조금 전 당신이 한 말처럼 진맥을 통해 환자의 병을 정확히 알 수 없다면 말이오. 안 그렇소?"

"…큼! 그건……."

그 자신이 한 말이 부메랑이 되어 돌아오자 엘튼은 말문이 막혔다. 그에 선수 교체를 하자는 듯 두삼을 흘깃 쳐다봤다.

하지만 두삼이라고 뾰족한 수가 있을 리가 없었다. 노인이 지적한 것은 현재 한의학의 괴리 같은 것이다. 이를 해결하기 위해 한의사협회는 노력하고 있다. 그러나 의사협회가 대화에 응하지도 않고 있어 이러지도 저러지도 못하는 실정이다.

흡사 마사지가 불법이지만 영업을 계속하고 있는 것과 비슷하다고 할까.

"…기기를 사용하진 못하지만 망문문절을 통해 어느 정도 맞힐 수 있습니다."

"어느 정도라? 모호하구려."

"의사들이 병을 찾기 위해 이런저런 검사를 하는 것과 마찬가집니다."

"좋소. 그렇다고 칩시다. 그럼 한시가 급한 환자가 찾아왔을 때로 이리저리 검사만 하고 있을 거요? 그런 모호함에 위험하다곤 생각지 않는 거요?"

"위급한 환자를 모를 정도는 아닙니다."

"당신이 말한 망문문절이 꽤 정확한 모양이구려?"

뭔가 함정이 있는 질문임을 두삼은 직감적으로 느꼈다. 그래서 엘튼을 말리려 했지만 늦었다.

"물론입니다! 양의학이 없던 시절부터 무수한 시행착오 끝에 전해진 상당히 과학적인 방법입니다."

"과거로부터 내려온 과학적인 방법이라니 인정할 수밖에 없겠구려. 그럼 그 망문문절이 얼마나 과학적인지 알아보는 건 어떻소?"

말꼬리를 계속 물고 늘어지는 노인과의 말싸움을 계속해 봐야 손해라는 생각에 두삼은 엘튼의 팔을 강하게 잡고 당겼다.

"무시하고 가요. 저런 식으로 말꼬리를 잡으면 우리가 불리할 수밖에 없어요."

다행히 엘튼은 이번에 뿌리치지 않았다. 그러나 문제는 노인이었다.

"조금 전에 그렇게 큰소리를 치더니 간단한 테스트도 못 해 도망가는 거요? 흥! 그 잘난 망문문절로는 아무것도 못 한다는 걸 인정하는 꼴이구려."

"……"

엘튼은 노인의 말에 분했을까, 아님 호기롭게 말할 수 없는 자신의 능력에 화가 났을까 복잡한 표정으로 입술을 깨물었다.

하고픈 말은 많을 것이다. 그러나 지금은 입을 열어봐야 한의학을 스스로 욕보이는 것이라 참는 것이리라.

그의 얼굴을 보니 두삼은 마음이 착잡해졌다.

'졌다고 돌아서는 사람에게 이렇게까지 해야 댁들이 주장하는 바가 정당화된다고 생각하는 겁니까.'

아무래도 이대로 간다면 한동안 잠을 자지 못할 것 같았다.

짝!

두삼은 걸음을 멈추고 엘튼의 손바닥을 쳤다.

"늦어서 죄송합니다. 태그했습니다."

"…응?"

"비겁하게 2 대 1로 덤비는데 가만히 있을 수 없죠. 이제부턴 제가 싸울게요. 지켜보세요."

두삼은 돌아서 노인에게 다가갔다. 그러고는 승리했다고 생각했는지 웃고 있는 노인에게 말했다.

"어떤 테스트입니까? 혹시 저기 팻말에 적혀 있는 환자의 병을 진맥으로 찾아내는 겁니까?"

"허허. 마음이 바뀌었소?"

"어처구니없는 주장과 한의학을 비하하는 발언에 젊은 객기로 나섰다고 할까요?"

"허허. 젊음이 좋긴 하구려. 그럼 저기 적힌 대로 테스트를 해 보겠소. 검증에 통과하면 1억의 상금도 받을 수 있다오."

"상금이 상당히 짜네요. 보통 이런 검증을 할 땐 백만 달러 정도는 걸지 않나요? 돈을 보니 딱히 내키지 않네요."

"액수를 핑계로 안 할 생각은 아니고요?"

"노인장의 모임에서 주장하는 바가 확실하다고 생각하니 1억이라는 돈을 걸었을 것 아닙니까. 그렇다면 10억을 거나 100억을 거나 무슨 상관이 있죠? 게다가 실패하면 제 인생도 상당히 고달파질 텐데. 에이~ 생각해 보니 내가 한참 손해네요."

"핑계치곤 구차하다고 생각하지 않소?"

"그렇게 생각하면 10억으로 하시죠. 어차피 검증에 통과해야 줄 돈 아닙니까? 그럼 제가 기꺼이 테스트에 응해 드리죠. 물론 대대적으로 홍보도 하고 방송도 부르고 해서 아주 공정하게 하는 겁니다. 쫄리면 더 이상 떠들지 말고 얌전히 돌아가세요."

물어라. 물면 낚아주겠다고 생각했다.

"허허허! 젊어서 그런지 아주 당차군요. 우리가 금액 때문에 물러날 거라고 생각했다면 오산이오. 꼬리를 말지 않겠다는 것과 공개 테스트에 응하겠다는 것만 허락한다면 10억을 상금으로 걸겠소."

됐다!

속으론 기뻤지만 겉으론 살짝 당황한 듯한 표정을 지었다. 그러자 노인의 득의만만하게 말을 이었다.

"이제 와서 꼬리를 내리면 저기 있는 기자들이 무척 좋아할 거요."

"누가 꼬리를 내린다고……. 공정하게만 치러진다면 거절할 리가 없죠."

"좋소! 그럼 합시다."

노인은 여전히 비틀린 웃음을 지은 채 손을 내밀었다. 두삼은 잠깐 망설이는 듯하다가 그의 손을 꽉 잡았다.

*　　　　*　　　　*

"그래서 한 선생이 진의모의 제안을 받아들였다는 말인가?"

비서실장의 말에 민규식은 눈이 크게 뜨며 물었다.

"예, 원장님."

"허허허! 그 친구가 그렇게 감정적이었나?"

"경호 7팀 천 팀장의 말에 따르면 물러나려다가 동료 의사의 모습을 보고 마음을 바꾼 것 같다고 합니다."

"동료를 위하는 마음에서라니 기특하군. 게다가 상금을 10억으로 올렸다니 볼 만하겠군. 허허허!"

"걱정이 안 되십니까?"

"훗! 걱정? 한 선생은 어떤 기기보다 더 정확하게 병을 찾아내는데 무슨 걱정을 한단 말인가?"

"그들이 야료를 부리지 않을까 걱정돼서……."

"자네가 보기엔 한 선생이 그 정도도 생각하지 못했을 거라 생각하나? 내가 보기엔 그 친구 이젠 다 큰 호랑이야. 그러니 일단 어떻게 하는지 지켜보기로 함세. 어설프다 싶으면 그때 도와줘도 늦지 않으니 말이야."

"…알겠습니다."

비서실장이 보기엔 별로 변한 것이 없는 것 같은데 민규식이 보기엔 다른 모양이다.

*　　　　*　　　　*

어릴 때 TV에서 본 마술은 신기함 그 자체였다.

MC와 패널들이 놀라는 모습에 어린 두삼은 마술을 마법처럼 보았다.

그러나 커가면서 그것이 쇼에 불과했고 방송국 역시 카메라를 이용해 마술사를 돕는다는 걸 알게 됐다. 그때의 실망감이란. 마치 사기를 당한 기분이랄까.

아무튼 그 후론 마술은 그저 쇼 그 이상도 이하도 아니게 되었고 직접 본 것이 아니라면 잘 믿지 않는 성격이 됐다.

두삼은 공정한 테스트를 한다는 진의모의 말을 곧이곧대로 믿지 않았다. 그들은 여러 가지 방법으로 자신이 성공하지 못하게 만드려 할 것이 분명했다.

"이것저것 준비할 것이 있으니 테스트는 2주 후에 하는 게 어떻소?"

설전을 벌였던 노인은 진의모의 부회장인데 현재 그와 테스트에 대한 전반적인 사항을 조율하고 있었다.

진맥을 통해 병을 알아내는 것에 대해선 고민할 필요가 없었기에 시일은 상관없었다.

"그러시죠."

"그럼 취소를 할 경우 공개 사과와 함께 검증 관련 사항을 못한다고 인정한다는 계약서에 사인을 하구려."

그는 수기로 적은 종이를 내밀었다.

"잠깐 봐도 될까요?"

꼼꼼히 훑어봤다.

"취소를 할 경우 금전적인 손해도 있으니 그에 대한 배상 부분도 넣었소."

"잘하셨어요. 어차피 취소할 생각은 없거든요. 근데 왜 제가 취소했을 때만 상정해서 작성을 한 겁니까?"

"우리가 취소할 리는 없소."

"잘됐네요. 그럼 추가해도 상관없잖아요? 어차피 취소 안 할 거니까요. 공개 사과, 한의사에 대한 비방과 검증되지 않은 소문 유포 금지, 그리고 상금으로 주기로 한 10억을 주는 걸로 하죠."

"…10억까지 달라니, 우리의 요구보다 과하다고 생각하지 않나?"

"전혀요. 제가 공개 사과를 하고 한의사는 진맥으로 환자의 병세를 알아낼 수 없다고 말하면 어떻게 될까요? 제 한의사 인생은 끝입니다. 그 가치가 10억과 견줄 수 있을까요? 솔직히 그쪽이야 모임이니까 개인적으로는 아무 문제없죠. 동희야, 안 그러냐?"

공동희의 사무실에서 얘기 중이었다.

"…맞는 말이긴 한데 꼭 내 사무실에서 해야 하나?"

"진료실에서 할 순 없잖아. 네 사무실이 폼도 나고."

"…전혀 폼 안 나거든."

"대화 중이니까 나중에 얘기하자."

"말도 네가 걸었잖아!"

"들으셨죠? 아무리 친한 사이라도 절대 거짓말을 하지 않는 고지식한 저 친구도 제가 손해라고 하잖아요."

"…알았소. 어차피 취소할 마음 없으니."

부회장은 계약서를 다시 작성했다.

"뜻대로 됐으니 이제 사인하시오."

"그 전에 한 가지 물어봐도 되겠습니까?"

깐죽거린다고 생각했는지 부회장의 표정이 순간 일그러졌다.

"…물어보시구려."

"검증 과정은 어떻게 이루어집니까?"

"우리가 정한 환자의 아픈 곳을 맞히면 되는 거요."

"뭔가 애매하네요. 세세하게 정해야 할 것 같아요. 환자의 아픈 곳을 검증해 줄 제 측 사람도 있어야 하고, 어떤 부위를 말하는 건지도 알아야 하고요."

"…보자보자 하니 너무 하는구려. 검증 과정까지 참여하겠다면 테스트를 하는 의미가 없잖소."

"오롯이 진의모의 검증 과정을 따르라는 말이 저한텐 더 어이가 없는데요. 가령, 환자의 병 12가지를 적어놓고 한 개도 빠짐없이 정확하게 찾아야 한다고 말하면 그걸 제가 따라야 합니까? 그리고 무좀이나 애매한 부분을 넣어놓으면 어쩝니까?"

"그 정도로 치졸하지 않소!"

"부회장님께선 안 그럴지 몰라도 모임의 모두가 정직하진 않을 겁니다. 10억이 걸렸는데요. 뭐, 싫으면 하지 말죠. 기자님, 제가 틀린 말 했습니까?"

문 한쪽에 앉아 있는 기자에게 물었다.

"개인적인 생각인데 틀린 말은 아닌 것 같아요. 물론 과한 예시를 든 것도 있고요."

"하하! 과한 예시이긴 하지만 병명이라는 게 '아'와 '어'의 차이처럼 애매한 부분이 많거든. 의료 기기가 완벽할 것 같지만 내부를 열지 않으면 판단하기 힘든 부분도 많습니다."

수십 억, 많게는 수백 억에 이르는 고가의 장비들이 모든 병을 찾아줄 것 같지만 실상은 그렇지 않다. 거기에 의료 기기를 통해 얻은 정보를 보고 파악하는 사람도 문제다.

일반인들이 유명한 의사에게 진료를 받으려고 하고 병을 진단

받을 때 두세 곳은 다녀봐야 한다고 말하는 이유가 무엇이겠는가.

병을 제대로 찾지 못하고, 오진하고, 수술마저 제대로 하지 못해 엉뚱한 장기를 떼어내거나 환자를 죽음에 이르게 하는 경우가 생각보다 많기 때문이다.

결국 자신이 정확하게 환자의 병을 찾아내더라도 진의모에서 엉터리 검사 결과를 내놓으면 자신이 틀리게 되는 것인데 이에 대한 사전 조치가 필요했다.

"어쩌시겠습니까?"

"…나 혼자 결정할 일이 아닌 것 같으니 회원들과 의논하고 오겠소."

"그러십시오. 미리 말씀드리자면 공평한 제안이 아니라면 이 계약서에 사인을 하는 일은 없을 겁니다."

부회장은 못마땅한 표정을 지으며 나갔다. 그리고 10분쯤 지나 회원들과 함께 들어왔다.

"좋소. 의논해 봅시다. 터무니없는 조건을 내건다면 그땐 우리 쪽에서 그만두겠소."

"그렇게 경우가 없는 사람은 아닙니다. 동희야, 시간 좀 걸릴 것 같으니 커피 좀 부탁해."

"…후우~ 왜 안 시키나 했다. 잠깐 기다려."

본격적으로 밀고 당기기가 시작됐다.

"테스트할 환자 여러 명을 진의모에서 고르고 그중 제가 한 명을 고르는 건 어떻습니까?"

"…환자를 구하는 건 어디까지나 우리가 할 일이오."

"물론 그렇죠. 다만 서너 명 정도 후보군을 만들어서 그중 한 명을 선택했으면 합니다."

"불가하오."

"음, 그럼 환자의 병을 진단하고 검증할 인원은 절반씩 했으면 합니다. 설마 이것까지 반대하진 않겠죠?"

"그렇게 되면 비밀 유지가 어렵소. 한 명. 그리고 당신이 테스트 과정에서 환자의 병에 대해 언급할 때까진 외부와의 연락을 할 수 없소."

"연락을 할 수 없게 하는 건 당연한 건데 한 명이면 너무하다고 생각하지 않습니까? 적어도 한의사 한 명, 의사 한 명은 필요합니다."

"한 명!"

"…의논이 아니라 일방적인 통보군요. 이럴 거면 의논이란 말을 하지 마시든가. 처음부터 이러는데 원만한 합의가 될까요? 지금이라도 그만 두죠."

"요구 조건이 많다고 생각하지 않소?"

"꽤 합리적이라 생각하는데요."

옆에서 듣고 있던 진의모 회원 한 명이 화가 난 듯 소리쳤다.

"툭 하면 그만둔다고 하니 슬슬 화가 나는군요. 제멋대로 할 거면 얘기를 꺼내지 말든가!"

그러거나 말거나 두삼은 할 말을 했다.

"그러니 제대로 된 의논을 해야 하지 않겠습니까?"

"후우~ 자네는 가만히 있게. 좋소. 우리가 선택한 환자 중에 한 명을 선택하게 해주겠소. 대신 검증할 인원은 한 명. 됐소?"

"이제 의논 같네요. 환자 선택을 주셨으니 검증 인원은 한 명으로 하죠. 다음은 장소에 대해 말해볼까요?"

의논은 40분 가까이 진행됐다.

"동희야!"

"서류 만들어달라는 거냐?"

"척하면 척이구나. 이래서 널 좋아한다니까."

"징글징글한 놈."

공동희가 서류를 작성 후 다시 꼼꼼히 살펴본 후에야 계약서에 사인을 했다.

"이제 마지막으로 변호사 공증까지 받으면 빼도 박도 못하겠네요."

"이제 와서 후회해도 소용없소."

"제가 일단 결정하고 나면 후회를 잘 안 하는 성격이라 서요. 검증에 참여할 사람이 정해지면 연락드리죠."

"그 날도 이렇게 이죽거릴 수 있는지 두고 보겠소."

부회장은 매서운 눈빛을 보낸 후 떠나자 공동희가 다가와 말했다.

"저 양반 눈에서 레이저 나오겠는데?"

"홋! 그러게 말이다. 근데 아무래도 연기 같은 느낌적인 느낌이랄까?"

"응?"

"아무것도 아냐. 오늘 민폐를 끼쳐 미안하다. 일부러 그런 거 알지?"

"괜찮아. 농락하는 모습을 보니 내 속이 시원하더라. 할 일 없으면 환자에게 신경이나 쓸 것이지 남의 병원에서 집회를 하고 난리야. 아무튼 유리한 고지에 선 걸 축하한다."

"겨우 비슷한 출발선에 선 거야. 유리한 건 여전히 저쪽이고."

생각나는 것들만 요구하다 보니 허점이 없을 수가 없었다. 지금 다시 생각해도 꼼수를 부릴 부분이 몇 군데 보였다.

"그런데 왜 사인을 했어?"

"생각이 안 나기도 하고 더 이상 요구하면 그만둘 것 같아서."

"안 해도 상관없다며?"

"그렇게 보이고 싶었을 뿐이야. 저들의 일그러진 얼굴을 꼭 보고 싶거든."

"돈이 탐나는 건 아니고?"

"아니라고는 못 하겠네. 하하!"

"상금타면 저녁이나 좋은 걸로 한 끼 사라."

"아직 시작도 안 했는데 김칫국부터 마시냐?"

"글쎄. 난 네가 질 것 같지가 않은데."

"공정하게만 한다면 그렇긴 한데……."

이왕 나선 일. 부디 공동희의 말처럼 되었으면 좋겠다. 다만 부회장이 자신의 말에 너무 순순히 당한 것이 마음에 걸렸다.

엘튼과 얘기할 때의 말꼬리 잡기와 집요함이 자신과 얘기할 땐 없었던 느낌이랄까.

*　　　　*　　　　*

진의모 사무실로 돌아온 부회장 운인제는 계약서를 확인하고 있는데 총무 방정원이 다가왔다.

"운 선생님, 이거 보시죠."

"쯧! 자네들은 잘도 이런 걸 보는군."

그가 건네는 스마트폰을 받아 든 운인제는 가볍게 혀를 차고 돋보기를 썼다.

의사들이 나오는 TV 프로그램 같은데 도대체 왜 보여줬는지 모르겠다.

"뭘 보라는 건가?"

"거기에 나오는 친구가 아까 한강대학병원에서 봤던 그 친구 잖습니까."

"…그래? 너무 작아서 누가누군지 구분을 못 하겠군. 근데 그게 왜?"

"동영상을 보면 그 친구 진맥으로 환자의 상태를 파악하는 데 상당한 실력자입니다."

"쯧쯧! 돌팔이들이 헛바닥만큼은 기가 막히지. 아마 대부분 두루뭉술하게 얘기했을걸. 그리고 맞는 것만 TV에 내보냈겠지."

"그 정도는 아니었습니다. 선생님이 그 친구와 얘기하는 동안 좀 알아봤는데 실력이 좋다고 소문이 꽤 자자하더군요."

"나도 귀가 있네. 조금 전 이 차장이 와서 자네와 비슷한 소릴 하더군. 한데 그게 검증을 하지 말자는 이유가 되나?"

"…그건 아닙니다. 다만 주의를 기울여야 한다는 의미에서 말씀드린 겁니다. 10억이나 걸린 일 아닙니까."

"그렇지 10억. 만에 하나 그자가 검증에 성공한다면 모임의 적립금이 바닥나게 되겠지?"

"그렇습니다."

"근데 난 10억보다 기고만장해질 한의사 놈들을 생각하면 더 짜증이 난다네. 그래서 모든 걸 동원해서 최선을 다해 밟아줄 생각이네."

"아! 그러실 생각이셨습니까?"

"허어~ 나랑 얼마나 오랫동안 같이 있었는데 아직도 날 모르나? 난 쥐새끼를 상대할 때도 최선을 다해야 한다고 생각하는 사람일세."

"한두삼 그 친구의 말에 너무 순순히 계약서를 바꾸시기에……."

"미끼를 물어준 놈에 대한 예의랄까. 하나라도 더 얻기 위해 애쓰는 모습이 귀엽더군. 나이에 비해 주도면밀함이 있지만 아직 멀었어. 하려면 더 확실하게 했어야지. 물론 애초에 의료 기기보다 정확하게 병을 찾지 못하면 나서질 않았어야 했고."

수십 년 세상 풍파를 겪은 그에게 두삼의 장난질은 그야말로 어린애 장난에 불과했다.

"전 그것도 모르고. 이제부터 뭘 하면 됩니까?"

"일단 이 계약서부터 공증을 받아놓게. 그리고 회원들이 다니는 병원에서 병명을 찾기 어려웠던 환자들 리스트를 받아오게."

"아! 테스트받을 환자 전부를……."

"맞네. 누굴 선택하든 똑같이 만들면 돼."

"하하! 그러면 되겠군요. 즉시 회원분들께 연락을 드리도록 하겠습니다."

"그리고 경승태 교수에게 연락해서 그가 어떤 사람을 검증 위원으로 추천할 건지 알아보라고 하게."

"이번에 부탁한 것을 보면 경 교수님이랑 그자랑 사이가 좋지 않을 텐데 알 수 있을까요?"

"그 양반 한강대학병원엔 인맥이 상당하니 충분히 알 수 있을 거야. 추천할 사람이 한의사는 분명 아닐 터. 미리 알아두면 나쁠 것 없지. 참! 자네 방송국에 아는 사람 있다고 했지?"

"네. 고등학교 친구가 PD로 있습니다."

"돈이 들더라도 온 나라가 알 수 있을 정도로 떠들썩하게 할 수 있는 방법이 없나 알아보게. 그리고 미리미리 소문 좀 내고. 한의사를 그만둘 각오까지 하고 있다니 그렇게 되게 해줘야지."

"후후! 한의사협회에서 알면 어떻게 나올지 볼 만하겠군요. 어쩌면 내일 당장 취소하고 싶다고 전화가 올지도 모르겠습니다."

"어떻게 얻은 기횐데 취소를 할까. 혹시나 찾아오면 출장 갔다고 말하게. 클클클!"

운인제는 두삼이 취소하려고 발을 동동 구르는 모습을 상상하며 너털웃음을 터뜨렸다.

*　　　　*　　　　*

두삼이 진의모와 대결을 벌인다는 소문은 불과 며칠 만에 병원은 물론 학교에도 파다하게 퍼졌다.

병원에선 두삼의 실력에 대해 모르는 사람들은 경솔한 짓이라고 말했고 학교에서는 삼삼오오 모이면 그 얘기를 했다.

"얘들아, 혹시 그 얘기 들었냐?"

학생들이 모여 있는 강의실에 한 학생이 들어오며 호들갑스럽게 말했다.

"무슨 얘기?"

과대표가 궁금한 사람들을 대표해 물었다.

"한 교수님이 진의모를 찾아가서 대결을 취소해 달라고 그랬대."

"진짜? 어디서 들었는데?"

"의과대학에 내 친구가 있거든. 거긴 벌써 소문이 쫙 퍼졌어."

"큭! 걔네들이 하는 말을 믿냐?"

"못 믿을 건 뭐가 있는데?"

"이번 일의 발단을 생각해 봐. 의과대학 학생이 우리 과를 욕하면서 생긴 일이잖아. 그런데 걔네들이 제대로 얘기를 하겠어?"

"야! 내 친구 그런 놈 아냐!"

"네 친구를 욕하는 게 아니라 소문의 출처가 신빙성이 없다는 거야. 네 친구가 직접 봤을 리는 없을 테고 소문으로 들었을 것 아냐?"

"…그야 그렇겠지."

"것 봐. 다음에 그런 소리 들으면 출처를 잘 알아보고 얘기해. 솔직히 한 교수님이 망신당하면 우리도 좋을 거 하나 없어. 그때부턴 의과대학에서 욕해도 할 말이 없을걸. 우린 한 교수님을 응원해야 해."

"나, 나도 응원해! 그냥… 소문을 들어서 전해주려고 한 것뿐이야."

소식을 전한 이가 뻘쭘해하자 다른 동기가 안 되어 보였는지 화제를 전환했다.

"한 교수님 걱정할 것 하나도 없어. 오늘 아침 카페에서 봤는데 융합과 옥 교수님이랑 희희낙락하고 계시더라."

"헐! 진짜? 두 사람 사귀나?"

"아악! 안 돼! 우리 옥 교수님 눈이 너무 낮으신 거 아냐? 하필한 교수님이라니."

"한 교수님이 어때서? 난 한 교수님이 더 아깝던데."

"에이~ 그건 아니다. 우리 과의 최고 미남은 누가 뭐래도 침구과의 임 교수님이지."

"류현수 조교수님이 더 낫지 않냐?"

"류 선생님은 너무 가벼워."

교수 품평회로 대화가 바뀔 때쯤 문이 열리며 류현수가 들어왔다.

"내가 한 가지 조언을 하자면 뒷담화를 깔 땐 주위를 잘 살펴라. 우영국은 A+ 기대해라. 김삼규는 F학점 맞기 싫으면 열심히 해야 할 거다."

우영국은 류현수가 낫다고 한 학생이고 김삼규는 가볍다고 한 학생이었다. 김삼규는 얼른 사과했다.

"큭! 교수님 제가 실언을 했습니다."

"오케이! 실언을 했다는 걸 알고 있으니 F학점 받아도 불만은 없겠지."

"교수님~ 용서해 주세요~"

"징그럽다. 일단 지켜보겠어. 내가 온 건 다른 게 아니라 장인규 교수님이 20분 정도 늦으신단다. 그러니 조용히 자습하고 있어."

"예! 근데 류 교수님 질문이 있습니다."

"응. 과대표, 말해."

"교수님께서 한 교수님이랑 친하다고 하셨잖아요?"

"그랬지. 근데 그게 왜?"

"한 교수님이 진의모라는 단체랑 대결하는 거 걱정 안 되세요?"

"응, 전혀. 너흰 걱정되냐?"

"솔직히 조금 걱정됩니다. 교수님이 망신이라도 당하면 의과대학 학생들 볼 때마다 쪽팔릴 것 같고요."

"걱정 마. 적어도 망신당할 일 없을 테니까."

"확신하세요?"

"당연히. 두삼이 형은 솔직히 대학생 때 이미 웬만한 교수들만큼 실력이 좋았어. 근데 요즘 레벨업을 한 건지, 각성을 한 건지 더 미쳐서 날뛰고 있거든. 아마 질 순 있어도, 망신당하는 일은 없을 거야."

"지면 망신당하는 거 아닌가요?"

"다르지. 100점을 받아야 하는 게임이라 99점을 받아도 지게 되는 거거든."

"90점 이상은 받을 거라고 생각하세요?"

"당연히 그럴 거라 생각해. 아마 두삼… 한 교수님도 그렇게 생각하고 대결을 받아들였을 거야. 대학 다닐 때만 해도 참 순수한 형이었는데… 일을 한번 겪고 세상 쓴맛을 보고 나더니 철두철미하게 바뀌었어."

"무슨 일을 겪었는데요?"

"어처구니가 없는 일이었지. 너희들도 알아두면 좋은 일이니 특별히 얘기해 줄게."

원래 전달 사항을 말한 후 강의실을 나가려던 류현수는 강단으로 올라가 두삼이 공중보건의를 할 때 겪었던 일을 얘기하기 시작했다.

*   *   *

"왜 이렇게 귀가 가려워."

순대국밥을 먹던 두삼은 얼른 숟가락을 놓고 귀를 후볐다.

"현수 이 자식, 또 어디서 뒷담화를 하나 보네."

"현수 씨가 뒷담화를 자주 하나 봐요?"

생긴 것답지 않게 순댓국을 맛있게 먹던 옥지혜가 빙긋 웃으며 물었다.

"뒷담화는 물론이거니와 앞담화도 잘하죠. 맞으면서도 꿋꿋이 하는 걸 보면 머리가 나쁜 건지!"

"친해서 그러는 거지. 부러워. 그런 후배가 있는 동생도, 동생 같은 선배가 있는 류 선생도. 언제부턴가 내 주변엔 사람이 없어."

"부러울 것도 없네요. 많은 경험을 한 건 아니지만 겪어보니 사람들이 절 피한 게 아니라 제가 사람들을 피하고 있었더라고요. 급하게 생각하지 말고 차근차근 한 명씩 친해지면 돼요"

"두삼이 너랑 하는 것처럼?"

"네. 대신 접근 방법은 바꾸고요."

"풉! 그날 생각하면 아직도 얼굴이 화끈거려."

"처음 만난 사람을 잘못 만나서 그래요. 좋은 교육했다 생각하고 머릿속에서 지워 버려요."

"알았어. 근데 혹시 애인이 나랑 밥 먹는 줄 알고 욕하는 거 아닐까?"

"오늘 만나는 거 알고 있어요. 그리고 사실 제 애인이 누나 얘길 듣고 누날 도와주라고 강력하게 요청했는걸요."

"…진짜?"

"자세히 얘기한 건 아니고 그저 겪은 일을 대충 설명한 거예요. 미안해요."

좋은 얘기도 아닌데 다른 사람에게 말을 옮겼다는 것이 기분이 좋을 리가 없을 터. 표정이 안 좋아 보여서 얼른 변명을 했다. 한데 표정이 어두워진 것이 그 때문은 아니었나 보다.

"아냐. 연인끼리 할 수 있는 얘기지. 다만 동생 애인한테 고맙고 미안해서."

"뭐가요?"

"부끄러운 얘기지만 혹시나 이렇게 만나다 보면 네 마음이 바뀌진 않을까 기대하고 있었거든."

"……"

"알아. 네가 바뀌지 않을 거라는 거. 그저 내 마음속 판타지랄까. 지금까진 그 정도는 괜찮겠지 생각했는데 네 얘길 듣고 나니 그런 상상을 한 것도 미안해."

상상이야 누구나 할 수 있다. 게다가 좋게 마무리를 하니 뭐라 말하는 것도 이상하다. 좋게 마무리를 하는 게 낫겠다 싶어 좋게 말했다.

"…지금은 누나 옆에 남자가 나밖에 없으니까 그럴 거예요. 조금 지나면 언제 그랬나 싶을 거예요."

"그렇겠지?"

"네. 부족하면 순대나 편육 더 시킬까요?"

어느새 그녀의 그릇은 깨끗하게 비워져 있었다.

"아니. 좋아하긴 하는데 많이 먹진 않아."

"적게 먹은 것도 아닌데요."

"호호! 그런가? 아무튼 너랑 있으니까 편하다. 다른 사람들은 스파게티 같은 느끼한 음식을 먹으러 가자고 하던데."

"누나 이미지가 그런 걸 먹어야 할 것 같아서 그럴 거예요. 제 애인도 이런 걸 좋아해서 혹시나 해서 물어봤는데, 물어보길 잘 했네요."

하란은 따지지 않고 잘 먹지만 양식보단 한식, 특히 설렁탕이나 뼈다귀해장국 같은 국물 있는 걸 좋아했다.

"그래서 다른 교수님이 레스토랑에 가자고 하는 건가? 막상 가면 잘 드시질 않더라고. 다음부터 이런 걸 좋아한다고 말해야겠네."

"그렇게 해요. 교수님도 누나를 배려해서 그런 곳으로 갔을 거예요. 일어나죠."

"내가 살게."

계산서를 뺏듯이 가져가서 계산했다.

"커피는 내가 살게요. 뭐 마실래요?"

"넌 믹스 커피 좋아하지 않아?"

"그렇긴 한데 가끔은 원두도 마셔요."

"그럼 편의점에서 믹스 커피 마시자. 오늘은 내가 네 취향에 맞춰줄게."

"후후! 그러세요."

나이를 먹는다고 어른이 되는 것이 아닌 모양이다. 옥지혜는 어떤 면에선 마치 사회생활을 배워가는 초년생처럼 굴 때가 많았다.

커피를 사서 천천히 마시며 한의학과 건물로 향했다.

"근데 오늘 아침에 들은 얘긴데 진의모에 가서 대결을 취소해 달라고 했다는데 진짜야?"

"헐! 어젯밤에 있었던 일이 빨리도 퍼졌네요. 맞아요. 그랬어요."

"왜? 자신이 없어서?"

"아뇨. 귀찮게 하는 사람들이 있어서요."

"병원에서?"

병원에선 잘하고 오라고 격려해 주는 사람 반, 괜스레 망신시킨다고 걱정하는 사람 반이었다. 물론 망신시킨다고 걱정하는 사람들도 고웅섭 센터장과 이방익 과장이 나서질 않으니 못마땅하다는 듯 쳐다보기만 할 뿐, 귀찮게 하진 않았다.

귀찮게 하는 이들은 한의사협회에서 온 이들이었다.

어제 다짜고짜 쳐들어와서 당장 취소하지 않으면 협회에서 제명시키겠다는 협박을 해서 진의모를 찾아서 취소해 줄 수 있느냐고 문의를 했었다.

진의모가 어떻게 나올지는 알고 있었기에 솔직히 요식행위에 불과했다.

예상대로 거절.

한의사협회에서 나온 이들이 길길이 날뛰었지만 결과는 바뀌지 않았다.

결국 그들도 어쩔 수 없는지 결과를 지켜보고 협회차원에서 징벌을 내리겠다고 하곤 떠났다.

"협회에서요."

"협회에서 뭐래?"

"진의모에서 취소를 못 하겠다고 하니 별수 있나요. 나중에 두고 보자는 경고만 하고 갔어요."

"취소해야 하는 거면 오늘 내가 같이 가줄까? 나도 널 돕고 싶어."

"훗! 미인계 쓰려고요?"

"안 되려나?"

"누나라면 약간은 통할지도 모르겠네요. 근데 그런 건 제가 싫어요. 누군가를 희생시킬 정도로 대단한 일도 아니고 어차피 취소할 생각도 없었어요."

진의모에 찾아간 건 한의사협회의 강압 때문이기도 했지만 그들을 방심시키기 위해 할 일이기도 했다.

"근데 방금 날 위하는 말 같아서 뭔가 뭉클했어."

옥지혜는 가슴 부분에 손을 올리면서 소녀처럼 말했다.

"말한 사람 무안하게… 대수롭지 않게 한 말에 일일이 감동하지 말아요."

"또 오버한 건가?"

"네. 누가 말했어도 그렇게 말했을 거예요. 아무튼 신경써 줘서 고마워요."

"내가 도울 일 있으면 언제든 말해. 네 말이라면 불 속이라도 들어갈게. 아! 또 오버하는 건가? 헤~"

"훗!"

하여간 못 말릴 누나다.

혀를 쏙 내밀며 아양 떠는 모습에 피식 웃을 수밖에 없었다.

그렇게 도란도란 얘기하며 교수실이 있는 건물로 들어가려 할 때 밖으로 나오는 임동환과 마주쳤다.

그는 옥지혜에게 살짝 인사를 한 후 묘한 눈빛으로 두삼을 보며 말했다.

"교수면 행동거지에 신경 쓰는 게 어때? 네 애인도 네가 이러고 다니는 거 아냐?"

"동료끼리 밥도 못 먹나요? 아! 동료 때문에 애인과 헤어진 경험자의 말이니 유념해야겠네요. 충고 고마워요, 임 교수님."

"재수 없는……. 옥 교수님, 다음에 뵙죠."

'새끼'라는 말을 거의 들리지 않을 정도로 뱉은 그는 더 얘기해 봐야 자신만 손해라는 걸 알았는지 도망치듯이 가버렸다.

"임 교수랑 사이가 안 좋아?"

그의 뒷모습을 보고 있는데 옥지혜가 물었다.

아직까지 물증이 없는 상태에서 구구절절 설명하기 뭐해서 대충 얼버무렸다.

"사람이 좀 재수가 없잖아요."

"맞아! 진짜 재수 없어. 특히 날 볼 때마다 느껴지는 끈끈한 시선. 으~ 솔직히 네 학교 선배만 아니었으면 상대도 안 했을 거야. 좀 전에 봤지. 인사하는 척하면서 다리부터 가슴까지 훑어 보는 거."

"그랬어요?"

"응. 다른 건 몰라도 그런 시선에 대해선 굉장히 민감하거든. 쳐다보는 부위가 간질간질해. 임 교수 저치가 볼 때마다 소름이 돋는다니까."

"그래요?"

두삼이 멋쩍게 뒷머릴 긁적거렸다. 다른 생각은 아니었지만 솔직히 시선이 향하는 건 어쩔 수 없는 일이었다.

"갑자기 왜 그래?"

"그게……."

본능이라고 말할 수도 있었다. 하지만 볼 때마다 간지러웠다 니 민망하기도 하고 미안했다.

"미안해요. 가끔 저도 시선이 갈 때가 있었어요."

"응? 그게 무슨… 아! 너도 가끔 본 거야?"

"의도한 건 아니고 그냥 본능적으로……."

변명을 하다 보니 뭔가 이상했다.

"쳐다보면 간질간질 하다면서요? 그럼 제가 볼 때도 느껴지지 않았어요?"

"에이~ 끈적끈적한 시선이 아니면 괜찮아. 만일 그냥 쳐다보 는 것에도 그러면 강단엔 어떻게 서겠어?"

"아! …그런 거예요?"

"그럼! 정확하게 남자들이 어떤 생각을 하며 쳐다볼 때 그런지는 알 수 없지만 심한 경우를 제외하곤 아무렇지도 않아. 근데 넌 어딜 그렇게 본 거야?"

"어딜 보나니요? 상상하시는 그런 거 아니에요."

"그래도 내가 이성으로 보이긴 하나봐? 난 또 네가 날 나무토막으로 보는 줄 알았는데."

"누가 들으면 오해하겠어요! 얼른 들어가요."

"도대체 어딜 봤기에 얼굴이 붉어지는 건데? 나한테만 살짝 얘기해 봐."

"…됐거든요! 저 수업 준비하러 가봐야 해서 이만 가볼게요."

"어디냐니까. 깔깔깔!"

후다닥 도망가는데 그녀의 깔깔거리는 웃음소리가 한참 동안 들려왔다.

아무래도 한동안 꽤 놀림을 받을 것 같다.

*   *   *

양의학이든 한의학이든 수련의는 매년 정해진 수만큼의 환자를 치료하거나 수술에 참여해야 했다.

그에 일반 환자가 들어오면 두삼은 양태일에게 가급적 많은 기회를 주려고 했지만 특진을 신청하고 오는 환자들이 많다 보니 쉽지 않았다.

환자들의 마음은 당연히 이해했다.

비싼 돈 주고 치료받으러 왔는데 레지던트에게 맡긴다면 어떤 환자가 좋아하랴.

하지만 두삼은 클리닉 환자가 아닌 일반 환자가 들어오면 꾸준히 얘기를 했다.

"저희 과 레지던트가 있는데 그 친구에게 일단 치료를 맡겨볼까 하는데 어떠세요? 나흘쯤 입원을 하셔야 하니 어차피 양 선생이 환자분을 돌보게 될 테고 미리 보여준다고 생각하셔도 괜찮고요."

팔을 제대로 움직이지 못해 안마과를 찾은 40대 중반의 여성환자에게 조심스레 권했다.

"물론 미진하다 싶으면 제가 다시 봐드릴 겁니다."

"제 딸이 본과 1학년인데 나중에 선생님 같은 분을 만났으면 좋겠네요. 그렇게 하세요."

"이해해 주셔서 감사합니다. 대신 깔끔하게 치료를 해드릴게요. 근데 따님이 본과 1학년이라고요? 아무리 젊었을 때 결혼했다지만 전혀 그렇게 보이지 않으세요."

"호호호! 선생님도. 허락했다고 너무 입바른 소릴 하신다. 호호호!"

"그게 아니라 진짜 젊어보이세요. 제가 피부에 대해서 좀 알거든요. 혹시 들어보셨는지 모르겠는데, 왕비의 비밀이라는 화장품 제가 만들었거든요."

"아! 홈쇼핑에서 봤어요. 그거 매번 품절되던데 선생님이 만드신 거구나."

"쇼핑호스트 분들이 말을 잘해서인지 많이들 사주시더라고요."

"후기를 보니 좋다고 해서 저도 살까 고민했었는데. 사실 피부가 민감해서 고민하고 있었거든요."

"병원에 계시는 동안 제가 드릴 테니 써보세요. 그리고 맞으면 챙겨 드릴게요."

"호호! 감사해요."

받는 게 있으면 주는 게 도리.

자신이 받는 건 아니지만 과 레지던트를 위해 이 정도도 못하랴.

두삼은 진료실 문을 열고 양태일을 불렀다.

"양태일!"

"예! 선생님."

"들어와서 환자분 네가 맡아."

"넵! 근데 선생님을 지정하신 손님이시잖아요?"

"사정은 얘기했어. 그러니 조심해서 잘 봐드려."

"알겠습니다. 감사합니다, 선생님."

"증상은 이미 내가 확인했어. 위험하다면 말리겠지만 그렇지 않으면 판단부터 치료까지 네가 해봐."

양태일에게 맡기고 한 걸음 물러났다.

양태일은 약간 긴장한 표정으로 환자의 기록을 살펴본 후에 환자에게 다가갔다.

"기록을 보니 최초로 아픈 건 2년 전이었군요?"

"네. 3달 간격으로 아팠다 괜찮다 반복하더라고요. 이번엔 팔이 움직이지 않아서 이렇게 찾아왔어요."

"잠깐 진찰을 해볼게요. 혹시 아프면 아프다고 말해주세요."

"아! 거기서 더 올라가지 않아요."

"이번엔 어깨를 만져볼게요."

그는 침착하게 환자의 상처를 살폈다.

'작년에 어리바리하던 인턴이 맞나 싶을 정도로 잘하네. 당장 진료를 맡겨도 될 정도야.'

양의사의 경우 수련의 생활이 필수인데 반해 한의사의 경우 수련의 생활은 선택이다. 오히려 수련의 생활보다 한방병원에서 1, 2년 직접 일하는 것이 개업을 할 때 더 낫다고 말하는 이들도 있다.

양의학에 비해 한의학이 대접을 받지 못하는 것엔 이러한 이유도 있다.

물론 두삼의 기준은 높았다. 그리고 양태일은 두삼의 기준으로 봤을 때 개업의 수준은 됐다.

"음, 회전근개파열이나 오십견은 아닌 것 같습니다. 의심이 되는 건 비증(痺症), 즉 석회화건염이네요. 검사를 한다면 어떤 결과가 나올까요?"

양태일은 검사를 했다고 가정을 하고 결과를 두삼에게 물었다.

"견관절 주변에 뿌옇게 보일 거야. 크게 석회화된 부분은 없고."

석회화건염이 심한 경우 돌이 생기는 경우가 있는데 그럴 땐 수술로 제거를 해줘야 했다.

"수술은 필요 없겠네요."

"치료는?"

"침과 뜸, 약침을 병행해야 합니다. 아! 뜸은 마사지로 대체할 수 있겠네요. 그리고 당귀, 방풍이 들어간 한약재도 함께 복용하면 좋을 테고요."

"해봐."

맞았다고 생각했는지 그의 눈은 반달처럼 휘어졌다가 펴졌다.

"일단 마사지로 막힌 경락을 풀고 침으로 뚫겠습니다. 약침은 그 후 시행하도록 하겠습니다. 환자분, 주물러야 하니 조금 아프실 거예요."

환자가 약간 불안한 눈빛으로 보기에 제대로 하고 있으니 안심하라고 고개를 끄덕여 줬다.

"…네."

"그럼 시작하겠습니다."

양태일은 천천히 환자의 어깨를 주무르기 시작했다.

두삼은 환자가 당연히 신음 소리를 낼 거라고 생각했다. 가만히 있어도 쑤시고 아픈 부위를 자극하는데 고통이 심한 건 당연했다.

한데 환자는 참을 만한지 살짝 인상만 찌푸릴 뿐 신음 소리를 내지 않았다.

'환자가 참을성이 많은 것 같진 않은데……'

조금 이상해서 환자의 어깨를 주무르는 양태일의 손가락에 집중했고 이유를 알 수 있었다.

그의 손가락은 주요 경맥이 아닌 낙맥을 천천히 자극하고 있었다.

낙맥은 경맥에서 갈라져 나온 작은 줄기라고 생각하면 되는데 경맥보다 가늘고 보다 얕은 곳에 위치해 있었다.

또한 워낙 그물처럼 펼쳐져 있어서 제대로 자극하기가 힘들었는데, 양태일은 제대로 자극해서 막혀 있는 경맥을 풀고 있었다.

'누구한테 배운 거지? 재미있네.'

두삼의 경우 경맥을 자극해서 막힌 곳을 뚫는 방법을 선호했고 그에 대한 것만 알려줬다. 한데 가르치지도 않은 것을 제대로 한다는 건 누군가에게 또 다른 배움을 받고 있다는 뜻.

교수들 중 낙맥을 이용해 치료를 하는 사람을 떠올려보지만 딱히 없었다.

사실 굵직굵직한 경맥을 뚫어도 치료 효과가 바로 나타나지 않는데 그보다 훨씬 복잡하고 가지에 불과한 낙맥부터 신경 쓰는 사람이 몇 명이나 될까.

집중하느라 두삼이 뚫어져라 쳐다보는지도 모른 채 양태일은 마사지는 계속됐다. 그리고 낙맥이 어느 정도 풀렸는지 잠시 후 경맥을 자극했다.

두삼은 그의 마사지를 보면서 배우는 바가 있었다.

'세 사람이 길을 가면 반드시 내 스승이 있게 마련이라는 공자의 말씀이 딱 들어맞네. 환자를 위한 마음이 포함된 치료 방법임엔 틀림없어.'

처음부터 경맥을 자극했으면 환자의 고통이 심했을 텐데 낙맥부터 풀고 자극을 하니 고통은 크지 않은지 환자는 편안하게 치료를 받았다.

이어진 시침에서도 양태일은 낙혈 몇 곳에 침을 놓았다.

왜 그곳에 놓았는지 묻고 싶었지만 일단은 꾹 참고 끝나길 기다렸다. 환자를 입원실로 보낸 후에야 두삼은 입을 열었다.

"아까 낙맥에 마사지를 하고 시침을 하던데 이유를 알 수 있을까?"

"…보셨어요? 죄송합니다. 제가 요즘 보는 책에 나와 있어서 해 봤습니다."

"죄송할 것도 없다. 널 탓하려는 게 아니라 제대로 알고 쓰는지 궁금해서 묻는 거야."

"아! 수양명대장경의 거골혈이 막혀 있는 것 같아 주변에 있는 낙맥을 먼저 뚫을 생각으로 마사지를 하고 시침을 했습니다."

"성공은 한 것 같아?"

"시침이 정확했냐고 물으신 거라면… 솔직히 신체에 꽂아본 건 이번에 처음이라 확신을 못 하겠습니다."

"거골혈 우측에 꽂은 침만 조금 깊이 박혔고 나머진 잘했더라."

"감사합니다. 근데 칭찬해 주시는데 기뻐할 수가 없네요. 선생님은 보시고 아시는 걸 전 시침을 하면서도 못 느끼니……."

"남이 타고난 걸 부러워하지 말고 네가 타고난 걸 갈고닦아. 솔직히 책만 보고 그 정도로 시침할 수 있는 사람도 몇 명 없다. 그나저나 네가 읽었다는 전에 말한 할아버지께서 쓰셨다는 책이냐?"

"네."

"이론서가 아니라 환자들에 치료하면서 얻은 정보를 기록하신 거겠지?"

"네. 의료 기록이라고 할 만큼 환자들의 케이스도 정리가 잘

되어 있습니다."

"낙맥을 이용해 환자들의 고통을 줄이는 치료하는 법을 시행하셨다니 대단한 분이시네. 열심히 해서 몽땅 네 것으로 만들기를 바라마."

솔직히 책을 한번 보고 싶었다. 분명 배우는 것도 많으리라. 하지만 전에 한 말도 있고 해서 훈훈한 말로 끝맺음을 했다.

한데 할아버지 칭찬을 해서 그럴까 양태일이 뜻밖의 제안을 했다.

"알겠습니다. 그리고… 혹시 책이 보고 싶으시면 말씀하세요. 선생님이라면 할아버지께서도 기꺼워하실 겁니다."

"…염치가 있지 어떻게 그러냐. 뭐, 네가 부족한 부분을 보완해 주려면 보는 게 좋을 것 같긴 한데……."

"하하! 선생님도 의서는 욕심이 나나 보네요. 여기 있습니다. 일단 한 권 드릴게요. 책이 망가지는 것 같아 복사를 했습니다. 복사본이긴 해도 보는 것엔 불편함이 없으실 거예요."

얼마나 봤는지 복사본도 너덜너덜하다.

"큼! 열심히 보고 혹시 너한테 도움이 될 만한 게 있으면 말해 줄게."

염치 불구하고 책을 받은 두삼은 얼른 자리에 앉아서 책을 폈다.

그 모습에 양태일은 기가 막힌다는 듯 말했다.

"선생님, 내일이 진의모의 테스트 날인데 걱정이 안 되세요?"

"…걱정한다고 달라지냐?"

"그건 아니지만… 어제 환자 선택은 잘하셨어요?"

"…치사하게 손도 못 대게 하더라. 그래서 안색, 몸 상태, 숨소리만으로 선택했다."

"그럼 더 불안하시지 않으세요? 실패하면 협회에서 제명시킨다고 난리 날 텐데요. 지금 모습을 보면 준비가 끝낸 사람처럼 보여요."

"아~ 그 자식, 책을 못 읽겠네. 어떻게 네가 나보다 더 수선이냐?"

책에서 시선을 떼며 투덜댔다.

"선생님이 안 계신 이곳에서의 생활은 저한테 의미가 없으니까요."

"누가 들으면 은서가 아니라 내가 애인인 줄 알겠다."

"선생님!"

"귀 안 먹었어. 내가 할 수 있는 만큼은 했어. 방심시키려고 연기도 하고 최대한 내 편이 되어줄 사람을 검증 위원으로 뽑았고. 남은 건 내일 환자의 상태가 눈에 잘 보이길 바랄 뿐이야. 됐냐?"

"…그럼 그렇다고 말씀을 하시지."

"네가 너한테 일일이 보고해야 하냐? 넌 그냥 굿이나 보고 떡이나 먹어."

"저한테 떨어지는 떡도 있습니까?"

"하여간 인간들이 도움은 안 주면서 득달같이 달려든다니까. 상금 받으면 한 턱 쏠 테니까 뭐 먹고 싶은지 잘 생각해 둬."

할 수 있는 만큼은 했다. 진의모에서 터무니없는 짓만 하지 않는다면 지진 않을 것이다.

'그나저나 원장님은 잘하고 계시려나?'

두삼은 민규식에게 검증 위원을 부탁했다.

＊　　　　＊　　　　＊

진의모에서 검증 위원으로 민규식이 올 거라는 걸 상상한 사람은 아무도 없었다. 심지어 한강대학교의 경승태 교수 역시 상상하지 못 했다.

민규식의 사회적 지위를 생각한다면 절대 있을 수 없는 일이랄까.

한데 왔다. 그가 방 안으로 들어서자 진의모에서 내세운 네 명의 검증 위원들이 일제히 일어났다.

"허허허! 무슨 대단한 사람이 왔다고 일어납니까, 앉아 계세요."

하지만 그의 말을 듣고 자리에 앉는 사람은 아무도 없었다. 네 명 중 의사협회에서 나온 중년인이 가장 먼저 그의 앞으로 가 인사를 했다.

"선생님, 오랜만에 뵙습니다."

"응? …어! 이게 누구야. 김 선배님 장남 김주성 선생 아닌가."

"여전히 기억력은 좋으시군요."

"지난 달 동창회에서 김 선배님을 뵀을 때 자네 얘기를 나눴었지. 요즘 의사협회 일을 돕고 있다고?"

"겸사겸사하고 있습니다."

"안 그래도 조만간 전화를 할까 했는데 이곳에서 보다니 잘됐군. 이번 일 끝나면 조만간 병원으로 오게. 할 말이 있네."

"알겠습니다."

김주성이 얘기가 끝나자 다음으로 귀밑머리가 반백인 이가 인사했다.

"원장님, 잘 지내셨죠?"

"장 선생, 병원 개업식 때보고 처음인가? 아! 올 초 회의에서 봤었군."

"하하! 맞습니다. 청하는 잘 지내죠?"

"바쁜 와중에도 연애하는지 얼굴 보기가 힘들어."

"하긴 벌써 시집갈 나이 아닙니까."

민규식은 네 명과 차례차례 인사를 했다. 얼굴을 처음 보는 사람이 한 명 있었지만 서로 이름은 알고 있어 대화는 자연스러웠다.

우리나라 의사 수는 대략 10만 명, 한의사 수는 2만 명 정도이다. 거기에 매년 3,000명 정도의 의사가 배출되고 있으니 결코 적은 수라고 할 수 없다.

당연히 누가 의사인지 일일이 알 수가 없다. 그러나 각자의 분야에서 명성이 있는, 의료계의 상류층이라고 할 수 있는, 이들은 긴밀한 커넥션을 가지고 있었다.

분위기 좋게 사적인 대화를 하고 있는 다섯 명을 지켜보는 운인제와 방정원의 표정이 밝지 않았다.

"쯧! 설마 저 친구가 올 줄이야."

"…그게게 말입니다. 원장의 숨겨진 아들이라는 소문을 들었을 때 예상을 했어야 하는데……"

"이미 온 걸 어떻게 하겠는가. 예상 못 한 우리 탓이지. 한데 말해둔 건 잘될 것 같나?"

"어렵지 않을까요. 저기 있는 사람들 중 누가 민 원장과 척을 지면서까지 대립하려고 하겠습니까."

의료계에서 민규식은 실력 면에서도 파워 면에서도 0.01% 안에 드는 인물이었다.

"애매한 병명을 한두 개 넣을 수 있을 거라 생각했는데 힘들겠군. 어쩔 수 없지. 의료 기기로도 찾기 힘든 병이 있으니 그걸로 만족할 수밖에. 일단 지켜보다가 나설지 말지 결정하세."

진의모가 테스트의 신뢰를 높이기 위해 친분이 있는 이름 있는 의사들을 초빙하고 은근히 부탁을 했는데 민규식이 등장하면서 무용지물이 되어버렸다.

"음, 이 환자분을 우리 한 선생이 선택했습니까?"

"그렇소."

누워 있는 환자를 보며 민규식은 미간을 좁혔다.

환자는 병색이 아주 짙었는데 첫 보기에도 두세 종류의 병이 보일 정도다.

사실 망문문절을 한의사만 하는 건 아니다. 경험 많은 의사의 경우 한의사보다 더 잘 안다.

'허허, 이 친구 병색이 완연하다고 선택을 했나? 그 정도로 어리석진 않을 텐데.'

한두 개의 병을 맞히는 테스트라면 겉으로 어떤 병이 있을 것 같은 환자를 선택하는 게 낫지만 10가지 병이 있다면 그중 8개를 맞혀야 하는 테스트다.

겉으로 보기에 병색이 완연하다는 건 그만큼 다른 병도 있을 가능성이 높았다.

'어련히 알아서 했겠지. 내부를 볼 수 있는데 무슨 어려움이 있으려고.'

민규식은 두삼을 믿고 표정을 풀었다.

옆에서 그의 표정을 살피던 운인제가 말했다.

"편하게 환자의 상태를 물어도 됩니다."

"허허. 아닙니다. 뛰어난 검증 위원들이 있는데 제가 나설 이유가 없죠. 전 그저 지켜보겠습니다."

민규식의 말에 운인제의 표정이 살짝 굳었다.

'늙은 여우! 옆에서 지켜보며 한마디씩 거드는 걸로 실익을 챙기려고 하는구나.'

운인제의 예상대로 민규식은 굳이 나서서 병을 찾을 생각이 없었다. 그래봐야 반론을 제기할 틈만 줄 뿐이다. 보고 있다가 의견이 일치가 안 될 때나 애매할 때 한마디 거드는 게 더 나았다.

"여기에 있는 기록들이 지난 일주일 동안 이 환자를 검사한 결과라 하니 시작하시죠."

검증 위원들 중 의사협회에서 나온 김주성이 주도를 해서 환자의 병을 찾았다.

"확실한 것부터 하죠. 이 환자는 현재 심장 판막이 석회화가 진행되면서 경미한 협착증이 있습니다. 대동맥판막 협착증. 동의하십니까?"

"확실하군요."

"동의합니다."

"다음은 과음으로 간 조직이 섬유화 조직으로 바뀌어 간 기능이 저하되었습니다."

"Liver cirrhosis, 간경변증이군요."

"인정합니다."

"다음은……."

얼마나 몸을 함부로 굴렸으면 이렇게 많은 병이 생겼을까 싶을 정도로 성한 곳이 없었다.

8가지를 찾아내고도 끝나지 않았는지 김주성은 계속 말을 이었다.

"이제 판별이 애매한 것에 대해 알아보죠. 장 엑스선 검사와 내시경 결과를 보시면 크론병, 혹은 결핵성 장염이 의심됩니다."

크론병은 만성 염증성 장질환으로 원인은 정확히 알 수 없으나 흡연, 음주 등 환경적 요인에 많은 영향을 받는 것으로 알려져 있다.

"궤양성 대장염도 의심할 수 있지 않습니까?"

"염증이 장의 모든 층에 분포된 점과 설사와 복통이 괜찮아졌다 나빠졌다 하는 걸 봐서는 궤양성은 배제를 시켜도 될 것 같은데요."

"제 생각도 같습니다. 항문을 확인한 영상도 있습니까? 없으면 직접 확인해 보죠."

"치핵이나 치루는 없다고 나와 있습니다."

"음, 항결핵제를 투여하면 정확히 알 수 있을 텐데. 역시 뭔가 어정쩡하네요."

크론병과 결핵성 장염 사이에서 고민을 하던 네 사람이 민규식을 봤다. 민규식은 기다렸다는 듯 입을 열었다.

"소화기관이 전반적으로 좋지 않은 걸 보면 크론병일 가능성이 더 높네."

"그럼 크론병으로 할까요?"

"그러게나. 판별을 위한 치료제 투여도 하지 않고 검사만으로 판별하는 것도 쉬운 일이 아니군. 자! 얼른 끝내고 호텔에 가서 한잔하세. 내일 우리 병원 한 선생의 입에서 병명이 나올 때까진 꼼짝도 하지 못할 것 아닌가."

장에 생긴 염증은 크론병으로 기재됐고 이후로 애매한 병 세 가지가 더해지면서 총 12개의 병으로 최종 확인 됐다.

두삼은 이 중에 10가지를 맞혀야 상금 10억을 받을 수 있었다.

＊　　　　＊　　　　＊

일요일 아침, 결전의 날이라기엔 긴장감이 없다. 막 나가려는데 하란에게서 영상 전화가 왔다.

─이제 나가려고?

"응. 거긴 저녁이지? 밥은 먹었어?"

─이제 일과를 끝내고 나왔어. 호텔에 도착하면 먹어야지."

"천천히 와도 되니까 잘 챙겨 먹어."

일이 뜻대로 풀리지 않는다고 조금 더 미국에 머물 거라고 했다.

─가끔 오빠가 해준 음식 생각나는 것 말곤 잘 먹고 있으니 걱정 마.

"심심하면 친구들 불러서 놀고. 물론 남잔 안 돼."

─호호! 안 그래도 토요일 밤이라 친구들 불렀어. 남자가 아닌 남자가 있는데 그건 괜찮지?

"그 정돈 너그러이 이해해야지."

─고맙네요. 오빠 오늘 테스트하는 날이지? 잘하고 오라고 연락했어.

"고마워."

─참! 인터넷으로 생중계된다고 해서 친구들이랑 같이 보기로 했어.

"…별것도 아닌 걸 뭘 봐."

─친구들이 오빠에 대해서 궁금해하니 직접 보여주려고. 그러니 잘해.

아무 부담 없이 하고 오려 했는데 하란의 말에 갑자기 부담이 된다.

"그럴 줄 알았으면 아침에 헤어숍에 들렀을 텐데……."

─지금도 충분히 멋져. 도착했다. 이제 내려야 해.

"응. 즐거운 시간 보내."

─파이팅! 쪽!

화면 가득 하란의 섹시한 입술로 채워지며 영상통화가 끝났다. 그 모습에 혼자 피식 웃으며 돌아서는데 루시가 말했다.

─오늘은 왜 화면에 키스를 안 해요?

"입술이 너무 크잖아. 다녀올게."

—그래요.

루시의 배웅을 받으며 오늘 테스트가 있을 장소로 갔다.

"돈 떼어먹을 걱정은 안 해도 되겠네."

불임 시술로 유명한 개인 병원인데 논산 한강대학병원만큼 컸다. 게다가 사람들이 얼마나 많은지 발렛을 해주는 이들만 두 명이었다.

"먹고살 만하면 환자들에게나 좀 더 신경 쓸 일이지 왜 쓸데없는 짓인지."

진의모와 관련이 있을 병원의 누군가를 씹은 후 대리 주차 하는 직원에게 열쇠를 맡겼다. 그리고 병원 8층에 있는 큰 강당으로 올라갔다.

엘리베이터 문이 열리자마자 이동용 카메라와 마이크를 든 이들이 기다리고 있었다.

"오늘 진의모의 시험을 치를 한의사시죠? 한 말씀 해주세요."

"한의학계에서 많은 우려를 하고 있다는데 그분들께 한마디 해주세요."

"현재 기분은 어떠세요?"

"안녕하세요. 전 안녕합니다. 됐죠?"

"에……?"

"한마디 해달라고 했는데 부족합니까?"

"…인터넷이지만 시청자들이 보고 있는데 제대로 말씀해 주시죠."

"우린 지상파로 10분 정도 다큐멘터리식으로 나갈 겁니다. 혹시 방송에 안 좋은 기억 있으세요?"

"아뇨. 그냥 한마디 해달라고 해서 한 거고. 취소하라고 했는데 하고 있는 제가 현재 그분들에게 뭐라고 하겠습니까."

물었던 기자들도 생각을 해보니 간단했지만 그들이 물은 말에 정확히 답했다는 걸 알 수 있었다.

"그럼 다시 질문할게요. 현재 기분이 어떠세요? 가급적 길게 얘기해 주세요."

"평소 환자를 진맥하듯이 할 생각이라 덤덤합니다."

"10억이 걸렸잖아요."

"10억이 걸렸다고 갑자기 실력이 좋아지진 않죠. 아! 집중력은 조금 좋아지겠네요."

"맞는 말씀이긴 하네요. 제가 듣기로 환자의 병이 열두 가지라고 하던데 몇 개나 맞힐 수 있을 것 같아요?"

"헐! 12가지요? 안색이 안 좋긴 했는데 그 정도로 심할 줄은 몰랐네요. 아무튼 8개 이상은 맞추지 않을까 생각합니다."

"진의모 쪽에선 4개 이상은 힘들 거라 하던데요?"

"각자 생각이라는 게 있으니까요."

기자에 따라 진의모 쪽으로 많이 기운 질문이 나왔지만 대수롭지 않게 대답을 했다.

"그럼 마지막으로 한 가지만 더 물을게요. 상금을 받으면 어디다 쓰실 생각이세요?"

"오늘 보게 될 환자가 진의모 측과 어떤 계약을 했는지 모르지만 치료비를 일부 보탤 생각이고 나머지는 의학과, 한의학과 장학금으로 낼 겁니다."

"훌륭한 생각이네요. 어렵겠지만 성공하길 바랄게요."

"응원에 성공으로 보답했으면 좋겠네요."

기자들을 지나 강당으로 들어갔다.

강당도 사람들로 제법 많이 북적였는데 대부분 진의모 측 사람들인지 시선이 곱지 않다.

"형! 여기!"

류현수의 목소리가 들려 돌아보니 한쪽에 두삼의 편도 자리를 하고 있었다.

이방익과 성지숙, 이상윤과 백희정 커플, 현수와 은수 커플, 양태일와 서은서 커플, 옥지혜, 그리고 배수진과 몇몇 학생들까지 제법 많았다.

"휴일 날 쉬시지 여긴 웬일이세요?"

"내 적수가 흉한 꼴을 당하나 싶어 왔다."

"상윤이 너한테 안 물었거든!"

"하하! 두 사람은 매번 티격태격하는군. 한 선생이 이기면 한 턱 얻어먹으려고 왔어."

"참여해 주셨는데 지더라도 한 턱 내야죠. 태일아, 휴일까지 부려먹는 것 같아 미안한데 이 근처에 괜찮은 곳 예약 부탁한다."

"별말씀을 다 하세요. 예약해 놓겠습니다."

"고맙다. 근데 너희들까지 웬일이냐? 내가 망신당하는 거 구경하러 왔냐?"

배수진이 대표로 얘기했다.

"아뇨. 선생님의 실력을 동기들에게 보여주고 싶어서 제가 데리고 왔어요."

"이거 참, 너희들 때문이라도 제대로 해야겠네. 혹시 못 맞히더라도 무시하진 마라."

"그런 일 없을 거라는 거 잘 알아요."

"훗! 노력하마."

한 치의 의심도 없는 눈빛으로 바라보는 배수진을 보니 고맙기도 하고 부담스럽기도 하다.

응원하러 온 이들과 얘기를 하는데 양복 차림의 젊은 남자가 다가왔다.

"한 선생님, 부회장님이 뵙자고 하십니다."

"가시죠."

남자를 따라 오늘 테스트가 이루어질 무대 옆 사무실로 들어갔다.

부회장 운인제가 기다리고 있었다.

"왔구려. 시작하기 전에 몇 가지 할 말이 있어서 불렀소. 차 한잔하시겠소? 아! 약이라도 탔을까 불안할 수 있겠구려."

"아닙니다. 주세요."

"무엇으로 하시겠소?"

"아무거나 괜찮습니다."

"선물로 들어온 인삼차가 있으니 그걸로 드시구려."

인삼차가 나온 후 그가 입을 열었다.

"이번 이벤트를 벌인다는 얘기를 듣고 여기저기 방송국에서 찍고 싶다고 해서 우리가 얘기했던 것보다 많은 이들이 몰렸구려. 그에 양해를 구해야 할 것 같소."

"오겠다는 사람들을 어쩌겠습니까. 그리고 이제 와서 가라고 할 수 있는 일도 아니지 않습니까."

"이해해 줘서 고맙구려."

"아닙니다. 그나저나 상당히 …좋은 차군요."

"그렇소? 며칠 전 한의사협회에서 온 사람이 들고 왔더이다. 그 사람 말로는 괜찮은 차라고 하더니 진짜 그런 모양이구려."

'능구렁이 같은 노인네.'

차는 건강에 좋은 차였다. 문제는 너무 좋아 심장이 심하게 뛰고 피가 아래쪽으로 몰릴 수 있었다.

혹시 문제를 제기할 때를 대비해서 그럴싸한 핑계까지 만들어 놨다.

'제기하더라도 정체를 알 수 없는 한의사 욕을 하겠지? 마지막까지 방해를 하겠다, 이거지?'

사실 차는 두삼에게 아무런 영향을 미치지 못했다. 그저 내부에서 기운을 몇 바퀴 돌리는 것만으로도 양의 기운은 얌전해졌다.

주먹과 주먹이 아닌 주장과 주장이 부딪히는 일이라 위해를 가할 생각은 없었다. 한데 이렇게 치사하게 나온다면 자신도 치사해질 수밖에 없다.

"비록 처음엔 좋지 않은 일로 시작했지만 오늘 잘하길 바라겠소."

"대인의 도량을 가지셨네요. 쉽지 않겠지만 최선을 다해 열심히 해보겠습니다."

애초에 차를 마시게 할 목적이었는지 대수롭지 않은 말이 오고갔다.

"이제 곧 시작할 터이니 좀 쉬시오."

"그러죠. 차나 한 잔 더 주십시오. 몸에 활력이 도는 게 좋군요."

"클클! 그러시오."

얕은 수가 통했다고 생각했는지 그는 주전자 째로 갖다 줬다.

"잠시만, 어깨에 뭐가 묻었네요."

두삼은 그의 어깨 위에 있는 비듬을 털어주면서 그의 괄약근을 담당하는 신경을 살짝 교란시켰다.

아마 며칠 동안 디펜드가 많이 필요할 것이다.

"…크흠! 그, 그럼 난 이만."

후다닥 사라지는 그의 뒷모습을 보며 씨익 웃어주곤 자리에 앉아 차를 마셨다.

유치한 짓이지만 남에게 해를 끼치려 한 것에 대한 벌로는 적당할 것이다.

쓸 곳은 없지만 저축해 놓는다는 생각으로 주전자를 거의 비울 때쯤 밖에서 시작하니 자리에 앉아달라는 진행자의 목소리가 들렸다.

그리고 잠시 후, 안내원이 나오라는 얘기했다.

"오늘 이벤트에 응해주신 한의사분이 나왔습니다. 긴장 말고 잘하시라고 박수 부탁드립니다."

응원 온 이들을 제외하곤 자신의 편은 없는지 박수 소리는 크지 않았다. 하긴 사회자도 말투가 거슬리는 투인데 기대하는 게 우습다.

"오늘 오신 분들은 대부분 의사인 모양입니다. 하하! 수십억의 의료 기기로 검사를 마친 환자의 병을 우리 한두삼 선생님은 몇 개나 맞출지 기대가 됩니다."

망신을 주려는 건지, 긴장을 하라는 건지 무대에 세워놓고 혼자 어지간히도 떠든다.

적당히 하고 시작하자는 말이 나오기 직전에야 떠들기를 멈췄다.

"자! 그럼 지금부터 시작하겠습니다. 환자분 모시고 나와주세요."

두삼이 선택한 환자는 초췌한 모습으로 휠체어를 타고 나와 무대 중앙에 멈췄다. 그리고 부탁했던 침대 역시 들어왔다.

손만 잡아도 충분히 가능한 진맥. 하지만 이왕 보여주는 쇼라면 안마과답게 안마를 하기로 했다.

진행자는 다시 떠들었다.

"진행 방법은 간단합니다. 환자를 정밀 검사 한 결과 총 12개의 병이 발견이 됐습니다. 한두삼 선생님은 1시간 동안 진맥을 한 후 12개의 병명을 말해서 10개를 정확하게 맞추면 10억 원의 주인공이 되는 겁니다. 이해되셨습니까?"

"네. 시작해도 될까요?"

"워워~ 진정하세요. 환자를 잡는 순간 무대 위에 있는 카운터 시계가 움직이기 시작합니다. 그전에 심호흡을 충분히 하신 후에… 어!"

더 들었다간 짜증이 날 것 같아 환자 앞으로 가서 바로 팔을 잡은 후 말했다.

"시간은 가고 있죠?"

할 말을 못해서인지 약간 당황한 듯한 진행자를 무시하고 환자를 들어 침대에 눕혔다. 그리고 하얗게 빛나는 손으로 그를 주무르기 시작했다.

59. 호르몬

내부를 살피는 것도 최근엔 요령이 생겼다.

어느 쪽에 손을 대도 내부로 들어간 기운은 일단 단전으로 보냈다. 그리고 임독양맥을 기준으로 십이경맥, 십오낙맥, 기타 세맥 순으로 살폈다.

이렇게 하다 보니 머릿속에 그려지는 내부의 모습이 훨씬 이해하기가 쉬워졌고 병을 찾는 데도 훨씬 효과적이었다.

'식도염, 간경변증, 크론병, 대장용종, 당뇨, 신장결석…… 이번 일 끝나고 민 원장님께 감사 인사라도 드리러 가야겠어.'

예전이었으면 내부의 이상함을 찾고서도 그것이 무슨 증상인지 몰라 책을 통해 가장 유사한 증세를 보이는 병명을 찾았을 것이다.

한데 민 원장이 다방면의 환자를 맡기면서 공부하라고 닦달

하고, 응급실과 여러 과에서 많은 환자를 접하면서 어느새 체계가 잡힌 것이다.

사실 이러한 점을 이미 느끼고 있었기에 자신만만하게 테스트에 응했던 것이다.

'환자의 병은 총 16가지. 도대체 4개는 뭘 못 찾은 걸까?'

두삼은 20분도 되지 않아 세 번의 검증을 끝내고 오히려 진의모가 뭘 못 찾았는지 고민해야 했다.

"아~ 쉽지 않은 모양입니다. 한두삼 선생 인상을 쓰고 있죠."

'그 때문에 고민하고 있는 거 아니거든!'

어디서 저런 얄미운 진행자를 섭외했는지 모르겠다.

10분 정도 더 고민하던 두삼은 가장 찾기 어려울 거라 생각되는 네 가지를 뺐다.

진의모에서 순진하게 자신의 말에 다시 검사를 하진 않을 터이니 현재로썬 최선이었다.

어차피 돈 욕심에 시작한 것도 아니었고 최소 8개는 맞히는 거니 한의사의 진맥에 대해 더 이상 왈가왈부하진 못할 것이다.

결정을 내린 두삼은 환자에게 손을 떼며 일어났다.

"아! 이제 막 30분이 지났는데 손을 뗐습니다. 포기한 걸까요? 아님 다 찾은 걸까요? 한 선생님, 둘 중에 어떤 겁니까?"

"찾았습니다."

"열두 가지를 다 말입니까?"

"아뇨. 제가 찾은 건 16가지입니다."

"…16가지요? 혹시 많이 얘기해서 몇 개라도 맞힐 생각이십니까? 테스트가 끝나고 일치하지 않는 것에 대해선 재검사를 할지도 모릅니다."

"어떻게 생각하든 상관없습니다. 전 12개를 말할 거고 제대로 검사를 했다면 적어도 8개는 맞힐 수 있을 테니까요."

"…대단한 자신감이군요."

"환자의 병이 워낙 또렷해서 찾기 쉬웠습니다. 참! 진의모에서 고용한 사람이니 진의모의 편을 드는 건 이해하지만 좀 적당히 하세요."

"아니, 제가 뭘 어쨌다고……."

"뭘 어쨌는지는 본인이 더 잘 알겠죠. 이제 병명을 말하면 되는 겁니까?"

한번 지적해서 그런지 진행자는 더 이상 이죽거리는 말투를 사용하진 않았다.

"좋습니다. 그럼 관중석을 보고 한 가지씩 정확하게 말해주십시오."

두삼은 사람들을 보며 말했다.

"환자의 경우 오랜 시간 동안 술과 담배를 했는지 소화기관이 엉망이었습니다. 아마 몸에서 신호를 보냈음에도 상당 시간 방치했을 겁니다. 그 결과 몸의 균형이 깨지면서 주위의 다른 장기들도 나빠졌다고 생각됩니다."

총평처럼 환자에 대해 말한 후 말을 이었다.

"역류성 식도염, 간경변증, 크론병, 대장용종, 당뇨, 신장결석, 알코올성 피부병…… 그리고 마지막으로 위암입니다. 현재 대장 쪽으로 전이가 일어나고 있지 않나 의심됩니다. 이상입니다."

12가지 병을 발표한 두삼은 무대 앞 쪽에 앉아 있는 부회장을 봤다. 그리고 그의 썩어가는 표정을 본 순간 말한 12가지 중 10가지가 포함되었음을 알 수 있었다.

"한두삼 선생이 12가지를 말했습니다. 결과는 저기 계신 진의모의 부회장님이 말하겠습니다."

"……."

진행자의 말에 사람들의 시선은 일제히 부회장에게로 향했다. 그러나 부회장 필사적으로 틀린 곳을 찾는 듯한 모습으로 서류만 뚫어지게 쳐다보고 있었다.

그의 대답을 기다리던 사람들 역시 이상한 분위기를 느꼈는지 수군거리기 시작했다.

"뭐야? 설마 맞힌 거야?"

"에이~ 설마. 의료 기기로 사흘간 철저하게 검사해서 알아낸 결과라던데 고작 30분 손목만 잡고 맞힌다고? 말도 안 돼."

"분위기가 그렇잖아."

소리가 점점 커지자 진행자가 나섰다.

"귀빈 여러분 발표가 있을 테니 잠시만 정숙해 주십시오. 부회장님? 부회장님!"

몇 번 부르자 그제야 운인제가 일어났다. 한데 납득을 할 수 없는지 엉뚱한 걸 물고 늘어졌다.

"환자의 겉모습을 보고 지레짐작하는 것 같은데 암이라니 말도 되지 않소! 얼마나 많은 검사를 했는지 아시오. 내시경만 적어도 두 번씩 했소."

"글쎄요. 내시경으로 찾을 수 없는 위암도 있지 않습니까. 장막층에 암이 생기는 경우처럼 말입니다."

위는 안쪽으로부터 점막층, 점막하층, 근육층, 장막층으로 이루어져 있다.

위암이라고 하면 점막층에 종양이 생기는 경우가 많은데 종종 장막층에 생길 때도 있다. 이런 경우 내시경으로 찾기 힘들고 발견했을 땐 대부분 말기이거나 주위 장기로 전이가 되어 손을 쓸 수 없는 상태일 경우가 많았다.

"흥! 방송 중이라고 너무 막 지르는 거 아니오? 아까 진행자가 말했듯이 다 검증할 것이오."

"하세요. 제 손끝에선 분명 느껴졌으니까. 이왕이면 지금 촬영하는 사람들도 꼭 참여한 상태에서 하세요. 그건 그렇고 결과는 어떻게 됐죠?"

"그건……."

"얼른 발표해 주세요. 틀렸든 맞았든 무의미한 논쟁을 끝내고 싶네요."

말하기 싫은지 그의 입꼬리는 실룩댔고, 발표지를 들고 있는 손이 부들댔다.

"맞았나 보네! 그러니까 저리 뜸을 들이지. 얼른 발표해라. 밤새겠네."

류현수의 나서길 좋아하는 성격이 이럴 때 도움이 되었다. 그의 말에 운인제가 입을 뗐다.

"결과는… 12개 중 위암과 신장결석을 제외한 10개가 맞았습니다."

우와!

놀라움 때문인지 10억을 받게 된 것에 대한 부러움인지 응원을 하지 않던 사람들도 감탄을 터뜨렸다.

"잘 쓸게요."

두삼은 운인제를 향해 환하게 웃어 보이며 말했다.

안 받아도 상관없다고 생각했지만, 받게 되니 역시 기분이 좋았다.

＊　　　＊　　　＊

이벤트에 참석해 준 이들과 함께 점심을 먹고 난 후 선물을 준비해서 민규식의 집으로 갔다.

"고생하셨습니다."

"고생은 무슨. 덕분에 오랜만에 만난 이들과 호텔에서 편하게 한잔했다네. 그래, 10억은 받았나?"

"내일 보내준다더군요. 환자에게 쓸 일부를 제외하곤 의과와 한의과 장학금으로 내놓을 생각입니다."

"방송에서 봤네. 사학 재단에 넘치는 게 돈인데 자네가 쓰지 그러나."

"저도 요즘은 여유가 있습니다. 그리고 두 개의 과에서만 쓰는 조건을 붙일 생각입니다."

"그런가? 허허허! 그렇다면 그렇게 하게. 근데 정기세 일도 있는데 의과에도 주려고?"

"정기세의 일은 지극히 개인적인 일이죠. 전 의과와 한의과가 함께 나아가야 한다고 생각합니다."

"후후! 내 생각도 마찬가질세."

"아! 이건 제 자그마한 선물입니다. 그동안 많은 신세를 졌는데 이제야 인사를 드려 죄송합니다."

"아닐세. 오히려 내가 자넬 부려먹었지."

"언제든지 부려주십시오. 그 덕에 이번 일도 성공을 한 거니까요."

"허허허! 부려먹으려고 해도 자네가 시간이 있어야지. 나도 양심은 있네. 현재 하고 있는 암센터 일이나 잘 도와주게."

"새로운 프로젝트 팀 얘긴 들었습니다. 하지만 지금처럼 돕는 방식으로 하려고요."

"고웅섭 센터장도 그렇게 말하더군. 내가 보기에도 그 정도가 좋아."

"이해해 주셔서 감사합니다."

"그나저나 현재 맡고 있는 환자들 상태가 좋다고 들었네. 한방색전술이라 부른다지?"

"암세포로 향하는 혈관은 막고 막혀 있는 혈을 뚫었더니 그렇게 됐습니다."

"시간 날 때 그에 대한 논문을 써보게. 이제 슬슬 자네도 명성을 생각할 때가 되지 않았나."

"하하… 명성을 생각하기엔 아직……. 다만 침구로 가능하지 않을까 고민 중입니다."

"그래? 허허허! 이제 알아서 자신의 길을 가는군."

"아직 멀었습니다. 언제든 필요한 것이 있다 싶으면 말해주십시오. 저도 조언을 구하겠습니다."

아직까진 의사로서도, 인간으로서도 부족하다고 생각됐다. 할아버지와 유일한 은사님이 떠나고 없는 지금 두삼의 마음 속 스승은 민규식이었다.

"조언은 무슨, 늙은이의 잔소리지. 잔소리라도 듣고 싶으면 종종 내 사무실로 오게."

"그러겠습니다. 대신 귀찮다고 내치시면 안 됩니다."

"나도 생활이 있는데 너무 자주 오진 말고. 허허허!"

두 사람은 마치 스승과 제자처럼 한참 동안 허허하하 얘기를 나눴다. 그리고 슬슬 얘기가 끝날 때쯤 민규식이 지나가는 투로 물었다.

"청하에게 듣자 하니 침구과 임동환 선생이랑 사이가 좋지 않다고?"

"딱히 좋고 말고 할 것도 없습니다. 다만……."

아직 확실하지 않은 얘기라 할까 말까 고민하다가 민청하와 관련된 일이니 그러면 알아도 될 것 같아 말을 이었다.

"우연찮게 들은 얘기 때문에 그가 섬에 있었던 사건의 배후가 아닌가 하고 의심하고 있습니다."

"임 선생이? 음… 어떤 얘기를 들었는지 정확히 알 수 있겠나?"

"제가 섬에서 당한 일을 서울에 있던 그가 정확히 알고 있었습니다. 시점상으로 돈을 건넨 부모님과 돈을 뜯어낸 조해수를 제외하곤 알 수 없는 일이죠."

"애매하군."

"네. 심증은 가는데 증거가 없으니 저도 섣불리 그렇다고 단정

짓지 못하고 있습니다."

"그가 그런 이유는?"

"글쎄요. 눈에 보이는 건 제 애인을 뺏기 위함인데 정확히는
알 수가 없습니다."

"청하와 만나면서 헤어졌다는 주해인 말인가?"

"알고 계셨습니까?"

"청하 말이 그 여자와 헤어진 후 슬퍼하는 모습에 연민이 생
겼다더군."

"연기력이 꽤 좋았나 보군요. 공교롭게 두 사람이 헤어질 때
제가 듣고 있었는데 결혼을 왜 자꾸 미루느냐고 하는 해인이의
말에 헤어지자고 한 사람이 임 선생이었습니다."

"……."

"헤어지자고 한 사람이라고 슬프지 않은 건 아니지만 그날 잔
인하다 싶을 정도로 몰아붙이는 모습을 본 저로서는 이해가 안
되네요. 솔직히 동생 같은 청하가 다치길 원하지 않아 꺼낸 말이
니 명확해질 때까지 원장님께선 모른 척해주십시오."

"…자네가 허튼 소릴 할 이유는 없을 테고. 그렇게 하지. 근데
만일 사실이라면 어떻게 할 생각인가?"

"글쎄요. 그가 제 것을 뺏으려 했으니 그대로 해줘야 하지 않
을까요? 제 능력으로 될지 모르겠지만요."

이에는 이, 눈에는 눈.

아직까지 구체적인 계획은 없었지만 그가 했던 것처럼 그가
가진 것들을 뺏을 생각이다.

                    *   *   *

　다들 로또에 당첨됐다고 말했다. 그래서인지 세금도 로또 당
첨금만큼 3억 이하 22%, 3억 초과분에 33%를 떼고 7억 조금 넘
는 돈이 들어왔다.

　아무것도 한 것 없는 나라에 3억을 도둑맞은 느낌이랄까. 그
래도 국민으로서 납세의 의무는 지켜야 하니 금세 홀홀 털어버
렸다.

　그리고 받은 7억은 테스트받았던 환자가 한강대학병원에서
치료를 받을 경우를 대비해 1억을 기탁하고 나머지 6억 중 4억
은 학생 수가 많은 의과에, 2억은 한의과에 각각 보내 버렸다.

　10억이 흔적도 없이 사라져 버린 것이다.

　물론 돈은 한 푼도 남기지 못했지만 부가적으로 얻은 것이 있
었다.

　"선생님, 정기세 학생이 찾아왔는데요."

　"들어오라고 해요."

　정기세는 뻣뻣하게 굴던 그날과 달리 한 손엔 건강 음료수를
들고 공손한 자세 들어왔다.

　"…사죄드리러 왔습니다, 교수님."

　들어오자마자 90도로 고개를 숙이며 사과를 하는 정기세. 근
데 솔직히 진정성이 의심된다.

　어제 민규식 원장에게 경승태 교수를 해임시키기로 했다는 얘
기를 들어서 그런지 모르겠다.

　표면적으로는 입학생 면접 비리 건이지만 내부적으로는 이번

진의모 일로 더 이상 학교에 둘 수 없다고 판단했음이 분명했다.

즉, 빽이 사라지자 꼬리를 내린 모양새였다.

두삼이 말이 없자 정기세는 얼른 말을 덧붙였다.

"학교 게시판에 사과 글을 올렸고 학과장님께도 방금 사죄드리고 오는 길입니다."

"학장님이 뭐라든가요?"

"…한 교수님이 용서를 하면 용서를 하신다고 하셨습니다."

"내 결정에 따른다고 하셨다고요?"

"예. 잘못했습니다. 이번 한 번만 용서를 해주신다면 두 번 다시 그런 소리를 하지 않겠습니다."

"용서를 안 하면 계속하겠다는 얘기처럼 들리네요?"

"네? …아, 아닙니다. 앞으로 절대! 입 밖으로 꺼내지 않고 그런 상상조차 하지 않겠습니다. 그러니 제발 용서해 주십시오, 교수님."

"다시 꺼내면?"

"그땐 어떤 벌이라도 달게 받겠습니다."

"알았어요. 용서하죠."

"그럼 내년 수련의 과정은 이곳에서 받을 수 있게 되는 겁니까?"

"아뇨. 수련의 과정은 다른 병원에서 받아요."

"네? 방금 용서하신다고……."

"일을 크게 만든 것에 대한 벌은 받아야죠. 경승태 교수를 끌어들였잖아요."

"그건 우리 아버지가… 헙!"

"아버지가 아들을 위해 힘을 쓴 것까지 뭐라 하진 않겠어요. 다만, 오늘 사과하러 오지 않았다면 정기세 학생은 우리 병원에서 발도 못 붙이게 했을 겁니다. 그럼 전문의 생활도 이곳에서 못하겠죠."

"……."

"그렇게 알고 이만 가봐요."

고개를 숙인 채 아무 말이 없던 정기세는 갑자기 무릎을 꿇었다. 그리고 울먹이는 목소리로 말했다.

"제발 용서해 주세요, 교수님. 제가 정말 잘못했습니다! 수련의 생활을 이곳에서 못 하면 전문의 생활은 절대 못 합니다. 원하는 과 레지던트로 들어가는 것도 얼마나 힘든지 교수님도 아시잖아요."

"정기세 학생에게 기회는 여러 번 있었어요. 근데 그걸 차버린 건 다름 아닌 정기세 학생이에요. 그러니 그에 대한 책임도 져야 하지 않겠어요?"

"지겠습니다! 다만 다른 벌을 내려주세요. 뭐든 할 테니 수련의 생활을 다른 곳에서 하라는 말만 하지 말아주세요. 6년입니다, 그런데 다른 곳으로 가라니요. 제발! 제발… 부탁드리겠습니다."

정기세는 눈물까지 흘리며 호소했다.

진심 어린 반성일까? 아님 악어의 눈물일까?

별다른 표정의 변화 없이 물끄러미 그를 보던 두삼은 전자라는 생각이 들었다. 그래서 한 번의 기회를 더 주기로 했다.

"인생에 3번의 기회가 있다죠. 그 전에 몇 번을 썼는지 모르지만 그 한 번을 쓴 걸로 하죠. 다만 적당한 벌칙은 받아야 할 거예요."

"…그, 그럼?"

"수련의 문제는 없었던 일로 하죠."

"가, 감사합니다, 교수님. 흑!"

"좋은 쪽으로 오늘 이 순간을 잊지 않길 바라요. 얼굴 정리 되는 대로 나가봐요."

정기세는 몇 번이고 감사를 표한 후에야 떠났다. 그리고 그가 나가고 나자 천 간호사가 물었다.

"진심 같죠?"

"글쎄?"

"진심 같아서 용서하신 거잖아요. 그리고 진심이 아니라면 저 학생 배우 해야 해요."

"진실 탐구는 여기까지 하고 우리도 수다 그만 떨고 일이나 합시다."

"수다 더 떠셔야 할 것 같은데요."

"……?"

"한의사협회에서 온 사람들이 기다리고 있대요."

모니터를 보니 접수대를 맡고 있는 정 간호사가 보낸 메시지가 와 있었다.

*　　　*　　　*

"핫핫핫! 한 선생 또 봅니다."

지난번 진의모 검증 테스트가 끝나고 난 후에 보자고 하던 한 의사협회 두 사람이 다시 왔다.

신경질적이고 고압적인 전과 달리 만면에 웃음을 머금고 아주 친근한 모습이었다.

"두 분 어서 오세요. 천 간호사, 전에 두 분 아메리카노 좋아 한다고 하셨으니 두 잔 부탁해도 될까요? 천 간호사도 밖에 있 는 사람들과 한잔하고요."

천 간호사에게 카드를 건넨 후 두 사람이 앉을 자리를 마련해 줬다.

반가운 손님은 아니지만 기분이 나쁘다고 적대할 사람들도 아 니었다.

"앉으세요. 지난번 말한 일로 오셨습니까?"

"지난번에 우리가 뭐라고 했나요?"

"진의모와 테스트가 끝난 후에 협회 측에서 징계가 있을 거라 고……."

"혹시나 한 선생이 테스트를 하다가 상처 입을까 걱정스러워 한 말이죠. 하핫핫!"

들어올 때 표정에서 짐작했지만 나쁜 일로 온 건 아닌 모양이 다.

"심려를 끼쳐서 죄송합니다. 앞으로는 자중하면서 지내도록 하겠습니다."

"젊은 혈기에 그럴 수도 있죠. 근데 혹시 그제 테스트 영상이 인터넷에 올라온 건 봤습니까?"

"아뇨. 이미 지난 일 신경 써서 뭘 하겠습니까. 불편한 장면이라도 있었나요?"

"그게 아니라 사람들에게 인기가 많아서요. 댓글들도 한의학에 대해 다시 봤다는 칭찬 글이 많고요."

"그래요?"

"협회장님도 그걸 보고 아주 흡족해하셨습니다. 그리고 하신 말씀이 한 선생 같은 젊은 한의사들이 우리 한의학계를 변화시켜야 한다고 말했습니다."

"좋은 말씀인데 현실적으로 힘들지 않습니까."

사실 앞으로 나아가려는 젊은 한의사들을 이끄는 이들도 나이 든 세대지만, 발목을 잡는 것도 나이 든 세대다. 새로움을 말하면서 그들의 잡고 있는 기득권에 해가 된다 생각되면 무시한다.

이번 일만 해도 그렇지 않은가.

물론 협회를 욕할 생각은 없다. 의사협회와 각을 세우고 있는 그들의 입장에선 자신의 행동이 무모해 보였을 것이다.

"한창 바쁠 때라는 거 알아요. 하지만 물이 들어왔을 때 노를 저으랬다고 우리 한의사들에 대한 인식이 좋을 때 뭐라도 해야 하지 않겠어요?"

'뭐야? 나한테 뭔가를 시키겠다는 소리잖아. 내 스케줄 표를 보고도 이런 말이 나올까. 절대 사양이다.'

완곡하게 거절했다.

"하하… 물은 이미 익사할 만큼 들어왔습니다."

"아직 결정된 것은 없으니 너무 성급하게 생각하지 마세요. 다만 장담하건대 한 선생 인생이 바뀔 만한 굉장한 기회가 될 겁니다."

"지금으로도 충분합니다."

"하핫핫! 분명 만족스러울 겁니다. 협회장님이 누군가를 띄우는 데는 타고난 분이거든요."

"……."

지금 같은 대화하고 있는 거 맞아? 왜 저렇게 일방적인지 모르겠다.

어차피 지금 말해봐야 입만 아플 것 같았기에 입을 다물고 속으로만 절대 하지 않을 거라고 다짐했다.

협회 사람들이 떠난 후 밀린 환자들을 보느라 점심도 빵으로 간단히 때우며 예약 환자들을 진료했다.

"후우~ 천 간호사는 양 선생 일 대신하다가 시간되면 퇴근하세요."

"양 선생님 암센터에 데리고 가시려고요?"

"네. 생각해 보니 한의사에겐 흔치 않은 기회겠더라고요. 보고 살피는 것만으로도 좋은 교육이 되지 않을까 싶어서요."

"후후! 선생님도 점점 진짜 선생님이 되어가는 것 같아요."

"전엔 어설펐다는 얘기처럼 들리네요."

"솔직히 그랬어요. 지금도 약간 그렇고요. 데리고 가려면 레지던트 셋을 다 데리고 가서야죠. 운 좋게 셋이 들어왔고 선생님이 바빠서 일대일로 맡고 있는 거지 개인 교습이 아니에요."

"아! 그러고 보니……."

양태일이 이방익과 옐른 선생에게 틈틈이 교육을 받고 있다는 애길 들었다. 그땐 그저 자신이 바쁘니 대신해 주는구나 생각했는데 천 간호사의 말을 듣고 나니 자신이 잘못 생각하고 있었던 것이다.

"···아직도 많이 어설프네요. 앞으로 그런 얘기는 바로 해주세요. 그래야 고치죠."

"발견하면 말씀드릴게요. 사실 선생님은 고칠 게 거의 없으시거든요."

"위로의 말은 안 하셔도 돼요. 근데 다른 레지던트를 부르려면 선생님들 방으로 가야 하나요?"

"회의에 참석··· 못 하셨구나. 태블릿에 메뉴에 보면 호출 기능 있어요. 목적과 위치를 간단히 적어서 보내면 알아서 올 거예요."

태블릿이 환자의 기록만 보는 것이 아닌 모양이다.

메뉴를 보니 정말 호출이라는 메뉴가 있었는데 창을 띄우고 천천히 보자 단독으로 혹은 단체로 부를 수 있는 기능도 있었다.

내용을 간단히 적은 후 세 명을 지정하고 호출을 누르자 5분도 되지 않아 셋이 모였다.

문명의 이기에 대한 놀라움은 잠시 접어두고 부른 목적을 다시 한번 설명했다.

"지금 암센터로 갈 거야. 한의사가 쉽게 접할 케이스도 아니고 진맥을 한다고 뭔가를 느낄 수 있는 것도 아니겠지만 환자의 상태와 기록을 살피다 보면 얻는 것이 있을 거라 생각해서 데리고 가는 거니까 집중할 수 있도록."

"예! 선생님."

"그리고 그동안 은서랑 혁이한테 소홀했던 거 사과하마. 나도 처음인지라 착각하고 있었다. 이제부터라도 궁금한 거나 모르는 거 있음 주저하지 말고 와."

"저, 질문 있습니다!"

박혁은 마치 군인처럼 절도 있게 손을 들며 물었다. 고개를 끄덕이자 그는 바로 말을 이었다.

"선생님 지난 일요일 날 영상 봤습니다. 진맥, 아니, 안마를 통해 환자의 병을 잘 알아내시던데… 특별한 노하우가 있는 겁니까? 그렇다면 혹시 저희도 그걸 배울 수 있을 있습니까?"

"실망감을 줘서 미안한데 그건 타고난 재능 같은 거야."

"아… 역시……"

"누구나 할 수 있는 진맥 방법을 생각해 보곤 있는데, 글쎄 언제쯤 찾을 수 있을 건지 모르겠다. 설마 실망한 건 아니지?"

"…아닙니다."

"타고난 재능이 없어도 노력만으로 경지에 오른 한의사들도 분명 있어. 그러니 열심히 해. 환자들이 기다리고 있으니까 이만 갈까?"

레지던트들을 데리고 암센터로 이동했다.

한방색전술을 받은 환자들은 두삼 덕분에 호전되고 있어서인지 레지던트들의 진맥을 기꺼이 허락했다.

"기록을 먼저 살펴. 그리고 가급적 느끼려고 노력해 봐. 혹시 느껴지는 사람 있으면 말해. 내가 스승으로 모실 테니까."

세 명의 레지던트는 태블릿과 환자를 번갈아 보면서 자신들끼리 의견을 교환하는 등 흔치 않는 기회를 놓치지 않으려 했다.

자신도 모르게 흐뭇하게 그 모습을 보고 있는데 이상윤의 목소리가 들렸다.

"스승 놀이 하냐?"

"말 좀 예쁘게 해라. 놀이가 뭐냐? 퇴근 전에 환자 보러 온 거면 비켜줄 테니 봐."

"아냐. 레지던트들하고 같이 왔다기에 잠깐 들렀어."

"애들한테 독설 날리면 한동안 희정 씨랑 좋은 시간 못 보낼 줄 알아."

"그런 거 아니거든. 융통성 없는 네가 뇌종양 환자들만 보여줄 것 같아서 온 거다. 촉진이 가능한 환자부터 보여줘야지, 이게 뭐냐?"

"…그래도 돼?"

"안 될 게 어디 있어. 너도 여기서 일하는 사람이고 레지던트도 병원 식군데. 어떤 때 보면 너도 참 고지식해. 다음부턴 미리 나한테 말하든가 공문을 보내."

하나의 병원이고 양의사든, 한의사든 환자를 치료하는 건 같다고 생각하면서도 막상 마음 한구석에 차이가 있다고 생각한 모양이다.

"고맙다."

"자기 일도 아닌데 고맙다는 거 보면 스승 놀이 맞나 보네. 너무 고마워하지 않아도 돼. 내가 한의학에 대해 철저하게 파헤쳐서 널 이겨줄 테니까."

"그러든가."

왜 저 소리가 안 나오나 했다.

진짜 이길 마음은 있는 건지 의문이지만 말이다.

비교적 촉진이 쉬운 편인—다른 암에 비해—위암과 대장암 환자가 있는 병실로 옮기는데 진동이 왔다.

번호를 확인하니 병원 내선 전화번호다.

전화기를 흘낏 보던 이상윤이 말했다.

"소화기내과 번호네."

소화기내과에서 왜……? 혹시 경승태 교수 일 때문인가? 고민을 하다가 전화를 받았다.

—한두삼 선생님?

"맞습니다."

—소화기내과 이문동입니다.

"예, 이 선생님. 무슨 일이신지?"

—혹시 시간 되면 환자 한 명 봐줬으면 하는데… 환자에 대한 정보는 보냈으니 태블릿으로 확인해 보세요.

"도착했습니다. 잠시만이요."

눈으로 빠르게 훑었다.

60대 여성. 혈변 때문에 입원을 해서 수많은 검사를 했는데 어디서 피가 새는지 찾지 못한 케이스로 65㎏이었던 몸무게가 현재 45㎏으로 줄어들어 상당히 위험한 상태.

왜 자신에게 연락했는지 알 것 같다.

"지금 가겠습니다."

—8층에서 기다리겠습니다.

전화를 끊고 나자 이상윤이 말했다.

"적당히 대여섯 개만 맞혔어도 체면치레는 했을 텐데 잘난 척 하느라 16개를 찾아냈을 때 이렇게 될 줄 알았다. 가봐. 이 애들은 내가 데리고 갈게."

"…어떻게 될 줄 알았다는 거야?"

"한강대학교 공식 병 찾는 의료 기기가 되는 거야. 아마 여기 저기서 널 찾을걸."

"설마……."

"시험 끝나고 나면 학생들이 몇 번 문제의 정답은 몇 번이다, 라는 말을 왜 하는지 알아? 그건 확신이 없기 때문이야."

"공부 잘하는 사람들은 안 그러잖아. 의사가 될 정도면 공부를 잘했을 거고."

"의사 중에 우등생 아닌 사람이 어디 있냐? 하지만 우등생들만 모여 있어도 거기서 우열이 갈리는 법이야. 나를 보면 알잖아. 탑 오브 탑이랄까."

"끝은 꼭 네 자랑으로 끝나는구나. 그래서인지 신뢰성은 제로다."

"아무튼 의사들이 얼마나 실수를 두려워하는지 알게 될 거다."

이상윤의 저주를 더 듣기 싫었기에 서둘러 본관 8층으로 향했다.

8층으로 올라가자 30대 초반의 무척 피곤해 보이는 의사가 기다리고 있다가 바로 다가왔다.

"처음 뵙겠습니다. 전화 드렸던 이문동입니다."

"네. 반갑습니다."

"늦게 죄송합니다. 저 때문에 퇴근도 못 하시는 거 아닌지 모르겠습니다."

"아닙니다. 일하는 중이었는데요."

척 보기에도 며칠 집에 못 들어간 듯한 사람이 하는 말이라 생색을 내기 어려웠다.

"환자는 어디에 있습니까?"

"이쪽입니다."

830호실로 들어가자 깡마른 여자가 침대에 누워서 죽은 듯 자고 있었는데 피를 많이 흘렸는지 수혈 중이었다.

"30분 전쯤 화장실에서 300cc 정도의 피를 흘렸습니다. 외과와 협의 하에 개복을 준비를 하고 있는데 그 전에 쓰러질 것 같아 선생님께 연락했습니다."

한 번 출혈이 일어날 때 300cc면 상당히 위험한 상태라 할 수 있었다. 하루 두 번만 해도 몸 안의 15% 정도의 피가 빠진다는 얘기였다.

"짐작 가는 곳도 없습니까?"

"…네. 곳곳을 검사하고 내시경도 많이 해봤지만 못 찾았습니다. 진짜 귀신이 곡할 노릇이라니까요."

"지속적인 출혈은 아니라는 말이군요?"

"네. 지속적이라면 분명 찾았을 겁니다. 어떤 때는 적어서 자연 치유가 되나 싶다가도 또 많아지고. 모든 혈관을 내시경할 수도 없고… 갑갑한 상황입니다."

인간의 몸속 혈관 길이는 대략 100,000km. 지구를 두 바퀴 반 돌 수 있는 길이다. 물론 대량 출혈이 일어날 수 있는 혈관만 생각한다면 그 범위와 길이는 훨씬 줄어들겠지만 그렇다 해도 일일이 찾는다는 건 불가능에 가까웠다.

"그렇군요. 제가 한번 보겠습니다."

"편하게 안마를 하셔도 됩니다. 잠들기 전에 허락을 받아뒀습니다."

"…네."

진맥만 하려 손목을 잡으려던 두삼은 자세를 잡고 환자의 다리부터 가볍게 주물렀다.

환자의 내부로 들어간 기는 먼저 단전으로 향했고 거기서부터 온몸으로 퍼져 나갔다. 그리고 그려지는 환자의 내부.

그러고 보면 내부를 살피는 두삼의 능력은 새삼 놀라웠다. 모든 걸 세세하게 보려면 얼마나 걸릴지 알 수 있지만 혈액의 흐름만을 살피는 건 금방이었다.

'응? 출혈 부위가 안 보여.'

혈전으로 인해 피의 흐름이 원활하지 않는 부분은 제법 많았지만 새는 곳은 없었다.

바로 2단계로 넘어갔다.

1단계가 내부 전체를 슥 훑어보는 식이라면, 2단계는 의심이 되는 부분부터 조금 더 세밀하게 살피는 작업. 이번엔 항문부터 차근차근 살폈다.

그래도 쉽게 보이지 않는다.

이문동이 왜 귀신이 곡할 노릇이라고 했는지 조금은 알 것 같았다.

내부를 살피면서도 손은 계속 환자를 주무르고 있었는데 복부 부근을 천천히 눌렀을 때 소장이 움직이면서 출혈이 일어났다.

'헐! 이러니 못 찾지.'

소장 쪽 혈관에 포가 떠진 것처럼 상처가 났는데 소장의 움직임에 피가 멈췄다 새어 나왔다 했다.

일단 정확한 위치를 파악하고 기운을 이용해 관을 만들어 혈관 사이에 끼워 출혈이 일어나지 않게 한 후 벌어진 부분을 살짝 눌러 붙을 수 있게 만들었다.

물론 번거롭지만 침을 이용해 치료하는 시늉은 해야 할 것이다.

"찾았습니다."

"네? …정말입니까?"

꽤 오랫동안 고생했던 일을 순식간에 찾아버리니 믿기지 않은 것 같았다.

"소장에 출혈이 있습니다."

"소장 내시경을 두 번이나 했는데……"

"그때 운이 없었던 것 같네요. 접히는 부분이 펴질 때 출혈이 보입니다. 그리고……"

부위와 상태를 정확하게 설명을 한 후에야 이문동은 납득을 했다.

*　　　　　*　　　　　*

학과로 들어가는 길에 개나리와 진달래가 예쁘게 피었다. 아침저녁으로 다소 쌀쌀하지만 바람막이 옷이면 충분한 계절이 되었다.

'며칠만 지나면 벚꽃이 흐드러지게 피겠지? 올핸 가까운 일본이라도 하란이와 갔다······.'

"깔깔깔! 간지러워!"

"가만히 있어봐. 여긴가?"

"거, 거기도 간지러워. 호호호호!"

커피를 마시며 창밖 풍경을 보는데 학생들의 깔깔거리는 소리에 상념을 깼다.

건강에 좋은 혈들을 가르치고 실습을 시켜놨더니 장난을 치느라 여념이 없다.

장난친다고 혼낼 마음은 없었다. 지금은 좋아하는 것만으로 충분했다. 그에 빙긋이 웃으며 말했다.

"단순하고 별것 아닌 것처럼 보이지? 제대로 해서 부모님께 해드려 봐. 용돈이 오를 거다. 그리고 연인에게 해줘봐. 사랑이 배는 싹틀 테니."

"풉! 교수님, 영업 사원 같아요."

"후후! 그래? 그럼 진짜 영업을 해볼까. 다음 수업 시간에 이 교탁 위에 뭐가 올라와 있느냐에 따라 정력과 피부 관리에 관한 혈을 가르쳐 줄게."

"···배우기 상당히 부담스러운 혈이네요, 교수님."

"과연 그럴까? 너희들이 나중에 한의원 개원해 봐. 거짓말 조금 보태서 너희를 먹여 살리는 혈 자리가 될 거다. 오늘 배운 건 중간고사 실습 시험에 포함되니까 주의 사항 기억하면서 연습 많이 해보도록. 과한 자극은 어떻다고?"

"안 하니만 못 하다!"

"오케이! 오늘 수업은 여기까지. 질문 있어?"

예의상 한 질문인데 과대표가 얼른 손을 든다.

"교수님, 저희 이 주 후에 목, 금 해서 MT 가기로 했습니다."

"알고 있어. 수업 때문이라며 빼줄 테니까 걱정 마."

"그것도 그거지만 참석해 주십사 해서요."

"글쎄다. 지금 같은 상황이면 장담 못 하겠다."

이상윤의 저주는 사실이었다.

소화기내과의 일이 퍼지면서 봐달라는 환자들이 늘고 있었는데 치료를 하는 것이 아니고 어디가 이상이 있다는 정도만 알려주는 것이라 그나마 다행이었다.

"찬조금은 낼게. 그리고 오늘 배가 고프거나 술이 고프면 저기 있는 양 조교에게 말해라. 또 다른 질문 있는 사람? 없으면 다음 주에 보자."

서둘러 병원으로 가봐야 하기에 강의실에서 나와 교수실로 향하는데 이젠 약간의 부자연스러움만 남은 배수진이 새끼 오리처럼 따라붙었다.

"할 말 있냐?"

"예. 말씀드릴 게 있어요."

"10분 정도밖에 없는데."

"그 정도면 충분해요."

"그럼 해."

"여기선 좀 그래요."

"그럼 교수실로 가자."

배수진과 교수실로 들어갔다.

"누가 새로운 차를 가져왔는데 차 마실래?"

매주 올 때마다 교수실은 깔끔하게 정리되어 있었고 새로운 꽃과 차가 준비되어 있었다.

치료해 준 것에 대한 고마움 때문인 것 같은데 그냥 모른 척하고 있었다.

배수진이 자신을 어떻게 보는지 알고 있다. 그저 연예인을 좋아하는 사춘기 학생 정도로 생각하고 있어 그 역시 모른 척하고 있었다.

저 또래의 여자들이 이 연예인 좋아했다, 저 연예인 좋아했다 하는 것처럼 곧 바뀔 것이다.

"아무거나 주세요."

차를 끓인 후 소파에 앉았다.

"할 말이 뭔데?"

"그 전에 한 가지 물어볼게요. 혹시… 옥 교수님이랑 사귀세요?"

"엥? 뜬금없이 뭔 소리냐?"

"옥 교수님이랑 자주 다니시잖아요. 동기들 중에 두 분이 사귀는 줄 아는 애들도 있어요."

"헐! 자주 다니면 사귀는 거면 너랑도 사귀는 거냐?"

"…저랑 같이 다니지 않잖아요?"

"지금 차를 마시잖아. 그거랑 비슷한 거야. 일 때문에 잠깐 얘기한 것뿐이야."

"그래요? 그럼 아무 상관없겠네요?"

"뭐가?"

"옥 교수님요. 며칠 전에 우연히 봤는데 임동환 교수님이랑 사이좋게 나오시던데요."

"…그래?"

옥지혜가 질색이라는 임동환을 만났다는 것이 조금 이상하다는 표정을 지었더니 그새 취조하듯 물어본다.

"왜요? 마음에 걸려요?"

"아니라니까. 얘가 왜 자꾸 그런 쪽으로 연결을 해. 두 사람도 할 얘기할 일이 있었나 보지."

"음……."

"그런 표정 짓지 말고. 내가 전에 애인 있다고 말한 것 같은데."

"열 여자 마다하는 남자 없다던데 아닌가요?"

"사람마다 달라. 난 한 명이면 충분하고. 너도 사귀는 건 많이 사귀어도 괜찮지만 정해지면 한 명한테 충실하게 살아."

"저도 한 명이면 돼요."

"미성년자한테 무슨 말을 하는 거니. 아무튼 동료 그 이상은 아니니까 애들한테도 괜한 오해하지 말라고 해."

"알았어요. 그럼 이만 가볼게요."

왠지 아까보다 밝은 표정으로 나가는 배수진. 두삼은 그 모습에 머리를 긁적이다가 일어나 병원으로 갔다.

방문한 곳은 정형외과.

오늘 케이스는 검사를 해서 병을 찾지 못한 케이스가 아니라 검사를 하지 못하는 케이스였다.

추운 겨우내 잔뜩 움츠렸던 노인들이 봄이 왔다고 움직이다가 골절 사고가 나서 입원을 한 것이다.

뼈가 부러지면서 약해진 틈을 타 다른 병들이 발병을 했는데 열이 심해서, 혹은 몸이 약해서 검사를 받지 못하는 경우였다.

정형외과 레지던트는 환자를 옮겨갈 때마다 설명과 함께 태블릿을 건넸다.

"74세. 대퇴골 골절로 입원했는데 입원 당시부터 원인을 알 수 없이 열이 높아 수술을 못 하고 있습니다. 감염이 의심되어 항생제를 투여하고 있는데 효과가 없습니다."

어떤 병엔 어떤 항생제가 듣지 않아 필요에 의해 개발되다 보니 항생제의 종류는 많다. Penicillin계, Cepha계, Aminoglycoside계 등등.

학교 다닐 때 상당히 짜증을 내면서 외웠던 기억이 있는데 머릿속에 남은 건 많지 않다.

보통 감염이 의심되면 여러 종류의 항생제를 써가면서 환자에게 맞는 항생제를 찾는다. 환자에겐 꽤 지루한 시간이지만 반드시 필요한 과정이다.

"볼게요."

열로 의식이 희미한 환자의 손을 잡은 후 서늘한 기운으로 만들어서 들여보냈다.

이렇게 하면 기운의 소모는 심해지나 환자의 열을 내리기 쉽고 원인이 되는 곳을 찾기 쉬웠다.

열로 인해 붉은빛이 도는 신체에 차가운 기운이 돌면서 열을 식힌다. 열이 심해 기운이 많이 소모됐지만 최근 양도 많이 늘고 쓸 데도 많지 않았기에 꽉꽉 보냈다.

그리고 차가운 기운이 지났음에도 붉은빛이 가라앉지 않는 곳을 찾을 수 있었다.

부러진 대퇴골에서 뇌까지 이어진 신경. 그리고 신경에서 보내는 신호로 인해 자극을 받은 뇌.

'이러니 찾을 수가 없지.'

결론은 뇌의 자극으로 분비된 호르몬 작용으로 열이 나는 거였다.

대퇴골 수술을 하면 해결될 문제였지만 열의 원인을 찾으려면 찾을 수 없는 특이한 증상이랄까.

"잠시 실례하겠습니다."

두삼은 환자의 허리춤으로 왼손을 넣고 오른손으로 대퇴골 부위를 주물러서 부러진 뼈가 신경을 자극하지 못하도록 만들었다.

"어! 선생님 그렇게 주무르시면……."

"됐어요. 부러진 대퇴골 뼈에서 시작된 열 같아서 뼈의 위치를 살짝 옆으로 옮겼어요. 지켜보다가 열이 떨어지면 수술하면 될 겁니다."

"…아, 네."

레지던트는 머릿속으로 퍼뜩 이해가 되지 않았지만 애초에 원인을 찾지 못한 환자였으니 두삼의 말을 믿을 수밖에 없었다.

"다음으로 가죠."

"예, 선생님."

다음 환자는 특실이었는데 들어가기 전 레지던트가 환자에 대해 귀띔했다.

"저희 대학 경상대 교수님인데 교통사고로 경골과 대퇴골 골절로 입원을 했습니다. 한데 현재 상태가 많이 안 좋으십니다. 게다가 가끔 Dementia(치매) 증상이 일어나서 욕을 하니 알고 계십시오."

노년의 사고는 극도로 조심해야 한다. 단 한 번의 작은 사고로 죽음에 이르는 경우가 많았다.

"욕먹는 거야 익숙합니다."

"하하. 하긴 선생님은 응급실에서 일하셨죠?"

"잠깐 있었습니다."

"잠깐이라도 욕에 익숙해지기에 충분한 곳이죠. 거기 내려갈 때마다 노상철 선생님처럼 몸을 키울까 고민하게 된다니까요."

진짜 웃기게도 응급실에서 행패를 부리는 인간들도 사람을 가린다.

노상철처럼 우락부락한 사람이 있으면 새색시처럼 있다가 좀 왜소한 의사가 있으면 세상의 왕인 듯 지랄을 한다.

그 얼마나 찌질하고 못난 짓인가.

서울에 이어 논산, 울산까지 경호원들이 상주하게 되면서 폭력은 확실하게 줄었지만 욕설과 고성은 여전히 줄지 않고 있었다.

환자들에게 욕설을 들었다는 공통점(?)은 안내하고 있는 레지던트와 조금은 가까워지게 만들었다. 그래서일까 낮은 목소리로 추가 정보를 말했다.

"교수님 부인이 옆에 계신데 주의하세요."

"왜요? 그분도 욕하세요?"

"아뇨. 듣기론 엄청난 집안 사람이라고 하더라고요. 그래서 과장님이랑 센터장님도 여기 올 땐 조심하세요. 저희에게도 심기를 건드리지 말라고 매일처럼 말할 정돕니다."

"빽이 엄청난 사람이니 조심하라는 소리였군요?"

"그 자체가 빽인 사람이죠. 저희가 상상할 수 없는 세계의 사람들. 뭐, 그런 거 아시잖아요."

"하하… 잘 알죠."

드라마와 같은 방송 매체가 만들어놓은 권력자들에 대한 모습은 실제에 비해 훨씬 덜 하다고 정 변호사가 말했었다.

조폭들이 문신으로 '다가오면 다쳐!'라고 말하듯이 그들도 방송 매체를 통해 그렇게 말하고 있는 건지도.

문신도, 드라마 속 모습도 딱히 두렵진 않지만 귀찮은 일은 질색이기에 그의 말에 고개를 끄덕였다.

노크를 하고 안으로 들어가자 넓은 방 한 켠 침대엔 환자가 누워 있었고, 소파엔 곱게 나이 든 부인이 책을 읽고 있다가 일어났다. 그리고 좀 전의 말이 무색하게 온화하게 미소 지으며 말했다.

"어서 와요. 검사를 하러 온다는 얘긴 과장님께 들었어요."

"실례합니다. 봐도 될까요?"

"그러세요."

환자 옆으로 가자 레지던트가 부인 쪽을 슬쩍 본 후에 낮은 목소리로 설명했다.

"수술은 성공적으로 끝났는데 열이 떨어지지 않고 있습니다. 게다가 수술 후 갑자기 약해져서 검사를 제대로 하지 못하고 있고요."

"…무슨 말인지 알겠어요."

센터장과 과장이 왜 레지던트에게 심기를 건드리지 말라고 했는지 알 것 같았다.

수술 후 갑자기 상황이 나빠졌다는 말은 수술이 잘못됐을 수도 있다는 얘기다. 만일 환자가 죽고 부검 결과 수술 부작용이라는 결과가 나온다면 어떻게 될까.

그때도 저 부인이 온화한 미소를 지을까.

두삼은 아까와 마찬가지로 환자의 몸을 가볍게 주무르면서 차가운 기운을 몸에 넣었다.

'어라? 수술 부위에 약간의 염증은 있지만 이것 때문에 이렇게 열이 날 리는 없는데……'

열나는 건 같지만 조금 전 환자와 달리 원인이 보이지 않았다. 그래서 수술한 부위부터 다시 세밀하게 살피기 시작했다.

한참 집중을 하고 있는데 차가운 기운 때문에 환자가 정신이 들었는지 눈을 떴다. 그러고는 미간을 찌푸리며 말했다.

"…두 전무, 네가 여긴 웬일이야. 말했지. 수경인 내 여자라고!"

"……."

어떻게 반응할지 몰라 그냥 무시하고 주무르는데 몸을 움직여 두삼의 손을 쳐내려 했다.

"꺼져! 난 절대 포기 못 해. 그깟 돈? 필요 없어. 난 수경이만 있으면 돼."

몸과 입을 마비시키려는데 어느새 옆에 다가온 부인, 수경이 말했다.

"두 전무는 포기했어요. 그저 한경 씨의 몸이 아프다고 해서 주물러 주고 있는 거예요."

"그래?"

"제가 옆에 있는데 누가 한경 씨를 건드리겠어요. 그나저나 두 전무 안마 잘하지 않아요?"

"그런 것 같기도 하고……. 참! 나 조만간 교수가 될 수 있을 것 같아. 이사장님께서 날 잘 보셨나 봐. 그럼 그때 너희 부모님께 정식으로 인사드리러 가자."

"잘됐네요. 그렇게 해요."

수경과 얘기하느라 어느새 한경의 시야에서 사라진 두 전무, 두삼은 다시 집중했다.

'신체엔 특별한 이상이 없어. 나이답지 않게 몸 관리도 잘해왔고. 한데 어째서 이렇게 약해져 가는 거지? 설마… 아니겠지?'

의심이 되는 바가 있었다.

전기적 신호를 보겠다고 생각을 하는 순간 두삼의 하얗게 빛나던 손이 파랗게 바뀌었다.

'…역시.'

뇌에서 끊임없이 온몸으로 신호를 보내고 있었다. 전기적 신호가 어떤 정보를 담고 있는지 두삼도 모른다. 그러나 전에 한번 본 적이 있는 현상이라 뭘 의미하는지 알 수 있었다.

스스로 삶을 포기했던 하종윤 환자처럼 뇌가 '죽어라!'라고 명령을 내리는 있는 것이다.

젊은 연인처럼 두 손을 꼭 잡고 사랑을 속삭이고 있는 두 사람을 흘낏 봤다.

'사연이 있는 건가, 아님 교통사고로 인한 뇌의 오작동인가.'

잠깐 고민하던 두삼은 어느 쪽이든 수술을 한 의사를 위해서라도 조치를 취해야 한다는 결론을 내렸다.

이번엔 두삼의 손이 노랗게 물들었다.

*   *   *

여름휴가 이후로 쓰지 못한 휴가를 낸 민청하는 휴가지가 아닌 경해대학병원 근처에서 서성이고 있었다.

경해대학병원을 몇 번이고 바라보면서도 쉽게 발이 떨어지지 않는 이유는 자존심 때문이리라.

"휴우~ 내가 뭘 하고 있는 건지 모르겠네. 어디서부터 일이 잘못됐을까?"

스스로에게 물었지만 답은 이미 알고 있었다.

두삼을 자신의 남자로 만들겠다고 생각했을 때부터였다. 그리고 가장 큰 실책은 두삼이 자신에게 관심을 보이지 않자 질투 작전으로 임동환과 사귀는 척한 것이었다.

오히려 더 서먹해졌고 설상가상으로 두삼에게 애인이 생겼다는 말을 듣게 됐다.

그때라도 임동환과 정리를 했어야 하는데 갑자기 목표물이 사라지자 그 허전함을 채워줄 사람이 필요했다.

사실 두삼의 놀라운 의술과 비교를 해서 그렇지 임동환도 어디 가서 빠지는 스펙이 아니었다.

잘생기고, 매너 좋고, 의사로서 실력도 좋고, 제법 큰 개인 병원장의 아들이고. 애인이 있다는 것이 마음에 걸렸지만 허전한 마음을 위해 동료로 만나는 건 나쁘지 않다고 생각했다.

하지만 사람 마음이 어디 뜻대로만 될까.

여자 친구와 헤어졌다고 슬퍼하는 모습에 위로해 주고 싶다는 생각이 들었고 그때부터 그에게 조금씩 마음을 열기 시작했다.

두삼이 이상한 얘기를 한 건 그때쯤이었다.

무슨 원한이 있나 싶을 만큼 임동환을 싫어하는 듯한 말투. 그녀가 원하면 잊어주겠다는 말에 일단 무슨 일인가 싶어 여지는 남겨두었다.

그리고 얼마 지나지 않아 무슨 일인지 모르겠다던 그녀의 아버지가 왜 두삼이 임동환을 싫어하는지에 대해 말해주었다. 거기에 임동환이 전 애인과 헤어진 이유까지.

확실한 증거가 없는 두삼의 말을 그녀는 곧이곧대로 믿지 않았다. 그리고 오늘 그것을 확인하기 위해 경해대학병원에 온 것이다.

"그냥 헤어지면 그뿐인데……."

그러기엔 이미 가까워졌고 임동환을 온전히 믿기엔 거리감이 있었다.

눈 뜨자마자 왔는데 해가 벌써 중천이다.

병원으로 가든 집으로 가든 결정하자고 마음을 먹은 민청하는 스스로에게 질문을 던졌다.

지금 일을 묻고 임동환과 만날 수 있을까?

대답은 금세 나왔다. 'No'였다.

오랫동안 망설인 것이 허무할 정도로 쉽게 결론을 내린 그녀는 한방병원으로 들어갔다. 그리고 안내 데스크에서 주해인을 찾았다.

"주해인 선생님이라면 마침 저기 나오시네요."

안내 데스크 직원이 가리키는 방향을 보자 미모의 여의사가 걸어 나오고 있었다.

다가가는 것보다 직원의 외침이 먼저였다.

"주해인 선생님! 여기 손님이 찾으세요."

"……!"

부름에 안내 데스크를 보던 주해인은 민청하를 보고 놀란 표정을 지었다.

자신에 대해 알고 있다는 뜻. 민청하는 가볍게 인사를 하고 다가가 말했다.

"주해인 선생님, 제가 누군지 아시죠? 잠깐 얘기 나눌 수 있을까요?"

"밥 먹으러 가는 중인데 식사 전이면 같이할래요? 파스타 괜찮게 하는 집 있어요."

"그래요."

두 여자는 병원 앞 조용한 이탈리안 레스토랑으로 자리를 옮겼다.

"어떤 걸 시켜도 후회하지 않을 거예요."

"그럼 전 오일 파스타로 할게요."

주문을 마치고 난 후 물을 한 모금 마신 민청하가 본론을 꺼냈다.

"몇 가지 묻고 싶은 게 있어서 왔어요."

"동환 선배랑 헤어졌는지를 묻고 싶은 거라면, 맞아요. 헤어졌어요."

"혹시 저 때문인가요?"

"결혼을 약속했던 사람이 갑자기 데면데면해졌어요. 제게 보내던 눈빛과 웃음을 청하 씨에게 보내고 있더군요. 이 정도면 대답이 됐나요?"

"…미안해요. 헤어졌다는 얘길 듣고 난 뒤에 조금 가까워졌지만, 그 전까진 그저 동료였어요. 물론 이 말이 변명처럼 들리겠지만요."

"그렇게 들리네요. 하지만 이젠 상관없어요. 힘들긴 했지만 정리했거든요."

"정리했다니 더 물을게요. 혹시 해인 씨가 두삼 오빠와 다시 잘해보려고 먼저 헤어지자고 한 건가요?"

"…그 인간이 그러던가요?"

주해인의 표정이 싸늘해졌다. 그러나 민청하는 이왕 얘기를 꺼냈으니 확실하게 하는 게 낫다는 생각에 계속 말했다.

"그렇다고 정확하게 말하진 않았지만 그런 투로 말을 했어요."

"…정말 마지막까지 실망을 시키네요. 저에 대해 뭐라고 했는지 모르지만 제가 허영심으로 남자의 조건을 보긴 했지만 두 남자를 동시에 마음에 품은 적은 없어요."

"해인 씨에 대해서 뭐라고 한 적은 없어요. 전 애인에 대해 왈가왈부하는 사람이었다면 아예 상대도 하지 않았을 거예요."

"…근데 그건 왜 묻는 거죠? 결혼 전에 과거를 알아보러 온 건가요?"

"아뇨. 두삼 오빠가 이상한 얘길 해서요."

"두삼이가 무슨 소릴 했는데요?"

"제가 직접 들은 건 아닌데 해인 씨가 결혼하자고 하는데 헤어지자고 한 건 그라는 것과 두삼 오빠가 섬에서 당한 일이 역시 그의 짓일지도 모른다는 얘기요."

"…두삼이가 그걸 어떻게?"

"우연히 복도에서 두 사람이 싸우는 걸 들었대요."

"아! 그때 그랬던 이유가……."

주해인은 논산 호텔에서 두삼의 눈빛이 왜 그렇게 싸늘했는지 이제야 알 것 같았다.

무일푼이 되자 자신을 버린 것을 알고도 친구로 대해준 것만 해도 대단한 일이었다. 한데 그런 그에게 과거를 들먹이며 같이 하룻밤을 보내자고 했으니.

주해인은 얼굴이 화끈거리다 못해 쥐구멍이라도 있으면 들어가고 싶었다.

"네?"

"…아, 아무것도 아니에요. 한데 섬에서 당했던 일이 그 인간 짓이라는 건 무슨 소리예요?"

"저도 자세히는 몰라요. 시간적으로 당사자가 아니고서는 알 수 없는 일을 알고 있었다던데요."

"학교에 퍼진 소문이라며 가끔 얘기를 하긴 했지만 많진 않았어요. 그땐 두삼이에 대해 얘기해 봐야 서로 불편했으니까요."

"하긴. 아무튼 제가 싫을 텐데 솔직히 얘기해 줘서 고마워요."

"…헤어질 건가요?"

"헤어지고 말 것도 없어요. 정식으로 사귀는 사이도 아닌 걸요. 그저 그에게 향하던 마음만 접으면 돼요."

"그게 쉽나요?"

"해인 씨처럼 오래 만난 것도 아니고 결정적으로 절 속인 거잖아요. 헤어졌다고 하지만 한때 사랑했던 사람을 이상한 여자로 만드는 남자라면 저랑 헤어지면 저도 이상한 여자로 만들지 않겠어요?"

"…그렇겠죠. 음식이 나왔네요. 더 이상 물을 말이 없다면 식사에 집중해요. 요즘 제 유일한 낙이거든요."

"그래요. 근데 혹시 안암동에 유명한 베트남 요리 전문점이 있는데 가봤어요?"

"아뇨. 어딘데요."

두 여자는 서먹함을 없애려는 듯 파스타를 먹는 내내 맛집에 대한 얘기를 나누었다.

*   *   *

"청하 씨, 오늘 밤 시간 어때요? 재미있는 뮤지컬 표 두 장 구해봤는데."

─한동안 바쁠 것 같아요. 과장님이 부르시네요. 이만 끊을게요.

"청하 씨! 청하 씨! 잠깐만……."

뚝! 매정하게 끊기는 전화가 뭔가가 잘못되었다는 걸 말해준다.

"빌어먹을! 이제 만나는 것도 싫다는 거야! 이게 다 두삼이 그새끼 때문이야."

학교 뒤쪽 스테이크 집에서 무슨 얘기를 한 건지 그때부터 민청하의 태도에 거리감이 생겼다.

당장 달려가 무슨 얘기를 했는지 묻고 싶지만 요즘 두삼이 하는 양을 보면 망신을 당할 가능성이 높았다.

털썩 자리에 앉았다. 그리고 현재로써는 두삼을 향해 욕을 하는 것 말고는 할 수 있는 게 없었다.

"개새끼……."

다 잡은 고기를 놓쳤다는 생각에 허탈감이 배로 커지는 기분이다. 놓아준 고기(주해인)가 아깝다는 생각마저 드니 더 속이 쓰렸다.

민청하가 담배 피우는 걸 싫어해 책상 구석에 넣어놨던 담배를 꺼내 옥상으로 향했다.

교수실이 있는 건물의 옥상 정원은 교수들을 위한 휴게실이었는데 먼저 온 사람이 있었다.

잘록한 허리와 탐스러운 힙, 그리고 무릎까지 오는 치마를 입었지만 감출 수 없는 매끈한 다리 라인.

과에서 저런 몸매를 가진 이는 옥지혜뿐이었다.

자신도 모르게 꿀꺽 침을 삼키던 임동환.

인기척을 느꼈는지 돌아보는 그녀는 붉은 입술에 얇은 담배를 물고 있었는데 그 모습이 무척 섹시했다.

"아! 임 교수님, 안녕하세요."

"…네, 옥 교수님."

"바람 쐬러 오셨나 보네요. 미안해요. 끌게요."

"아, 아닙니다. 계속 태우세요. 저도 담배 피우러 왔습니다."

"그러시구나. 참! 전에 점심 잘 먹었어요. 언제 시간 한번 내주세요. 제가 낼게요."

"별것도 아닌데요. 근데 실례지만 개인적인 질문 하나만 해도 될까요?"

"호호! 하세요. 담배 피우면서 무슨 애길 하겠어요."

"요즘 한 교수랑 자주 다닌다는 소문이 있던데 혹시 두 사람 그런 관계예요?"

"어머! 아니에요. 한 교수가 제 논문에 관심이 있다며 자꾸 친한 척해서 어쩔 수 없이, 아! 지금 한 말은 한 교수에게 비밀이에요. 제가 치근덕거린다고 생각하면 기분 나쁠 거 아니에요."

"치근덕거리면 따끔하게 말해야죠. 제가 따끔하게 말해줄까요?"

"아니에요. 심하다 싶으면 제가 말할게요. 전 사실 저한테 치근덕거리는 거보다 임 교수님한테 건방지게 구는 게 더 안 좋아 보이더라고요. 임 교수님이 학교 선배라면서요."

"원래 학교 다닐 때부터 좀 건방지긴 했죠."

"헐! 참 사람 예의가 없네요."

"같은 교수라고 맞먹겠다는데 어쩌겠습니까."

"그럴수록 더 예의를 지켜야죠. 한 교수 도저히 상종 못 할 인 간이었네요."

"무시하세요. 그리고 정 못 참겠으면 그때 투서를 하는 것도 나쁘지 않겠죠."

"아! 그 방법이 있었네요. 다음에도 그러면 바로 투서를 해야 겠어요. 절대 비밀인 거 아시죠."

"하하하! 물론이죠."

기분이 나빴던 차에 보는 것만으로도 불끈해지는 미녀가 함 께 욕을 해주니 기분이 조금 좋아졌다.

게다가 두삼이 관심을 가지고 있다니 더욱더 관심이 갔다.

"옥 교수님, 혹시 오늘 저녁에 시간 되세요? 뮤지컬 표가 두 장 생겼는데 같이 갈 사람이 없네요."

"어머! 저 뮤지컬 좋아해요. 시간이 없으면 만들어서라도 가야 죠. 몇 시 티켓이에요?"

"7시 30분 시작입니다."

"그럼 저녁은 제가 살 테니 저녁 먹고 같이 봐요."

"그러시죠. 그럼 5시쯤 주차장에서 기다릴게요."

"그때 봐요. 전 일이 있어서 그만 가볼게요."

싱긋 웃고 돌아서는 옥지혜는 돌연 입술을 질끈 물었다. 그러 고는 임동환의 시선 때문에 느껴지는 간지러움을 필사적으로 참 으며 옥상을 벗어났다.

　　　　　*　　　　　　*　　　　　　*

　두삼의 덕을 본 과가 늘어날수록 두삼을 부르는 이들이 더 많아졌다. 그에 퇴근이 늦어지고 점점 부담이 된다 싶을 때 민규식 원장이 제동을 걸었다.

　센터장들의 요구가 있었는지 안마실 이용 금지를 할 때처럼 완전히 금지를 시키진 못했다.

　대신 개별적인 부탁은 못하게 하고 피치 못한 경우에만 병원 네트워크에 올리면 두삼이 스케줄에 맞게 방문하는 방식으로 바뀌었다.

　그것만으로도 다시 숨통이 트였다.

　아침 일찍 출근을 한 두삼은 커피를 탄 후 태블릿을 열어 검사 요청 게시글을 확인했다.

　"오! 오늘은 적네. 정시에 퇴근할 수 있겠는데."

　모두 여섯 건. 물론 추가적인 요청이 없어야 한다는 조건이 붙는다.

　환자의 내부를 살피고 치료하는 걸 싫어하는 건 아니지만 일에 치여 사는 걸 원하진 않았다.

　방문 시간을 입력한 후 커피를 타서 다시 자리에 앉는데 내선 전화가 울렸다.

　─사업지원부 구본미예요.

　"네, 부장님. 웬일이세요?"

　─화장품 때문에요. 현재 홈쇼핑에서 잘 팔리는 건 아시죠?

"네. 다 부장님 덕분이죠."

—화장품 품질이 좋은 거죠. 다른 건 아니고 유통업체와 손잡고 멀티 위주로 뿌려볼까 하고요. 좋은 기회가 왔거든요.

"알아서 해주세요."

—끝까지 들으세요.

"…네."

일에 관해서는 참 까칠한 사람이었다.

—광고도 할 생각이에요. 그러려면 정산금을 다시 재투자해야 해요. 그래도 하시겠어요?

"정산금이 얼만데요?"

—2억 가까이 돼요.

"생각보다 많네요?"

—저희 예상보다 많이 팔렸어요. 그래서 과감하게 투자해 보려고요.

"그렇군요. 그럼 제 것도 재투자해 주세요."

—알았어요. 망해서 한 푼도 못 건질 수 있어요.

"네네. 수고하세요."

어차피 생각지도 않고 있던 돈이니 망설일 이유가 없었다.

통화를 끝내고 다시 커피를 마시려는데 이번엔 노크 소리가 들렸다.

"휴우~ 커피 한 잔 마실 여유는 좀 줘라!"

가볍게 투덜댄 후 얼른 몇 모금 마셨다. 믹스 커피는 식으면 맛이 없었다. 그렇게 절반쯤 마신 후에야 들어오라고 말했다.

"들어오세요."

"실례해요."

"어! 손한경 교수님 사모님 아니세요?"

뜻밖의 손님에 두삼은 얼른 자리에서 일어났다.

『주무르면 다 고침!』 9권에 계속…

이제부터 전자책은

이젠북

www.ezenbook.co.kr

새로운 세계가 열린다!

김재한 『성운을 먹는 자』   철백 『대무사』
니콜로 『마왕의 게임』   가프 『궁극의 쉐프』
이경영 『그라니트:용들의 땅』   문용신 『절대호위』
탁목조 『일곱 번째 달의 무르무르』   천지무천 『변혁 1990』
강성곤 『메이저리거』   SOKIN 『코더 이용호』

이름만 들어도 황홀할 정도의 별들의 향연!
이들의 "유료연재"가 시작됩니다!

검색창에 **이젠북**을 쳐보세요! ▼

초대형 24시 만화방

신간 100%, 샤워실, 흡연실, 수면실(침대석), 커플석, 세탁기 완비

▪ 광명 광명사거리역점 ▪

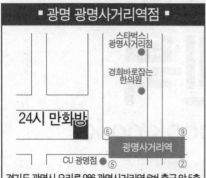

경기도 광명시 오리로 986 광명사거리역 6번 출구 앞 5층
02) 2625-9940 (솔목타워 5층)

▪ 강북 노원역점 ▪

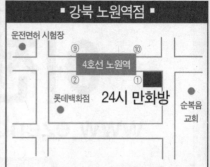

서울 노원구 상계동 340-6 노원역 1번 출구 앞 3층
02) 951-8324 (화용빌딩 3층)

▪ 일산 정발산역점 ▪

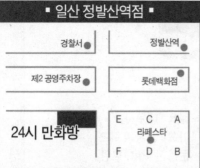

라페스타 E동 건너편 먹자골목 내 객잔건물 5층
031) 914-1957

▪ 일산 화정역점 ▪

경기도 고양시 덕양구 화정동 984번지 서일빌딩 7층
031) 979-4874 (서일사우나 건물 7층)

▪ 부천 역곡역점 ▪

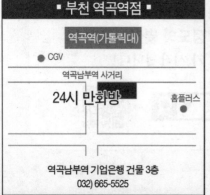

역곡남부역 기업은행 건물 3층
032) 665-5525

▪ 부평역점 ▪

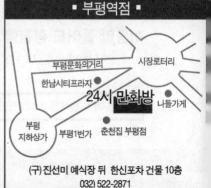

(구) 진선미 예식장 뒤 한신포차 건물 10층
032) 522-2871

검선마도

조돈형 新 무협 판타지 소설

FANTASTIC ORIENTAL HEROES

매화가 춤을 추고 벽력이 뒤따른다!

분심공으로 생각과 행동을
둘로 나눌 수 있게 된 풍월.

한 손엔 화산파의 검이, 다른 한 손엔 철산도문의 도가.
그를 통해 두 개의 무공이 완벽하게 하나가 된다.

검과 도, 정도와 마도!
무결점의 합공이 시작된다.

Book Publishing CHUNGEORAM

유행이 아닌 자유추구 -
WWW.chungeoram.com

FUSION FANTASTIC STORY

재능 넘치는 게이머

덕우 장편소설

프로게이머가 된 지 약 반년 만에
세계 챔피언이 된 강민허.
그리고 이어지는 그의 돌발 선언.

"저, 강민허는 오늘부로 트라이얼 파이트 7
프로게이머에서 은퇴하겠습니다."

"로인 이스 온라인에서 다시 한번
세계 최고의 자리에 올라서겠습니다."

프라이드 강, 강민허.
그의 새로운 도전이 시작된다!

Book Publishing CHUNGEORAM